2016年国家社科基金青年项目“俄国形式主义的叙事理论研究”（项目编号：16CWW015）的结题成果

俄国形式主义的叙事理论研究

EGUO XINGSHI ZHUYI DE
XUSHI LILUN YANJIU

杨燕◎著

中国社会科学出版社

图书在版编目(CIP)数据

俄国形式主义的叙事理论研究/杨燕著. —北京：中国社会科学出版社，2022.8

ISBN 978-7-5227-0623-8

Ⅰ.①俄… Ⅱ.①杨… Ⅲ.①形式主义—俄罗斯文学—文学研究 Ⅳ.①I512.09

中国版本图书馆 CIP 数据核字(2022)第 134732 号

出 版 人 赵剑英
责任编辑 郭晓鸿
特约编辑 杜若佳
责任校对 师敏革
责任印制 戴 宽

出 版 中国社会科学出版社
社 址 北京鼓楼西大街甲 158 号
邮 编 100720
网 址 http://www.csspw.cn
发 行 部 010-84083685
门 市 部 010-84029450
经 销 新华书店及其他书店

印 刷 北京君升印刷有限公司
装 订 廊坊市广阳区广增装订厂
版 次 2022 年 8 月第 1 版
印 次 2022 年 8 月第 1 次印刷

开 本 710×1000 1/16
印 张 16.75
插 页 2
字 数 228 千字
定 价 88.00 元

目　录

绪　论

俄国形式主义指1915年至1930年间在俄国出现的文学理论流派，是20世纪最有影响、最富有活力的重要文学理论派别之一，被誉为西方现代形式主义批评浪潮的领头羊。其主要代表人物有什克洛夫斯基（Шкловский В.）、雅克布逊（Якобсон Р.，也作雅柯布森）、艾亨鲍姆（Эйхенбаум Б.）、托马舍夫斯基（Томашевский Б.）、蒂尼亚诺夫（Тынянов Ю.）等。俄国形式主义以陌生化和文学性为标志的文学理论涉足诗歌、戏剧、小说、电影等艺术领域，其叙事理论在绝大多数学者还迷恋于从社会学角度研究文学作品之际，就率先以叙事形式为己任，重点谈了本事与情节、情节布局、叙事时空、叙事动因、叙事视角、文学史等内容，几乎讨论到了叙事理论的一切方面（美国著名叙事理论家华莱士·马丁语），对20世纪西方的叙事理论产生了重要影响。

一　国内外研究评述

（一）国外研究概况

国外对俄国形式主义文学理论的研究较早，在俄国，形式主义诞生之初就广受关注，既有大批追随者，又有各种批评的声音。其他欧美国家从20世纪五六十年代开始才有规模性的研究。

国外的研究主要可以分为以下方向。

其一，集中于评价学派的功过得失。有安宁斯基（Аннинский Л.）的论文《形式学派》（1925）、巴赫金（Пушкин А.）的著作《文艺学中的形式主义方法》（1928）等。如巴赫金较辩证地阐释了俄国形式主义的理论意义，一方面肯定学派成员强调艺术形式的贡献，另一方面批评他们忘记了马克思主义批评强调的艺术结构的意识形态含义。

其二，围绕俄国形式主义情节、形式等理论的论述。有鲍恰洛夫（Бочаров А.）的《形式学派的存在》（1959）、美国学者韦勒克（Wellek R.）的《文学理论》（1949）等著作。如韦勒克将本事称为“寓言”，对本事和情节的关系做了论述，认为“寓言”是作者的经验和阅读材料，情节是由“寓言”抽象而来，可以使叙述视觉更锐利地集中起来。

其三，围绕俄国形式主义的陌生化、艺术论及个别理论与西方相应理论的关系等问题的探讨。有安德烈耶夫（Андреев Ю.）的《重估俄国形式学派》（1987）、美国学者莱蒙（Lemon L.）和雷斯（Leet M.）的《俄国形式主义的批评：四篇论文》（1965）、厄利希（Erlich V.）的《俄国形式主义》（1955）等著作。如厄利希认为俄国形式主义的基本原则，尤其是什克洛夫斯基的语义错位原则与埃·庞德、布莱希特的间离效果理论相呼应，都是现代主义原则。

其四，围绕俄国形式主义产生的文化语境、学派与马克思主义批评的关系、叙事时间理论等问题的研究。如叶卡捷琳娜（Екатерина О.）的论文《俄国形式主义学派的产生》（2006）、安德烈（Андрей Р.）的论文《形式主义与结构主义》（2002）、赫梅利尼茨基（Хмельницкий Т.）的著作《“记忆中”的俄国形式主义》（2005）等。叶卡捷琳娜认为学派系雅克布逊一手创建，其理论营养主要汲取于西欧的美学、心理学与语言学的经验。

国外对俄国形式主义文学理论的研究成果颇丰，但仍存在以下不足。其一，偏重于对个别形式主义领袖如雅克布逊的研究，缺乏对其他成员的一并研究。由于雅克布逊在语言和学术经历等方面的优势，其在欧美的光环在一定程度上遮蔽了什氏等其他理论家的贡献。其二，欧美的研究有欧洲中心论色彩，夸大欧美文化对形式主义流派产生的影响。其三，缺乏对俄国形式主义叙事理论，特别是小说叙事理论的整体研究，主要集中于对其关于本事、情节等个别理论的阐释。

（二）国内研究概况

国内对俄国形式主义的规模性研究始于20世纪80年代，成果以论文为主，著作较少，具体内容主要分为以下两个方向。

其一，围绕俄国形式主义的产生、情节、陌生化等问题及主要代表人物的个案展开研究。有仲文的《俄国形式主义的方法论特征初探》(1987)、赖干坚的《俄国形式主义理论评析》(1987)、周启超的《在“结构—功能”探索的航道上——俄国形式主义在当代苏联文艺理论界的渗透》(1989)、范方俊的《“陌生化”的旅程——从什克洛夫斯基到布莱希特》(1998)等论文，方珊的专著《形式主义文论》(1999)、张冰的专著《俄罗斯形式主义诗学》(2019)。如范方俊做过什克洛夫斯基的“陌生化”理论与布莱希特的“间离效果”的比较，认为什氏的陌生化理论突出了文学的艺术特征（审美特征），而布莱希特的间离效果则是为了达到艺术自身以外的目的，即认识和批评社会现实。

其二，透析俄国形式主义的小说、形式等理论。有董希文的《俄国形式主义文论的文学观》(2002)、左进的《俄国形式主义短篇小说观》(2003)、邹元江的《偏离规范与陌生化——兼论席勒对俄国形式主义的影响》(2005)、张冰的《陌生化与蒙太奇：俄国形式主义电影美学评述》(2013)、孙绍振的《俄国形式主义“陌生化”批判》(2014)等的论文，刘万勇的专著《西方形式主义溯源》（2006）。如左进概括了俄国形式主义关于短篇小说的产生、定义、情节、结尾和叙事手法等内容。

国内对俄国形式主义的研究取得了不错的成绩，其中的不足主要表现在以下方面：其一，主要集中于对俄国形式主义文论个别问题的研究；其二，对于俄国形式主义叙事理论，特别是小说叙事理论，同样缺乏系统的研究，对其基本走向、内涵、具体评价等内容谈及不足，对其与20世纪西方叙事理论关系的认识尚不够深刻，没有与其文学创作的研究相结合。

二 俄国形式主义的学术宗旨

20世纪初的俄国文坛掀起了反传统的浪潮，派别林立，众说纷纭，同时汲取了现象学、语言学等西方文论营养的俄国形式主义可以说是这股浪潮在理论层面的集大成者。俄国形式主义是由1915年成立于莫斯科的"语言学小组"和1916年成立于圣彼得堡的"诗语研究会"（又被称为奥波亚兹）两个学术团体组成。语言学小组的主要代表人物有雅克布逊、勃里克等人，诗语研究会的主要代表人物有什克洛夫斯基、艾亨鲍姆、托马舍夫斯基、蒂尼亚诺夫等理论家。除此，还有一批像日尔蒙斯基这样与学派走得很近的"准形式主义者"。莫斯科的"语言学小组"的理论宗旨是促进语言学和诗学的研究，或者可以说，他们在语言学的视野下研究诗学，与重视文学语言形式的"诗语研究会"成员志同道合，这群具有敏锐学术眼光的热血青年在共同的理论热情的感召下走在了一起，高举反叛的大旗，共同为新的理论主张摇旗呐喊，向强大的传统诗学理论宣战，以锐不可当之势提出了自己的理论宣言，主张文艺研究要回归，强调文艺的自足性。他们的理论提出后受到国内学界的极大关注，艾亨鲍姆1924年的一篇文章中谈到"最近两年来，在书刊上发表的论文、绪论、评论和艺坛短评中，对所谓‘形式主义方法’问题极其关注。没有一家文学杂志不在抱着或大或小的热情认真讨论这个问题”。① 在这些评论与讨论中，人们的态度分为两个阶段，一是“庸俗的嘲讽时期”，二是“学术讨论时期”。这种标新立异、与学术传统相对抗的学术思潮必然顶着极大的压力，但其光辉必定闪耀。

俄国形式主义流派的理论建构旨在建立一门科学的文学学科，研究文学自我指涉的独立价值，以此恢复文学的活力与魅力。对形式学派而言，19 世纪末的俄罗斯乃至世界文坛陷入了难以自拔的僵局，尤其在批评界，人们视文学作品为思想史的附属品，努力从中挖掘各种社会学思想，文学之为文学的独特价值则“避而不谈”，失去独立性的文学终将失去存在的合法性。

“人们常把 20 世纪初文学描述为危机时期，因为那时的人们对于‘什么是文学?’——文艺学研究的对象——看法很不一致。关于文学的本质和文学科学的方法论，也都问题重重。许多从前看来没有问题的概念，当此之时却成了问题。在人文学科的各个领域里，发生着一场深刻的精神危机，那就是一切价值的重估。”② 为了拯救文学，年轻的形式学派成员吹响了革命的号角，以什克洛夫斯基和雅克布逊等人为代表的形式派学者将思想功能摒弃于作品之外，认为文学具有自身的独立审美价值，文学研究更应该呈现文学的本质。在摒弃了思想功能合法性的同时，专注于文学作品的形式及其塑造方法，可以说引领了 20 世纪的一股形式主义学术思潮。他们拒绝一切“和解”，要革掉一切陈旧文学思想的“命”，掀起了一场声势浩大且影响深远的探索。当然，严格地讲，形式学派并不是一个十分统一的学派，虽然有明确的理论宗旨，但学派成员的理论建构呈现出了多元性，可谓“百花

---

① ［爱沙尼亚］扎娜·明茨、伊·切尔诺夫：《俄国形式主义文论选》，王薇生译，郑州大学出版社 2005 年版，第 255 页。

② 张冰：《俄罗斯形式主义诗学》，中国社会科学出版社 2019 年版，第 25 页。

齐放”，这也符合其“陌生化”的学术理念。但有一点不变的是大家对文学本质的关注，形式派成员都是在用自己的方式和理念诠释文学的本质问题。如蒂尼亚诺夫将文学及与之相关的体裁、分类等问题都看作动态的，突出强调用动态性理念阐释文学的本质及相关问题，其中《文学事实》一文较有代表性。什克洛夫斯基将文学的本质看作具有陌生化特征的形式（结构），并在陌生化理论上做了多方面的研究。

叙事理论在俄国形式主义诗学理论中占有重要地位，形式主义成员在短短十余年的理论建构中，完成了从个别文本的关注到文学史的考察。颠覆了传统叙事理论的基本方向与格局，对20世纪西方叙事理论产生了重要影响。尽管在20世纪30年代末学派宣布解散，俄国形式主义仍然是世界文学理论宝库中的重要组成部分，对我们今天的理论探索依然具有启发性，其光环越发闪耀，令人瞩目。

西方叙事理论在20世纪60年代达到第一个高峰，但20世纪初兴起的俄国形式主义的叙事理论为其出现奠定了重要理论基调，因此，学界在探讨经典叙事理论及其理论渊源时往往离不开对俄国形式主义叙事理论的关注，但对该流派叙事理论的研究在我国学界还只是零散地谈及，而缺少系统的把握，其结果势必影响人们对20世纪西方叙事理论乃至诗学理论精髓的阐释。

三 课题研究的主要内容

课题聚焦于俄国形式主义的叙事理论，特别是小说理论，是国内第一次系统研究该内容的尝试和探索。主要包括俄国形式主义和后俄国形式主义两个时期，以前者为主，代表人物有什克洛夫斯基、艾亨鲍姆、托马舍夫斯基、雅克布逊和蒂尼亚诺夫等，他们在叙事理论的建构上有共同的研究对象，但又各有偏好，有交叉，同时伴有分歧。

俄国形式主义时期，学派摒弃当时流行的社会学批评，专注于叙事作品的内在叙事结构及相关问题的讨论与建构。该研究主要集中于学派关于叙事作品的本事与情节、形式与功能、时间与空间、主人公与叙述人以及文学史等理论展开研究，考查学派叙事理论体系的建构、历史演变与发展规律。后俄国形式主义时期，什克洛夫斯基等人不断地进行反思，对自身理论做出调整，如什克洛夫斯基将“历史内容”注入叙事“自足体”，艾亨鲍姆引入“文学的日常生活”，重申语境之于文学的重要性。当然，他们并非简单地回到传统批评的老路，而是坚持关注叙事形式的前提下，将传统的“内容”有机地融入，实现了内容与形式的有机统一，并开启了交流之门。

与此同时，探究俄国形式主义叙事理论在同时代学界的回响，以及其对20世纪西方叙事理论的影响与启示。同时将学派的叙事理论与主要代表人物的叙事文学结合研究，在此基础上重新反思俄国形式主义叙事理论的建构。具体而言，课题一方面对俄国形式主义主要代表人物之间展开比较，他们在对同一问题的建构中尽管有着总体的理论目标，但又有分歧；另一方面对俄国形式主义的叙事理论与同时期欧美叙事理论的代表人物及经典叙事学做比较分析。如在俄国形式主义叙事理论与经典叙事学的比较分析中，重点从整体上宏观概括两者的重要渊源关系及理论异同。俄国形式主义的叙事理论重叙事形式的探索，为经典叙事学奠定了理论基调，但二者又有诸多区别：形式主义者针对单个叙事作品，试图回到作品本身，关注其形式规律，但并没有将作家和读者完全摒弃在研究之外；而结构主义者将着眼点放大至所有叙事体，旨在发掘叙事体不变的深层结构，试图通过分析叙事体共有的各种要素及其关系，建立一套叙事体的普遍结构模式，完全摒弃了作家和读者。在综合比较与研究的基础上，能够进一步深化对形式学派的叙事理论及其与20世纪西方叙事理论关系的把握。

四　课题研究的特色与创新

研究对象方面，该项目是国内首次对俄国形式主义叙事理论的全面把握。课题围绕俄国形式主义叙事理论总体框架、基本观点、发展趋势与规律、理论影响与评价等问题做了系统阐释。由于俄国形式主义叙事理论是其文论的有机组成部分，因而课题的研究是更全面、深入把握俄国形式主义文论的基本前提。同时，俄国形式主义叙事理论及文论系20世纪西方叙事理论的开端，开启了很多新的研究方向，所以课题的研究不仅有利于深入了解二者的深层关系，更有利于对20世纪欧美叙事理论的把握。俄国形式主义成员大都在理论著述的同时进行文学创作，而文学创作中亦有理论建构，课题的研究有助于对俄国形式主义文学创作，及其与叙事理论的关系进行深入探究。

具体观点方面，既有对当前现有研究成果对学派研究的误读的辨析，也有对具体问题的理论建构。其一，当前对学派叙事理论中情节理论的分析与把握存在一定“误读”，认为学派忽视本事在情节布局中的作用系对其理论的误读。其实，俄国形式主义强调的情节加工并非对作为素材的本事的完全改变，只要有利于情节的陌生化效果的产生，本事可以本色出场，且本事亦非文学素材本身。其二，发掘学派较有价值的理论观点，如俄国形式主义叙事理论中的空间叙事。20世纪后半叶人文社会科学发生了空间转向，空间是一种内在力量，它从内部决定叙事的发展。俄国形式主义的叙事理论也表现出了重视空间叙述的理论倾向，通过情节布局，改变各叙事因素在欣赏者心理方面的存在空间。其三，经典叙事学对俄国形式主义叙事理论的发展与“超越”。后者认为叙事的完成离不开读者的参与，且重视个别作品的动态、历时性的呈现，在科学化倾向的同时也表现出浓厚的人文主义倾向，而前者将叙事作品视为一个内在自足的体系，它不受任何外部规定性的制约，强调研究对象的静态、共时性，分析、描述的是存在于这些作品之中的抽象叙述结构，具有强烈的科学主义倾向。其四，俄国形式主义叙事理论的变革系20世纪西方叙事理论发展变化的风向标。其叙事理论在俄国形式主义时期和后俄国形式主义时期经历了两次观念的转变，即由前期以叙事形式为本体，到后期承认作品思想的合法存在，回归“历史”。20世纪西方叙事理论也经历了两次相应的转变，即从20世纪60年代关注故事/话语的经典叙事学转移到90年代初的开始利用女权主义、新历史主义等理论研究的后经典叙事学（多元叙事学）。

研究方法方面，采取文献法、个案研究与集体研究、流派研究与比较研究、理论研究与作品研究相结合等方法。现有研究成果绝大多数要么以现有的极为有限的中文译介材料为基础，要么以转译为英文的著作为依据。本课题依靠俄文原著，努力呈现俄国形式主义叙事理论原貌，探求其理论精髓。同时，既坚持针对主要代表人物的个案研究，清晰地把握其理论，同时又在此基础上寻找流派的共性，并试图探索其理论精髓；既专注于俄国形式主义叙事理论的深入把握，又结合相应20世纪西方叙事理论做比较分析，在此基础上重新审视俄国形式主义叙事理论；在挖掘学派叙事理论的基础上对成员的文学作品及文学批评展开研究，既可以使理论研究有证可依，又能深化对俄国形式主义文学作品的研究。

第一章　俄国形式主义叙事理论的基石:情节论

情节这一范畴主要是西方文论发展的产物，我国从宋代叙事文学的大规模发展才开始重视情节理论的建构。在西方叙事理论漫长的发展历程中，情节长期居于研究中心的重要位置，亚里士多德（也作亚理斯多德）《诗学》中提出的情节理论为其发展奠定了重要基调，影响了西方情节理论发展两千余年。不同时期、国别中叙事文学经历了多种演变与发展，但在对叙事类作品的研究理论中，情节总是被人们青睐。究其原因，不仅是亚里士多德的诗学理论的重要影响，更与情节结构在叙事类作品中的重要作用直接相关。

兴起于20世纪初的俄国形式主义在吸收传统叙事理论部分观念的同时提出了全新的情节观，不仅丰富了西方情节乃至整个叙事理论的发展，更为叙事理论的新发展提供了思维范式与理论依据。形式学派对情节的独特理解和阐释，从根本上决定了情节理论在其叙事理论中的地位，使其贯穿学派从成立到解散的整个研究过程。在情节理论建构的过程中，学派开创了包含素材、本事与情节的三元论情节观，丰富了西方情节理论体系，同时提出了全新的形式与功能理论，影响深远。

第一节　俄国形式主义情节观的缘起

俄国形式主义学派成立伊始便以“叛逆者”的身份出现，勇敢地向强大的传统诗学宣战，在叙事理论领域，彻底颠覆了传统工具论情节观。但并不意味着俄国形式主义叙事理论的产生没有文化基础，他们的成立并非偶然，像其他流派一样，也具有丰厚的思想积淀和理论基础。

19 世纪末 20 世纪初的俄国文坛出现了所谓的“白银时代”，各种文学现象蓬勃发展，展现了勃勃生机。受欧洲现代主义思潮的影响，出现了一些打着反传统旗号的文学流派，较有代表性的有象征主义、阿克梅派和未来主义等，他们为反驳传统文学创作，主张用新的文学观念重建文学活动的秩序，在文学技巧上做了大量实验和尝试。俄国形式主义叙事理论的产生离不开国内外丰厚的文学积淀，其中一些代表人物如什克洛夫斯基就经常参加未来主义的思想讨论。同时在理论层面，形式学派直接受到本国及西方一些理论思潮的重要影响，有的是反向的推动力，有的则是思想理论的直接启发与影响。如在俄国形式主义情节理论的建构中，一方面在批评传统文论中获得理论建构的动力，在与传统情节观点对抗中不断反思、总结；另一方面有以亚里士多德为代表的学者的直接启发及理论给养。

一　对传统文论的批评与反思

传统对于俄国形式主义成员而言是一把双刃剑，一方面不满其中对待情节，甚至对待文艺的方式和理念，所以才有了形式学派“揭竿而起”，走上了革新之路；另一方面又从中汲取了丰富的养料，受到极大的启发和鼓舞。传统文论上述两方面的影响，加上学派成员对文艺的独特理解与努力最终促成了学派的产生，在西方文论史上又增添了一颗耀眼的明星。

这里谈到的传统不仅包括俄罗斯自身的思想宝藏与文艺实践，欧美在文论与文艺实践上的启发与影响同样不可小觑。对传统文论的批评与反思主要包括两个层面：首先在宏观维度讨论文学学科失去自身独立性的问题，严厉批评将文艺作为思想的传达工具的做法；其次从微观角度驳斥传统文论中较有影响的核心范畴及其理论基石，同样以此达到反拨传统文论的目的。

（一）反对文艺的附属地位

19 世纪俄国的文学批评领域流行借用人类学、心理学、历史学等理论分析各种文学作品，使其成为各学科的资源库，文学史也沦为思想史的载体。“19 世纪末以普列汉诺夫为代表的俄罗斯马克思主义艺术社会学开始崛起，这种艺术社会学在十月革命后迅速得到发展，并且在文艺学中占有称霸天下的统治地位。”[①] 人们往往将文学作品看作由内容与形式两部分构成，但在二者的关系上，明显内容为第一性，形式为第二性，说了“什么”比“怎么”说更重要，在叙事类文本中，情节形式成为传达思想的工具。当然，内容比形式更重要的观念并非俄国的专利，无论在西方，还是我国古典诗学中都是较流行的观念。我国古代社会以儒家思想为宗，诗论传统在其“文以载道”观念的影响下，对社会功用的强调往往成为文学的主要功能。

俄国形式主义理论就滥觞于与上述理论对抗的过程中，学派成员认为这种以“作者”和“世界”为中心的文学批评方法完全偏离了文学自身的价值伦理，这种外部研究失去了文学自身的独特光环，完全被淹没于思想史的洪流中。文学研究的当务之急即是向内转，专注于文学自身的语言形式，探寻文学之为文学的独

① 程正民：《俄罗斯文学批评史研究》，中国社会科学出版社 2017 年版，第 60 页。

特魅力所在。当然,“放眼俄国文艺学史,公正地说,最先提出文艺学本体论构想的,还不是奥波亚兹及其代表人物,而是亚·尼·维谢洛夫斯基(1838—1906)——俄国传统文艺学最大及最后一位集大成者”。[①] 但相对形式学派的坚决态度,维谢洛夫斯基的反抗并不彻底,因为在维氏这里,“决定一种体裁兴盛的,归根结底在于历史文化民俗风情的演变”。[②]

形式学派成员的观点虽然并不十分统一,但在对传统文论的反对这一立场上较一致,分别从不同角度对其展开批评与讨论。日尔蒙斯基在与形式学派渐行渐远的《诗学的任务》(1924 年)中依然表达对这种形式与内容二分法的不满,他认为,一方面,“实际上艺术中的‘什么’和‘怎么’的区分只是空洞的抽象概念”。[③] 在具体的文学作品中,无论是人物的情绪、命运,还是作家的情感态度都要依赖形式传达出来,同样,形式的呈现也是以阐释上述内容为使命,作品中纯粹的内容或形式都难以想象,所以这种区分的前提就是无效的。另一方面,这种区分会导致形式工具论,将形式看作阐释内容的工具,这样内容与其他领域的表现并无二致,最终将失去文学作品的独特存在价值,其美学意义荡然无存。

文学作品中的形式与内容是有机统一的关系,内容依赖于形式的呈现,而对内容的表现也才使形式成其为形式,二者不具有绝对的独立性。日尔蒙斯基认为传统的文艺研究已经进入了死胡同,完全背离了自己的初衷,即文学的组成和起源问题。他认为当时的文学研究使自己独立的任务隶属于外在的任务了,“文学作品被作为文化史的文件、社会宗教和道德思想的证明、时代的趋势或作为了解诗人身份的诗人传记的素材。本应研究的文学作

① 张冰:《俄罗斯形式主义诗学》,中国社会科学出版社 2019 年版,第 247 页。

② 张冰:《俄罗斯形式主义诗学》,中国社会科学出版社 2019 年版,第 248 页。

③ Жирмунский, В. М. *Теориялитературы. Поэтика. Стилистика.* Л.: Наука, 1977. 16.

品的源头和影响，但又避而不谈”。[①] 18 世纪以及 19 世纪的俄国科学和文学批评根本就没有找到自己任务的材料，做了许多对文学科学而言的无用功。

什克洛夫斯基认为从心理学角度对待艺术作品是不正确的，就像根据画出来的草地来储备母牛一样荒诞。什氏受语言学家库尔德内的影响较大，不论诗学研究方向的确立与发展，还是具体观点的提出都有其影响。在对文学艺术附属地位的批评上，什氏也在库尔德内这里找到了依据，他在《克拉克科学院院士博杜安·德·库尔德内》一文中表示，库尔德内也十分不满人们在作品中看不到词语自身的生命，而只是挖掘思想。同时库尔德内对未来主义者的语言也十分感兴趣，他们专注于词语的技法以及突出语言自身的独特生命力的做法获得了库尔德内的认可，这种理念在什氏这里得到了进一步延伸与发展。

总体而言，形式学派成员之所以有反抗根深蒂固的传统文论的勇气，正是因为他们看到了其中的痼疾，如果文艺之为文艺的根基就立足于一个错误的基点，那么接下来所有的理论建构都将是徒劳。所以，对形式学派而言的当务之急即是首先恢复文艺的独立地位，建构一门关于文学的科学。当然，“放眼俄国文艺学史，公正地说，最先提出文艺学本体论构想的，还不是奥波亚兹及其代表人物，而是亚·尼·维谢洛夫斯基（1838—1906）——俄国传统文艺学最大及最后一位集大成者。早在从事诗学研究的开始阶段，维谢洛夫斯基就对长期以来文艺学依附于其他人文社会科学的状态感到不满”。[②] 维谢洛夫斯基的这种反抗传统的勇气和睿智对形式学派产生了重要影响，但形式学派的对抗不仅更彻底，还在新的文学观指引下建立了一套完整的理论体系。其情节理论就是在这样的前提下建构起来的，摆脱了传统情节理论的附属地

① Жирмунский В. М. *Поэтика русской поэзии* С.：Азбука-классика，2001. 17. 80.

② 张冰：《维谢洛夫斯基与奥波亚兹》，《俄罗斯文艺》2004 年第 3 期。

位，将情节形式提高到本体层面。

（二）反对“艺术即形象思维”

学派一方面从总体上反对传统文论的基本文艺观，另一方面从有代表性的具体观点入手，挖掘其不合理之处，其中较为突出的如波捷布尼亚的“艺术即形象思维”理论，并与此相应提出了“艺术即方法”的著名观点。在学派具有奠基性作用的什克洛夫斯基的《艺术即方法》一文开篇并没有先谈自己的理论主张，而是从反对以波捷布尼亚为代表的“艺术即形象思维”理论以及由此关涉的文艺观开始。

什克洛夫斯基之所以从反对“艺术即形象思维”入手，是因为该理论在其同时期影响极为广泛，无论是普通的中学生还是从事专业研究的学者，对此都十分认同。以此为切入点，更能体现什氏推翻传统工具论文艺观的决心和勇气。这一理论的重要先驱者是波捷布尼亚，他在《文学理论札记》中说“没有形象就没有艺术，具体而言，就不会有诗歌”。同时还补充到，“诗歌，散文亦如此，首先且主要是被人们熟知的某种思想和认识方式”。[①] 总而言之，无论诗歌还是散文等艺术作品，都旨在通过创造的形象传达某种思想及认识，没有形象就不会实现该功能，因而也就没有了艺术的存在。之所以用形象来传达，是因为可以节约智力，通过最快捷的途径更好地传达信息。这一理论在象征主义中有较突出的体现，通过塑造人们熟知、感兴趣的形象能够轻松地将抽象、深奥的思想进行传达。

什克洛夫斯基认为“艺术即形象思维”的观点漏洞百出，实际上，不能将所有艺术都归为形象艺术，后来波捷布尼亚的学生也提出了该问题，甚至将抒情诗和音乐排除在形象艺术之外。同时还有两个较突出的问题，一是它强调艺术为传达思想的工具；

① Шкловский В. Б. *О теории прозы*. М.：Советский писатель，1983. 9.

二是其主张“节省”的原则。这两个观念都是什氏乃至形式学派不能接受的，什氏在《艺术即方法》中重点针对第二个问题做了分析。节省力量是日常生活中人们进行交往活动应当遵循的标准和原则，人们力求花最少的力气实现信息交流最大化。但在艺术活动中恰恰相反，当读者看到某一词语或形象时，如果读者难以产生深刻印象，自动进行后面的阅读的话，对于作家而言则意味着失败，这就是艺术中的“自动化”行为。

当然，什克洛夫斯基反对的不是文学形象本身，他并不否认文学作品中有形象存在，只是认为“几乎有形象的地方，就有陌生化”。[①] 形象在什氏与波捷布尼亚思想中的性质完全不同，在后者眼中，形象是传达思想的工具，坚持节约的原则，但在什氏这里，“想象不是可变谓语的固定主语，形象的目的并非使其思想易于人们理解，而是制造一种对待事物的特殊感受，即产生‘视象’，而非‘认知’”。[②] 也就是说，形象的价值在于使人们对事物产生强烈的感受，并使其驻足。什氏认为在色情艺术中，形象的存在价值最显而易见，但仍然符合陌生化原则，以第一次看见某物的姿态去描写，给人留下深刻印象。

什氏认为不仅文学创作离不开陌生化手法，甚至谜语也离不开它，谜语的表述一般采用人们平常不使用的方法或词汇，试图制造理解的“迷雾”。“阻滞与延缓是艺术的普遍规律问题……艺术的节奏存在于对一般语言节奏的破坏之中。”[③] 艺术之路就是要用“崎岖”的路面将读者阻滞于阅读的路上，使其更加深刻地感受到路上的石块。就如同走路和跳舞的区别，人们已不再去关注常规走路时两条腿的动作，但经过了加工设计之后的舞步则能成为人们欣赏的对象则是同样的道理。

---

① Шкловский В. Б. *О теории прозы*. М.: Советский писатель, 1983. 20.

② Шкловский В. Б. *О теории прозы*. М.: Советский писатель, 1983. 20.

③ Шкловский В. Б. *О теории прозы*. М.: Советский писатель, 1983. 25.

能够认识到这一规律的人较多，但其中有些人进一步试图将这种破坏规律系统化则是十分荒谬的，这种努力最终必定失败，这种规律无法预测，什氏甚至认为如果有人将其系统化为某种范式，则必然失去陌生化手法的独特效果。虽然什氏在其他文章探讨散文的情节塑造手法时也出人意料地将手法归纳为某种公式，这正体现了什氏在理论建构期思想的内在冲突与矛盾，但什氏毕竟自身同时也是文学家，有大量的文学创作经验，所以理论建构虽有偏离航线的情况，但终究还会回到正轨，随着自身理论建构，前期的极端理论得到了修正与发展。

除了上述观点，被形式学派极力反对批评的观点还有很多，如“人智说”，什氏在《迷误的动力》中认为别雷就深陷其中，他写的人智说的东西，是在人智说最高潮的时候写的，最终都成了自传。

形式学派对待传统文论的上述态度十分坚决与稳定，贯穿学派活动的始终。蒂尼亚诺夫和雅克布逊在1928年合著的《文学和语言学的研究问题》具有总结的性质，虽然形式学派接近尾声，他们依然坚持该立场未变，对待文学研究传统依然存在诸多不满，“俄国文学和语言学的迫切问题要求有稳定的理论基础，要彻底的抛弃机械式的做法，按这种方法的要求，新的方法论同贫乏的古老的方法论归在一起，在新的术语的掩护下融进了幼稚的心理主义和其他迂腐的观点。必须和学院派的折中主义（日尔蒙斯基和其他人），抽象空洞的‘形式主义’，它用对其术语和罗列现象代替分析。要停止将作为系统而存在的文学和语言学科学变为插曲和轶事的做法”。[①] 只有恢复文学学科自身的独立性与合法性才能根本解决上述问题。

什克洛夫斯基总结了两种对立的对待艺术的观念，一是将艺

① Тынянов Ю. Н. *Поэтика · история литературы · кино.* М.：Наука，1977. 282.

术作品视为通向世界的工具。艺术家希望借助作品中的形象及语言的因素传达其各种思想理念，所以他将这种作家称为“翻译家”，那么此类文学作品也沦为思想的工具；二是将艺术作品看作独立存在的世界。艺术的价值不在于思想的传达，而是彰显自身的价值。这两种艺术类型泾渭分明，完全没有可调和的空间，它们也正是传统文论与以什氏为代表的俄国形式主义文艺观的区别。

二　传统情节理论的重要影响

俄国形式主义在缘起与发展过程中，高举反抗的大旗，尖锐地批评了传统文论的不足，当然，这种批评绝不是纯粹单向的关系，其实形式学派也从中吸收了合理的内容。这里容易产生这样一个问题，为什么传统文论的影响如此巨大，而形式主义这样特立独行的学派能够形成，是历史的必然还是偶然。在对学派产生的根源认识的过程中发现，这种文学研究的转向一方面是文学自身内部发展规律的推动，如传统文学的发展已经取得较突出的成绩，在原来的阵地创新越来越艰难等原因推动文学自身也在寻求改变与突破。另一方面形式学派这群年轻的小伙子也受到了西方许多理论家的影响，其中较有代表性的如亚里士多德、胡塞尔、维谢洛夫斯基、库尔德内、索绪尔等重要的理论家。在情节问题上，形式学派受到亚里士多德的诗学与维谢洛夫斯基的历史诗学的影响较大。亚里士多德在《诗学》中提出有关情节的理论，并大大提高了情节在叙事类文本中的地位，影响了西方叙事理论长达两千余年，可谓奠定了西方叙事理论中有关情节理论的重要基调。维谢洛夫斯基诗学并未完全被形式学派接受，在批评其不合理思想的同时，也深受其情节理论中合理因素的影响。

亚里士多德的诗学理论是西方诗学的重要源头之一，其中的叙事理论对西方叙事理论的影响不言而喻，其在漫长的发展过程中虽然经历了多次转变与突破，但至今仍然有亚里士多德的重要影响，很多研究的问题都源自亚氏。形式学派的叙事理论虽然是在反对传统叙事理论的基础上提出的，但在情节理论上却受到亚里士多德的重要影响和启发。尤其在什克洛夫斯基的著述中，多次大段引述亚氏《诗学》中的观点展开讨论，并在其基础上提出自己的观点。当然，什克洛夫斯基等人对于亚氏诗学中的观点并非全盘接受，但从其著述中难以找到对他的直接批评，对于其与学派不一致的观点，学派并未像对其他传统文论一样直接毫不留情地抨击与批驳，而是大多采取避而不谈的策略。亚氏对形式学派，尤其对什氏的影响最深远的当属情节理论。

亚里士多德在《诗学》第六章中对悲剧进行界定，将其看作对行动的模仿。同时对悲剧的构成成分做了具体介绍，"整个悲剧艺术的成分必然是六个——因为悲剧艺术是一种特别艺术——(即情节、'性格'、言词、'思想'、'形象' 与歌曲)"，在这六个成分中，"最重要的是情节，即事件的安排；因为悲剧所摹仿的不是人，而是人的行动、生活、幸福，[〈幸福〉与不幸系于行动]；悲剧的目的不在于摹仿人的品质，而在于摹仿某个行动……他们不是为了表现'性格'而行动，而是在行动的时候附带表现'性格'。因此悲剧艺术的目的在于组织情节（亦即布局)，在一切事物中，目的是至关重要的"。① 将情节看作悲剧作品中最为重要的因素，甚至可以说，没有行动就没有悲剧，但没有"性格"等要素，悲剧依然可以存在。这种对情节的重视在西方的影响较大，并在形式学派这里将其推向高潮，上升到本体层面，情节形式甚至成了叙事类作品的代名词，亚氏悲剧理论中与情节并列的其他诸要素在什氏这里成了情节形式的构成要素，已经不再是同一层面的存在。

① ［古希腊］亚理斯多德：《诗学》，罗念生译，人民文学出版社 2002 年版，第 18—19 页。

作品中描写的行动并不是生活本身，亚里士多德认为“诗人的职责不在于描写已发生的事，而在于描述可能发生的事”。[①] 当然，一定要符合“可然率”或“必然率”。什氏也认为“艺术充满了预言，它基本能意识到将要诞生的，尚未出现的新事物”。[②] 文学作品虽然表现的是人的行动，但并不照搬生活，而是探索生活的规律，这为作家的创造提供了更大的发挥空间。

既然情节对于悲剧如此重要，接下来亚氏自然将情节的布局作为重要的研究任务，他主要围绕情节布局中的突转与发现、矛盾与冲突等问题进行阐释。这对形式学派影响较大，什氏等形式主义者在叙事理论中对叙事手法也是极为重视，尤其陌生化理论的提出，更为其叙事手法的建构提供了总体规范。同时，什氏在《关于小说的小说》中对亚氏《诗学》中关于矛盾的强调十分认同，他认为托尔斯泰作品中的矛盾就是引燃世界的火柴，假如没有矛盾，该世界是无法被理解的，新创造的艺术形式只有在真实创造的新的矛盾之中才能呈现，如《十日谈》的出现根本上就是由于社会道德变成了有争议的存在。

当然，亚里士多德对什克洛夫斯基的影响并不限于上述情节理论，同时在人物之间的关系、文学语言等问题上都有重要影响，但在亚氏铺垫的情节之路上，什氏等形式派学者不仅进一步发扬光大，更呈现出了自己的特色。

维谢洛夫斯基是俄国历史诗学的奠基人，也是俄苏比较文学的开创者，对俄国诗学领域产生了巨大影响。他既是俄国传统诗学的集大成者，但同时对20世纪俄国诗学理论的发展也具有重要的启示和影响。维谢洛夫斯基对于俄国诗学领域的作用十分重要，俄国形式主义作为20世纪西方诗学理论的奠基性存在，其诗

---

① ［古希腊］亚理斯多德：《诗学》，罗念生译，人民文学出版社2002年版，第24页。

② Шкловский В. Б. *Избранное в двух томах. Том первый.* М.：Художественная литература，1983. 90.

学理论的建构自然无法绕开维氏的影响。日尔蒙斯基是维谢洛夫斯基的嫡传弟子，是维氏历史诗学的重要研究者，并对其做了进一步发展，在自己的诗学理论建构中深受其影响。什克洛夫斯基的诗学建构中虽有对维氏的反对，较有代表的如他的“母题”理论就受到什氏的强烈反对，但依然不能回避维氏对形式学派诗学理论建构的影响，尤其在情节结构理论的建构就有维氏的影响和启发。形式学派吸取了维氏情节观的合理因素，首先摒弃了维氏重点讨论的“母题”和情节理论，首创了本事—情节理论，完全摒弃了民俗等内容；其次，吸收了维氏对情节形式建构中的理念，强化了情节建构手法等内容。

第二节　俄国形式主义的情节观

情节虽是叙事理论研究的重要内容，但一直以来关于情节的具体内涵的界定都比较模糊。实际上，随着时代的发展、叙事文学的不断演变以及研究方法的更迭，其具体内涵也在不断变化，甚至走向多元，难以用几句话精准概括。

对于文学作品情节结构的认识一直以来有多重论调，影响比较深远的总结起来有二分法、三分法和四分法。二分法的观点较常见，一般认为文学作品是由内容与形式、素材与手法、故事与话语等两种组合因素及其复杂关系构成，尤其内容与形式二分法在传统文论中的影响较强大；三分法和四分法相对不太常见，较典型的如我国古典文论中探讨的言、象、意之间的关系，郑板桥画论中的“眼中之竹”、“胸中之竹”和“手中之竹”等；四分法较有代表性的如英伽登的文学文本层次结构理论。当然，除了对文学作品进行层次的划分，还有有机统一说，将文学作品看作由各种要素构成的有机统一体。

俄国形式主义形成于20世纪初，其所面对的19世纪的俄罗斯文学批评局面可谓一片“混乱”，文学完全沦为各种思想史的附属，失去了自己存在的独立价值，形式学派的形成与建立是在对传统文论中内容与形式二分法的反驳中实现的，在情节理论的建构中，首创“本事”范畴，形成了素材、本事[①]与情节三元论情节观。

俄国形式主义不仅根本上重新勾勒了文学的边际与本质，将研究视野重新拉回文学的自足体，更将主要精力集中于情节结构及其塑造方法。学派将艺术价值的源泉归功于情节结构，这种崭新的情节观直接促生了其独特的形式观，并围绕作品的形式展开分析，从根本上扭转了传统文论中形式与内容二分法中形式范畴的根本地位。形式范畴被赋予全新的内涵，同时在对形式问题深入阐释的过程中提出了功能理论，对布拉格学派及结构主义理论产生了重要影响。学派的观点虽带有理论开拓期的不成熟，但其敏锐的理论视野，以及对文学之为文学的文学性的重视使其理论建构富有丰富的启发性，不仅提出了很多令人耳目一新的观点，更对 20 世纪西方叙事理论的发展起到了重要的影响和启示。

一　三元论情节观

在西方叙事理论发展过程中，不论是传统叙事理论，还是 20 世纪经典叙事理论与后经典叙事理论在情节的问题上，二分法的影响较大，主要将情节看作对素材（故事）的加工改造。学界关于俄国形式主义本事与情节的阐释也往往将其放在上述二元论视野中分析，将本事等同于素材，情节与二元论中的情节相对应。其实，这是一种对形式学派叙事理论的误读，在本事与情节的问题上，什克洛夫斯基、托马舍夫斯基等人的论调较一致，将本事

① 学界对于 фабула и сюжет 这两个范畴的翻译一直有争议，有将其译为本事与情节，有译为情节与情节分布等，本文采取前一种翻译方式。

与情节看作对素材加工的产物，形成了素材、本事与情节三元论思想。俄国形式主义叙事理论中的三元论情节理论的建构不仅颠覆了传统叙事理论的情节观，而且对传统批评理论的反驳与摒弃也体现其中，对20世纪西方经典叙事理论的发展具有启示性作用。

学派对于素材、本事与情节理论的建构散见于理论著述的多个角落，很少被集中讨论，也致使研究者易把三者割裂开来讨论，同时其理论自身也存在前后不一致或自相矛盾之处。如在该理论的主要推动者——什克洛夫斯基的诗学理论中，虽然较多篇幅强调本事与情节的问题，但其实在他看来，这并不是文学作品从无到有的过程中所包含的全部阶段，对于文学作品的素材往往没有与本事、情节放在一起讨论，而是散见于其他论述中。

（一）素材

任何事物的加工制作都需要一定的材料，文学创作亦如此，作为文学活动材料的素材品种十分丰富。不同的作家可以利用同样的素材，但创作的结果完全不同，“书不是世界，而是通向世界的窗口，不同房子的窗子能打开不同的风景。窗外的景色只有一个，但打开的方式不同”。[①] 当然，素材在艺术家面前并非完全被动，其特质直接影响创作的效果。到底何为素材，对此主要有两种论调，第一种认为素材是词语，“诗的材料不是形象，不是激情，而是词”。[②] 作品的创作就是对词语的加工，无论是抒情类还是叙事类作品都是通过对词语的加工与变形。第二种是从内容的角度阐释素材，认为它包含多种类型，如文学经验、日常生活

---

① Шкловский В. Б. *Избранное в двух томах. Том первый.* М.: Художественная литература, 1983. 452.

② ［俄］什克洛夫斯基等：《俄国形式主义文论选》，方珊等译，生活·读书·新知三联书店1989年版，第217页。

等内容。

俄国形式主义对第二种观点的论述较多，文学史中出现过的文学作品都可以成为作家创作的素材，什克洛夫斯基认为，就像所有伟大的建筑师都是破坏者，真正的文学家亦如此，也是在破坏此前作品的基础上进行创造。一部作品被读者阅读之后，随着其使用的手法逐渐被读者接受并熟识，慢慢失去了曾经的新鲜感和兴趣，就会出现“自动化”，不再成为吸引读者的对象，这样的作品无异于司空见惯了的日常生活，要想重新回到读者的视野，需要改装换面进入新的作品。

同时，素材还应包括作家亲身经历或耳闻目睹的社会生活。但关于文学创作与社会生活之间关系理解的前提，应该将文学活动细化，二者的关系表现在文学创作结果以及起点的结论是不同的。就文学创作结果而言，形式学派大多数成员认为文学与生活没有关系，文学不反映生活。什克洛夫斯基认为文学作品与日常生活毫无关系，在给雅库宾斯基的信中谈到，不能根据社会经济的变化而预言文学的变化，反之亦然。同时，认为托洛茨基所说的词语是事物的影子的观点不正确，词语不是影子，而是按照自己的规律发展的，那么文学语言即是按照文学自身的规律进行加工、组合的结果。同时认为对艺术现象进行马克思主义的解释在其同时代虽然很普遍，但是不正确的。什氏将文学等艺术形式完全从社会生活中剥离出来了，甚至表达过十分极端的观点，“日常生活只是在填满形式时起作用，甚至有可能被完全驱逐……艺术永远是远离生活的，其色彩上永远不反映城市要塞上空旗帜的颜色”。[①] 不仅文学如此，什氏认为音乐等艺术形式亦如此，所以借艺术作品进行思想宣传是荒谬的。在绘画领域，什氏也反对画家对生活的临摹，他认为不存在这样的绘画，绘画作品即不传达

---

① Шкловский В. Б. *Гамбургский счёт*. М.：Советский писатель，1990. 79.

社会态度，也不机械再现生活，甚至作品的视点绝非一个，而是有多个。当然，学派内部关于文学创作与社会生活之间的关系也有另一种论调，有人认为文学与生活有密切的关系，蒂尼亚诺夫就认为文学可以反映生活。

但就文学创造的起点而言，则承认生活作为素材进入文学作品的合法性，作家可以利用生活中的各种要素进行创作，甚至什氏还强调日常生活对于文学创造活动的必要性，他在谈到创作时表示，作家最好要有作家之外的第二职业，该职业会给作家带来不同的生活体验，会丰富他们的创作，“因为职业家（有职业的人）同事物有什么样的关系，他就怎样去描写它们”。[①] 甚至认为没有这些素材的话，就难以创造出新的艺术。日常生活虽然可以成为创作的素材，但并非机械地照搬，要经过作家的加工改造，进入艺术作品之后就成了实现艺术功能的要素之一，而放弃了自身的意识形态以及思想的传声筒等功能。

当然，艺术作品素材的选择并不是随意的，要以最终加工的结果作为参考，要选择适合建构该形式结构的素材，而且要选择“意义重大的，能够被感受到的，每个时代都有自己的标志性特征，有自己的拒绝古老的探索，如托尔斯泰就从不写充满浪漫色彩的高加索、月光”。[②] 或者说，什氏认为选择素材的标准应该是能够加工出可感的形式，否则即使再典型的素材都不允许进入作品。

尽管什氏认为在文学创作中能够被选择的素材要经过作家的加工，但并不意味着其一定要被变形。是否要变形完全取决于形式的需要，即使未变形，作为作品形式的重要组成部分，其与作为素材存在的内容之间也已迥然有别。

日常生活不断发展变化，文学的素材也不能墨守成规，应

---

① 翟厚隆等编选：《十月革命前后苏联文学流派》（上编），上海译文出版社 1998 年版，第 263 页。

② Шкловский В. Б. *Гамбургский счёт*. М.：Советский писатель，1990. 122.

该不断更新，“新事物的出现不只在新的组合中，还在于素材的新颖”。[①] 什氏在《动物园，或并非情书的信》的第五封信中谈到，艺术需要新的素材，所以，作家在创作时有时甚至会引入日常生活中个人的隐私，或者也可以提到平常不多见的内容，“列米佐夫在新的短篇小说中写到的所罗门·卡普伦，他哭诉勃洛克的哀歌中写到的玛利亚·费多罗夫娜·安德烈耶娃，都是由于文学形式的需要”。[②] 更新素材，最终目的是服务于形式的创造。

也有学者将素材理解为上述两种情况的有机结合，蒂尼亚诺夫在《结构的概念》中认为一般情况下应将素材理解为作品的语言和词汇，具体而言，是它们所代表的实际生活。蒂氏认为，“这样，我们便忽视了材料的不同性质和多义的特点，取决于材料的作用和用途的特点”。[③] 也即是说，文学作品的素材不能用抽象的词语来概括，这样其本身的丰富性和多义性无法被真正把握。“‘材料’的概念超不出形式的范围，材料也是形式的东西；把材料与外在于结构的要素混同起来是错误的。”[④] 这里的材料或素材是形式的有机组成部分，只有在形式中才能真正认识材料的本质。

什氏后俄国形式主义时期认为日记也可以成为素材，改变了前期的态度。有人认为他完全走向了自己的反面，背叛了前期的理论并向反对者投降是不对的。其实，什氏后期将日记理解为作家心灵的痕迹、写作技巧的尝试，并不是像传统将其仅仅看作帮助读者理解作品内容的工具，并非回到传统批评的老路，而是随

---

① Шкловский В. Б. *Избранное в двух томах. Том первый.* М.：Художественная литература，1983. 104.

② Шкловский В. Б. *Zoo или Письма не о любви.* С.：Азбука-классика，2009. 27.

③ ［法］茨维坦·托多罗夫编选：《俄苏形式主义文论选》，蔡鸿滨译，中国社会科学出版社1989年版，第95—96页。

④ ［法］茨维坦·托多罗夫编选：《俄苏形式主义文论选》，蔡鸿滨译，中国社会科学出版社1989年版，第96页。

着理解的深入，不断完善自己的理论体系。

（二）本事

本事这一范畴是俄国文论对于世界文论史的独特贡献，但对其具体内涵的理解与阐释没有给出十分确定的结论，目前学界对其学术思想的挖掘也难以与其学术价值相对应。在维谢洛夫斯基情节理论的启发下，俄国形式主义的重要代表人物首创了本事范畴，并对其做了进一步理解与阐释，使其内涵不断丰富与发展。不过，总体而言，学派在对本事理论的建构中表现出了一定的不稳定性，或者可以说学派发展不同的阶段，或者同一位理论家在不同时期对本事的理解往往有不一致之处，这也体现了其思想建构过程中的思考与犹豫，甚至是不成熟，但其对于形式学派乃至西方叙事理论中情节理论发展的思想启迪作用是无法被低估的。

到底何为本事呢？它不同于素材的“原生态”性质，也不同于经过陌生化手法加工处理后的情节结构，是二者之间的中间过渡阶段，是对零散的素材的加工，是情节讲述的事情的本来样子，但还不具有情节的陌生化效果。

首先，本事一般是将素材加工后的连续性事件的统称。什克洛夫斯基将本事看作“对事件的描绘”，是“组成情节的材料”，如作品《叶甫根尼·奥涅金》中讲述的主人公身上发生的各个事件。与生活有相似之处，什氏认为，“我们的生活还不是情节而是本事，而这不是利用词语的游戏”。[①] 当然，并不是说生活本身就是本事，而是强调本事具有像生活中的事件的特点，是虚构出来的未经雕琢的具有连贯性特征的事件。

托马舍夫斯基也有类似的观点，“具有本事的作品的主题是由或多或少的事件构成的统一系统，其中的一个事件会引发另一

① Шкловский В. Б. *Гамбургский счёт*. М.: Советский писатель, 1990. 260.

个事件，彼此间是相互联系的，我们将内部相互联系的事件的总和称之为本事”。[①] 这里也强调，本事是由各事件构成，它们之间不仅是前后相继，而且彼此间存在密切的因果联系。

其次，构成本事的事件要有内在矛盾。本事本身并不具有独立价值，但要想被加工为情节，其本身要有潜在的价值，即矛盾，只有这样才更易于情节的加工，也才能加工成更出色的情节。“本事是由一个情境（ситуация）到另一个情境的转换构成。这种转换能够由新的人物的出场、旧人物的消失以及关系的变化来实现。因此，斗争是以大部分本事的形式为根基。”[②] 而情境则是由利益或其他关系而引起的人物之间的冲突，可谓没有冲突就没有情境，没有情境就没有本事，正如托马舍夫斯基所列举的例子，人们笔下的游记可以按照时间的顺序将所见所闻讲述出来，但因为没有旅行者个人的冒险经历，所以它只能算是没有本事的故事。所以，本事中不仅时间逻辑与因果联系缺一不可，还要有矛盾冲突及其引起的情境的转换。

“本事的辩证发展比较像社会历史进程的发展，其中，每一个新的历史阶段都是作为上一个阶段的社会集团相互斗争的结果而出现的，同时，也是构成现有的社会‘制度’的新的社会集团的利益斗争的基础。”[③] 本事中人物之间的矛盾冲突，也有开端（завязка）和结尾（развязка），是一个完整的故事链条。那些打破了原来的静止状态，引起后面的矛盾冲突的事件的总和，即是开端，相反，事件的发展不会引起新的冲突和情境，就已经到了本事的结尾了。在结尾出现之前，本事的矛盾冲突伴随其从开端到最后的结尾，矛盾冲突的每一次加剧都会引发新的情境，其达

---

① Томашевский Б. В. *Теория литературы поэтика.* М.: Аспект Пресс, 1977. 179 – 180.

② Томашевский Б. В. *Теория литературы поэтика.* М.: Аспект Пресс, 1977. 180.

③ Томашевский Б. В. *Теория литературы поэтика.* М.: Аспект Пресс, 1977. 180.

到最高潮之后往往随之而来的即是本事的结尾。但是，托马舍夫斯基认为仅仅有本事中的开端、矛盾冲突、情境的转换以及结尾的出现是无法达到吸引人的叙述目的的，还需叙述者对这些事件进一步“加工”、改造，按照新的逻辑将它们重新安排，才能使本事真正成为文学的要素，情节才能出现。

本事是完整的故事链条，但读者无法直接获得，只能通过情节去猜想，所以蒂尼亚诺夫认为如果学生想复述作品《巴赫奇萨赖的泪泉》的本事，定会十分困难，因为作家普希金故意隐藏了结局，只是给读者一个暗示。如果不能很好地理解这种暗示，则会对作品的材料有“天真的暴力”，难以真正“复原”作品的本事，更多只是粗暴的臆断。“不把本事看做纲要，而是看做事物的轮廓更准确。情节是事物的总体动态，是由本事的运动和风格的兴衰运动之间的相互作用产生的。本事可能只是简单的猜想，而没有结论，观众只能根据展开的情节猜测它，这个猜想相对于观众亲眼目睹的本事而言，是情节的巨大推动力。本事和情节认为彼此都是古怪的。”①

蒂氏认为作品中“插画提供的线条画细节——任何时候都不是情节的”。② 插画是用本事“塞满”情节，并不直接参与情节的发展。所以，蒂氏甚至非常反对插画图书，认为插图越精致、越新奇就越不好。从其对插画的态度我们可以看出，在蒂氏看来，将插画归为本事的系列，因为它是独立于文字的存在，没有“真正”融入情节结构的塑造中，成为多余的“局外人”，那么在情节中这种穿插的本事必然不受欢迎。当然，这里蒂氏的结论未免极端，文学作品中的插画其实并不是完全独立于作品的文字内容，在作品展开的过程中，与内容相关的插画也已经融入了作品，成为其有机组成部分。

---

① Тынянов Ю. Н. *Поэтика · история литературы · кино.* М.: Наука, 1977. 325.

② Тынянов Ю. Н. *Поэтика · история литературы · кино.* М.: Наука, 1977. 317.

艾亨鲍姆也区分了素材与本事，认为二者并不是一回事，他说“素材中的每一个因素都能够作为形成的主体部分被凸显，因而是情节或结构的基础。而本事——只是结构的部分事实。语调、语义和词汇等语言要素通过民间故事（сказ）跃出第一层面，自然地进入到了本事的体裁或描写体裁中的第二层面。这就是为什么民间故事形式的发展发生在大的形式——长篇小说表现得毫无生气的时候”。[①] 艾亨鲍姆认为素材是构成情节或结构的基础，而本事只是其中的部分事实，这与什克洛夫斯基的三分法理论并不相悖，语调、语义和词汇等语言要素作为素材不同于本事，它们只有跃出第一层面，才能达到本事层，至于如何跃出，其动力来自何处，艾亨鲍姆并未进一步阐释，但至少告诉了我们素材与本事之间的区别。

什氏后期诗学理念有所调整，但对本事的理解并未改变，“托尔斯泰作品的开端与结尾是另外的样子，虽然他的人物也结婚、死亡，但这些是本事，结构的意义是其他的”。[②] “对于亚里士多德而言部分就是整体，而‘整体’是由开始、中间和结束……在这里整体——首先是神话——在亚里士多德这个词的理解中就是本事。”[③] 本事还是此前理解的一个包含开端、发展和结束的完整的故事链条，而情节则是对它的破坏。

（三）情节

情节才是作家真正的创作目的，情节作为“事件的组合与相互联系处于艺术反映的核心位置”。[④] 前面的素材和本事的选定与

① Эйхенбаум Б. М. *Литература*: *Теория. Критика. Полемика.* Chicago 80, Illinois, 1969. 219.

② Шкловский В. Б. *Избранное в двух томах. Том второй.* М. : Художественная литература, 1983. 485.

③ Шкловский В. Б. *Избранное в двух томах. Том второй.* М. : Художественная литература, 1983. 503.

④ Шкловский В. Б. *Избранное в двух томах. Том первый.* М. : Художественная литература, 1983. 284.

加工都是为情节的出现做准备。什克洛夫斯基认为，情节结构才是代表作品的实际存在物，“情节是作家的目的，是他的意图。是新的爱，新的信念，在不可能面前放弃恐惧”。[①] 与此同时，“情节是作家的目的，可以说是新发现的结果。几乎永远是幻想，是有爱的婚姻，是自由、有时幸福的家庭”。[②] 它既是读者眼前的感受对象，同时也是引起矛盾的重要关涉对象，因为有对幸福婚姻和真诚的爱的奢望，才有作品中爱而不得的矛盾与隔阂，才有了人与人之间的背叛、逃离……也才有了情节。

学派在阐释情节理论时，往往通过将其与本事进行比较来凸显情节的特质，不同的理论家切入角度有所差异，侧重不同方面的阐释。蒂尼亚诺夫认为，“本事——是关系的静态链条，脱离于作品的语言态度；情节——是语言的动态存在中的关系和态度……本事的意义是明确的，但情节的意义完全不是那么简单”。[③] 他认为静止的链条是这样的：她非常可爱，他爱她，但他不可爱，她不爱他……但在运动的链条中，本事最小程度地暴露自己，吸引读者注意的是使本事变为情节的技法。蒂氏在讨论电影，分析电影的情节与本事时用文学做例证，他说，电影中关于情节的问题是那样的不成功，“就像在文学中有着复杂的本事节点的事物被称为情节。但本事不是情节”。[④] 本事自身也可以跌宕起伏，但还要经过加工处理，才能变为情节，同时也会更加吸引读者。

雅克布逊在理论中也涉及过本事与情节的区分问题，他十分反对不加区别地混同本事与情节的做法，认为“作为规则，文学史中的情节结构，同本事、意图相同、混淆，因此，被作为超越美学、超越形式，作为内容被感受，这种错误总体来说同我们已经说

---

① Шкловский В. Б. *Энергия заблуждения*. М.：Советский Писатель，1981. 339.

② Шкловский В. Б. *Энергия заблуждения*. М.：Советский Писатель，1981. 345.

③ Тынянов Ю. Н. *Поэтика・история литературы・кино*. М.：Наука，1977. 317.

④ Тынянов Ю. Н. *Поэтика・история литературы・кино*. М.：Наука，1977. 324.

过的认识传统文学史的不加批评的混淆相似”。并列举电影艺术中的例子来证明，“电影技术分为剧本和电影脚本。剧本——是影片内容的简单叙述，它不负责（回答）影片结构的特定的要求，不会注意电影叙述的特点，电影艺术主题的研究，那个时候作为电影脚本，是将剧本转换成了电影语言，将其改变为电影叙述方法和它们的组合、结构规律。也就是说，电影剧本是电影艺术形式的组成部分。什克洛夫斯基在自己的已经在捷克出版的作品集《散文理论》中，合情合理地将文学情节的问题看作艺术形式的问题了，并试图阐述情节结构的一般规律，创造情节结构类型学。当然，形式主义研究者相比较个别结构的研究完全是另一回事。研究者客观地发现了直接对立的艺术思想的可能性，并标记了发展曲线。在这种情况下在对结构的描述中，他发现，在这样的艺术作品中，在这些诗歌流派里，传统形式公约的文学发展阶段，成为形势发展中的新贡献，有意偏离传统，破坏传统公约”。[①]这里雅克布逊谈到的对影片内容简单叙述的剧本相当于本事，但还不等于拍摄后的影片结构，电影导演在拍摄的过程中有意破坏传统——也包括剧本的内容，打破人们的欣赏习惯，制造更多的意外，电影结构就产生在这个过程中。

托马舍夫斯基在《情节的构成》中专门论述了本事与情节的问题，对于二者的内涵，托氏的观点不同于上述论调，认为“本事不仅有时间的特征，还有因果关系”。[②] 既然情节是对本事加工之后的结果，所以托氏根据作品中是否体现时间与因果关系而将其分为两种类型，一种是能够体现时间与因果关系的，可以称为有本事的作品，如中篇小说、长篇小说和史诗；另一种是强调叙述的共时性，且没有内在的因果联系，可以称为无本事的、描述

① Якобсон Р. О. *Формальная школа и современное русское литературоведение.* М. : Языки славяских культур, 2011. 66.

② Томашевский Б. В. *Теория литературы поэтика.* М. : Аспект Пресс, 1977. 179.

性的作品，如抒情诗、描写性的诗歌等。而且因果关系越弱，其时间关系发挥的作用就越发显著。如传记、游记之类的作品就属于后者，这种“没有本事的作品介于艺术作品与散文①之间”。②而叙事类作品理所当然属于前一种，其情节必然来源于对本事的创造性加工，但未破坏其时间逻辑与因果逻辑。这里虽然强调了叙事类文本情节结构中的时间逻辑与因果逻辑，但与上述其他成员的观点并不冲突。其实情节的建构虽离不开方法的注入，但并不意味着一定破坏了其中的时间逻辑与因果逻辑，该问题不是作品是否成功，或是否由本事跃升为情节的标志。只是在传统小说与现代主义、后现代主义文学中对二者的强调程度不同，前者保存的较好，后者则蓄意破坏。我国学者对于本事与情节的区别有过类似的论断，“本事法布拉是事件的时间顺序序列，而情节即休热特，则可以非按照时间顺序序列来展开。事件可以在艺术上通过像重复、比兴并列、阶梯式布局、延宕式布局这类手法来进行艺术的安排”。③

上述观点较一致地将情节看作对本事进一步加工的结果，对于情节对本事的加工问题，蒂尼亚诺夫做了具体分析。他认为情节对本事的加工有两种方式，一是情节依赖本事，二是情节的发展偏离本事。其实这里强调的第一种情况是情节对本事的加工改造的地方相对较少，较多地保留了本事的原貌，蒂氏认为探险类小说就是这种类型，作家引领着读者一步步发现原委，果戈理的《鼻子》也是这样的作品，有些本事直接变成了情节的成分。第二种情况是情节对本事的改变较多，读者通过作品很难复原本事的原貌，在这种情况下蒂氏认为本事是“神秘”的，作品的情节就像谜

---

① 俄国文论中谈到的散文不同于我国的散文体裁，其指代范围较广，泛指一切与诗歌相对的无韵文，主要包括小说、戏剧等叙事类文本。

② Томашевский Б. В. *Теория литературы поэтика.* М.：Аспект Пресс，1977. 180.

③ 张冰：《俄罗斯形式主义诗学》，中国社会科学出版社 2019 年版，第 9 页。

语，但谜语只是情节发展的动力，谜底往往不会直接给定。

作品中本事与情节的具体关系并不是完全随意的，蒂氏认为，二者之间一方面受风格的影响，不同的风格决定了情节加工本事的方法不同，上述两种本事与情节的关系已较有力地说明了这一点；另一方面，本事、情节的关系问题与体裁的问题密切相关，这种关系不仅在不同的长篇小说、短篇小说、史诗和抒情诗中是不同的，题材不同，处理本事与情节之间关系的方法也多有不同。

那么，对本事加工后的情节具有什么特点呢？亚里士多德在《诗学》中探讨悲剧时将其看作一个整体，并认为这个情节整体是由开端、中间和结尾三部分组成，什克洛夫斯基认为音乐、雕塑、绘画等艺术形式的确可以给我们呈现整体的效果，但文学作品则不尽然，作为素材与情节之间的过渡——本事必然要满足该特点，但文学作品的情节为了表达效果的需要会在情节的整体性上，打破其由开端、中间和结尾构成的整体，创作新的整体性。

首先，有的作品有开端，有的没有。有开端的作品往往会在情节发展之前就铺垫好，打破力量的平衡。荷马在《伊利亚特》的开端就突出表现了愤怒的情绪，接下来的情节都是由这种愤怒引起的各种矛盾而引发的。索福克勒斯的《俄狄浦斯王》也是如此，开头就介绍了俄狄浦斯被神诅咒，然后被抛弃，又被柯林斯国王收养，然后又阴差阳错地杀害了亲生父亲，迎娶了亲生母亲，彻底打破了各方力量的平衡，也成为后文情节发展的巨大推动力。所以，什氏说“不平衡是艺术规律之一”①。不是所有的作品都始于开端，但什氏并没有展开分析。

作品的开端并非生产的开始，而是注意力的开始。作家在作品的开端介绍的重点绝不是故事如何开始，而应该是想尽各种办法抓住读者的注意力，“托尔斯泰总是离开自己的源头，他的书

① Шкловский В. Б. *Энергия заблуждения.* М.：Советский Писатель，1981. 81.

总是开始于观察的源头的旅行……更准确地说，每一个源头都提高对现象的注意，而不是产生它；然后才开始问题的研究等，小说就是在这种情况下写作”。①

其次，结尾亦非作品的必需品。什氏认为伟大的俄罗斯文学都没有结尾，也无须创造结尾，例如英国小说家创造的结尾往往是虚拟的结尾，并没有给出具体的答案。文学中不会有令人幸福快乐的结尾，因为那种所谓幸福的结尾会证实，生活不需要重新思考和改写，这显然站不住脚的。“艺术在无尽的探索中知道一点——不是怎样结束，而是如何发现。”② 这样的情节结尾，似乎没有结束，但这才是真正的结束、新的结束。或者说艺术不会止步于此，其根本上是要通向未来，与未来展开对话。真正伟大的作家如托尔斯泰、陀思妥耶夫斯基等人在小说的结尾仍然对主人公的命运继续展开探索。甚至什氏认为有时作品已经发表了，但作家还没有写完，这里强调的就是作品结尾的这种未完成性。就像作品《安娜·卡列尼娜》的故事虽然结束了，但什么都没有完结，“一切都在摇摆着前行……这甚至成了主要内容”。③ 所以什氏常说一些文学作品没有结尾，准确地说，应该是没有明确的结尾，无论是史诗还是小说等叙事类文本都是如此，如马雅可夫斯基、陀思妥耶夫斯基、契诃夫等作家的作品均没有结尾。《死魂灵》写到最后似乎还有内容要讲，但作家欲言又止，故事就此结束。什氏认为长诗也不是关于某种谈话的结束，而是预测到了某种未来。

为何要破坏本事的自然顺序或表现形式，因为“艺术家的存在是由于其看到的不是想看到的样子，而是事物本身的样子”。④ 也就是说，经过作家创作的情节展现的是事物本然的样子，相对

---

① Шкловский В. Б. *Энергия заблуждения*. М.: Советский Писатель, 1981. 216.

② Шкловский В. Б. *Энергия заблуждения*. М.: Советский Писатель, 1981. 93.

③ Шкловский В. Б. *Энергия заблуждения*. М.: Советский Писатель, 1981. 237.

④ Шкловский В. Б. *За и против*. М.: Советский писатель, 1957. 95.

而言，本事则是我们直观看到的情况，是事物的表象。“情节的特点是作为独特的运用思想材料的结构形式系列……情节结构的解决不需要世界观。”① 情节具有独立的生命力，能够洞悉本质。

情节虽然是作家创造的结果，“情节的发展是辩证的，它自我排斥又自我模拟”。② 但其加工创造的过程遵循的是文学发展自身的内在规律，而非取决于作家，什克洛夫斯基在《关于小说的小说》中说“我们只能称作家的世界观、他对事实的态度的统一性整合的作品的所有因素的连接称为情节。这样的定义是准确的”，而“所有情节结构都有自己的美学规律”。③

“情节——是文学结构从一个时代向另一个时代转变的途径。”④ 情节的存在处于不断更新、演变的过程中，历代作家都十分关注情节的塑造，而“情节的动机在于，它超越道德、宗教、语言的计算，超越它们的转换的社会”。⑤ 这使情节成为具有独立性的价值体。当然，情节发展过程并不是完全由作家控制的，什氏认为连接不同事件的钩子，即故事发展中存在一些偶然性因素，它将故事连接得既深刻又突然，“按照托尔斯泰的理解，偶然性——是未被理解的必然性……偶然性说明了必然性，一切都是有准备的”。⑥ 甚至有的时候不同作品之间的情节结构并未变化，但依然可以体现文学的发展，“《十日谈》中所有的情节都是老的，讲述方法很多都老了，但是却有对所讲之对象的新的态度，新的矛盾揭露”。⑦ 所以，有的时候情节可以不变，但作家讲故事的态度以

---

① Шкловский В. Б. *Гамбургский счёт.* М.: Советский писатель, 1990. 260.

② Шкловский В. Б. *Гамбургский счёт.* М.: Советский писатель, 1990. 196.

③ Шкловский В. Б. *Избранное в двух томах. Том первый.* М.: Художественная литература, 1983. 157.

④ Шкловский В. Б. *Энергия заблуждения.* М.: Советский Писатель, 1981. 202.

⑤ Шкловский В. Б. *Энергия заблуждения.* М.: Советский Писатель, 1981. 109.

⑥ Шкловский В. Б. *Энергия заблуждения.* М.: Советский Писатель, 1981. 220.

⑦ Шкловский В. Б. *Избранное в двух томах. Том первый.* М.: Художественная литература, 1983. 32.

及情节中体现的矛盾冲突要变。“情节之谜在不同的时代按不同的方式破解”[1]，它有自身独特的发展规律。

托马舍夫斯基也十分认同什氏等人的三分法情节观，从素材、本事与情节出发探讨叙事作品的存在。在分析长篇小说的时候，他认为“一般情况下，长篇小说是靠一般文化意义上的非文学主题素材的支撑”。[2] 托马舍夫斯基所说的素材就是一般文化层面的非文学性材料，作为素材，其范围极其广泛，关涉所有文化的相关领域。在素材向文学作品过渡的过程中，“应该说，（非本事的）主题和情节结构共同提高了作品的吸引力”。[3] 也就是说素材的具体内容与情节方法都具有不可忽视的作用，而且两者甚至可以相互影响，他列举了科学主题的素材与情节塑造之间的关系，一方面，丰富的情节塑造手法使得原本枯燥、乏味的科普文字产生了质的变化，变得生动传神，能够吸引读者阅读；另一方面，在情节手法面前，素材本身并非完全被动地存在，它的具体内容也会直接影响情节塑造的效果，情节结构也会因素材中人物命运的曲折或坎坷而更富有意义和价值。在这里，托马舍夫斯基既强调了素材、本事与情节三者之间的密切关系，又十分敏锐地意识到了素材在本事、情节面前的积极作用。

作为素材的各种文化形态如何质变为文学作品呢？托马舍夫斯基宏观地分析了三种建构策略：首先，可以通过陌生化手法的加工，无论是什克洛夫斯基还是托马舍夫斯基、艾亨鲍姆，他们都在陌生化手法的阐释上用了大量笔墨；其次，非文学性缘由的本事化应用，也就是先将所要表现的主题或创作理念呈现为本事，比如像表现某种题材的作品，就要先勾勒一个表现该内容的完整的故事链条。其实该进程应该是在上一程序之前

① Шкловский В. Б. *Энергия заблуждения*. М.：Советский Писатель，1981. 111.

② Томашевский Б. В. *Теория литературы поэтика*. М.：Аспект Пресс，1977. 252.

③ Томашевский Б. В. *Теория литературы поэтика*. М.：Аспект Пресс，1977. 252.

进行，它是进一步运用陌生化手法的前提条件。如果说前两个步骤是就整部作品而言的活动，那么第三个步骤则是从细节或局部出发，主要是在适当地方穿插进相应的内容，以实现阻滞的作用，通过引用或介绍某些与前面的叙事链条相关的相对独立的内容，然后再回到原有的故事，既丰富了故事，又吸引了读者的注意。例如有的作品穿插进的内容是给读者介绍某个梦境的具体内容，有的则是讲述某个人的来历或特殊经历，还有直接暴露叙事手法的，等等。

什克洛夫斯基在后期也谈到了本事与情节的问题，总体而言，与形式主义时期的观点相比并未发生根本性的变化，依然强调文学作品是由素材、本事与情节三个层面的内容构成。他谈到，“在自己的早期工作中，我将事件系列称为‘本事’，将结构系列称为情节。进行了区别性尝试，但两个术语将我们引向了只在艺术中存在的思想。而关于这个作品之前存在的现象或事件的概念则缺席了”。“事件系列不是独立的，而是认知的必然结果，它的迟缓、相反的过程是作品的戏剧创作过程。不是事实本事，而是它的在人类知觉中的折射，这样说，进入知觉的本事才是艺术作品的素材。”① 读者能够直接把握的是作品的情节结构，本事只有通过在对作品的认知基础上借助于想象力来建构，甚至说这才是作品的素材。之所以这样说并不是想用本事取代素材，而是强调情节的出现是对本事进一步加工的结果。

纵观中西叙事理论的发展，虽然总体上二元论情节观常被提及，但对三元论情节观也有较充分的论述。虽然对情节的理解各不相同，但思维方式上表现出了某种相似性。在中国如郑板桥的画竹论，他提出的“眼中之竹”、“胸中之竹”和“手中之竹”，同形式学派的三分法相近，都是对文学创作过程不同阶段内容的

① Шкловский В. Б. *Избранное в двух томах. Том первый.* М.: Художественная литература, 1983. 111.

强调。西方除了俄国形式主义的叙事理论，还有福斯特的故事与情节的划分，法国结构主义叙事理论家热奈特的故事、叙述话语和叙述行为三分法，等等。福斯特虽然只强调情节对故事的加工，但福斯特小说理论中的故事绝不是最原始的素材，而是对素材的初步加工而成的在时间上展开的人物的活动，作家只有打破这种松散的结构模式，强化其中的因果联系才能出现情节，实质上这里也是素材、故事和情节三分法。同样，热奈特的三分法是由其二分法转化而来，其中的叙述话语和叙述行为是对法国结构主义的故事与话语这对关系中的话语的进一步细化。相对而言，福斯特的三分法情节观与形式学派的情节观较接近，故事相当于本事，但在对情节的理解上差异较大。

二 二元论情节观

俄国形式主义叙事理论的情节观不仅体现为素材、本事与情节三分法，还从根本上改变了传统情节理论二分法的格局。与此同时，也有继承传统二元思维的二分法，但与传统内容与形式二分法存在本质差异，同三元论情节观一样，从根本上提高了情节结构的地位，较有代表性的有日尔蒙斯基、艾亨鲍姆等人。艾亨鲍姆在《“形式方法”的理论》一文中，认为传统的文学观将作品分为材料（即内容）和形式，并将前者看作作品核心的观点不可取。日尔蒙斯基认为文学作品是由材料（词）和手法构成，也属二分法之列。除此之外，日尔蒙斯基还提出过手法与素材的区分，认为文学作品就是通过一定手法对文学素材的加工，作品就由这样的二元要素构成。相对于学派较有特色的三元论情节观，这种二元的论调与20世纪西方叙事理论有更多暗合之处。

甚至在认同三分法的学者蒂尼亚诺夫这里，也表露了二分法的立场。蒂尼亚诺夫在情节结构问题上分别提出过情节与素材、形式与功能的问题。他将包括诗歌和叙事文学在内的文学作品分解为结构因素（конструктивный фактор）和素材（материал），“文学作品的独特性在于结构要素对于素材的应用，在于外观（оформление）（本质上就是素材的变形）”。[①] 并详细论证了结构因素与素材之间的关系，他认为两者虽然性质不同，但关系极为紧密，“每一部作品——都是一名搞怪演员，其中的结构因素没有脱离材料，也不‘符合’它，而是同材料间具有离心式的关系”。[②]

当然，诗歌与叙事类作品的结构因素和素材并不相同，“节奏是诗歌的核心结构要素，素材是其深层意义；在散文中它们是语义群（情节），素材广义上则是词语的节奏要素”。[③] 在诗歌中，其结构要素是节奏，而素材则是语义群。但在叙事类作品中，情节是结构要素，素材则是有关词语的节奏问题，素材是情节的从属要素，情节对叙事类作品的性质具有决定性作用。每一部叙事类作品中结构要素即情节对素材加工的方法都不尽相同，作品通过它的整合而使叙事要素有机统一为作品的情节。蒂尼亚诺夫的动态性诗学观念在其情节、素材理论中同样有体现，他认为叙事作品的结构原则，即塑造手法处于不断的更新与变革中，这种变化体现的正是结构因素与素材之间的多样复杂关系。

对蒂尼亚诺夫而言，素材只是潜在的“文学”，若不经过结构方法的加工，则无异于日常生活，即使直接作用于读者视听的影视作品亦如此，在《论电影的原理》一文中，蒂尼亚诺夫说，“电影中的可见世界，并不是本来的世界，而是意义相互关联的世界，否则，电影就只不过是一张活动的（和不活动的）照片而已。可见之人、可见之物只有作为意义的符号出现，才能成为电

---

① Тынянов Ю. Н. *Поэтика · история литературы · кино.* М.：Наука，1977. 261.

② Тынянов Ю. Н. *Поэтика · история литературы · кино.* М.：Наука，1977. 261.

③ Тынянов Ю. Н. *Поэтика · история литературы · кино.* М.：Наука，1977. 261.

影艺术的因素”。[1] 电影的镜头能将生活物象原原本本地呈现到屏幕上，但与电影情节的发展相关联的景、物与人等因素较多，如何选取、选取哪些内容、按什么顺序剪辑等都颇有讲究，完全依赖于结构方法的设计、包装。同时，蒂尼亚诺夫在探讨文学史的过程中，又将文学作品归纳为形式与功能两种构成要素，上述情节与素材二分法有一定相似之处。

由上可知，形式学派在情节构成问题上的观点虽有二分法存在，但他们并不是简单地回到传统批评的老路，依然强调文学手法对素材的加工问题，与三分法较突出的区别是对于什克洛夫斯基提出的“本事”层面的问题未提及，往往侧重从三分法中的素材与情节两层面分析。那么，什克洛夫斯基提出的“本事”问题是否有必要，或者它的独特价值是什么呢？其实，无论作品情节如何跌宕起伏或光怪陆离，读者阅读完受到或震撼、或感动等感受的同时，在内心也会在借助想象力的基础上重新建构情节所讲述的故事的原本形态，当然，这与作家头脑中的本事不可能完全相同，实际上每位读者建构出来的本事也不尽相同。那么，本事对于作家而言意味着什么呢，可以说，无论是三元论情节观还是二元论情节观，实质上都是什氏等人对艺术创造具体过程的强调。作家的艺术加工过程是既神秘又复杂的，就像雕塑家的创造过程，并不是直接拿来原材料去加工制造审美对象，而是先雕刻一个雏形，然后再精雕细刻，这样能够保证结果最大限度的完美与成功，否则会比较“盲目”。所以，本事范畴的提出，能够帮助研究者更形象、合理地感知作家的创作过程，可以将神秘的过程“具体化”。

三　动机

维系情节中各个叙事要素之间的紧密关系，使其呈现为有机

① 转引自［俄］什克洛夫斯基等《俄国形式主义文论选》，方珊等译，生活·读书·新知三联书店1989年版，第62页。

整体的要素即是动机①，叙事类作品的呈现离不开动机。作家创作的主要精力往往放在情节的设计上，本事层面的事件不能全部在情节中呈现，要将其分割为不同的叙事要素，然后进行安排，不仅整部作品的创作需要动机，每个叙事要素的出现同样要有动机。什克洛夫斯基认为，“童话、短篇小说、长篇小说都是各种动机的综合体；歌曲是各种风格的动机的综合体。因此，情节与情节性是与韵脚相同的形式。在分析艺术作品时，从情节性角度出发，‘内容’这一概念是不需要的”。② 各类叙事文学中遍布各种类型的动机，可以说，没有它们的存在，各种叙事要素就是一盘散沙。不仅纯粹的文学作品如此，具有某种功能性的文学样式亦如此，什克洛夫斯基在由信件构成的作品《动物园，或并非情书的信》的第一版作者序中谈到，书信体小说的写作同样需要动机，即收信人为什么要读信，这是写信人设计信件内容的基本依据。

情节利用本事中具有矛盾冲突的事件，但要打破其“正常”发生、发展的秩序与结构。托马舍夫斯基在本事的论证过程中，提出了开端、冲突与结尾的重要范畴，与之相应，论证情节的过程中，提出了分解（разложение）与动机的问题。“分解”是将连贯的本事拆分为多个相对独立的叙事单位，《西游记》的故事主体由师徒四人取经路上的各种磨难构成，每一次磨难可以作为一个叙事单位，当然，这还不算最小的叙事单位，还可以继续分解。在《尸魔三戏唐三藏　圣僧恨逐美猴王》一回中，又可划分为孙行者三次打死白骨精的内容。托马舍夫斯基强调每部作品都有主题，一个作品有总的主题，每个部分又有自己的主题，这里的每个叙事单元就是由主题将其中的诸叙事要素统一在一起。这

---

① 作为最小的叙事单位的 мотив 一词，国内学者的译文中，有将其译为“动机”“细节”，也有学者将其译为“母题”，笔者认为后者容易与普洛普等人的母题理论相混淆，它们的内涵差别较大，所以将其译为动机。

② Шкловский В. Б. *О теории прозы*. М.：Советский писатель，1983. 62.

里所说的主题并不等于传统文学批评从作品中挖掘的思想主题，托马舍夫斯基认为，“通过将作品分为若干主题，最终得到的不可分割的部分，就获得了主题材料的最小单位……作品不可分解部分的主题就是动机。实际上每个句子都有自己的动机”。[①] 厘清了最小的叙事单位及其组合关系，对于把握情节十分必要。

（一）动机的类型

为了进一步认识叙事作品的构成，托马舍夫斯基对安排情节的叙事单位的动机进行了分类，按照不同的标准分别将其分为有关联的动机和游离的动机、静态的动机和动态的动机。当然，并非只有情节中才有动机，本事也是由各种动机构成，只是本事与情节中的动机类型不同。

第一种分类模式——从是否破坏叙述的连贯性或者因果—时间关系出发，托马舍夫斯基将动机分为有关联的动机和游离的动机。作为保持叙述的连贯性或因果—时间关系的必要存在，即有关联的动机，相反，非必要的、可以排除的动机则是游离的动机。因而，“只有有关联的动机对本事才有意义，而在情节中有时恰恰是游离的动机（‘插笔’）对于作品的结构起主导作用”。[②] 也就是说，有关联的动机和游离的动机分别在本事与情节中起着决定性的作用，是必要的存在。在创作的过程中，一方面，作者注入了游离的动机，才从根本上将本事加工成为情节，本事中有联系的动机会有部分保留，且表现出了“持久性”的特征，在不同流派的同一叙事形式中经常出现较相近的有联系的动机。如“多余人”形象是俄罗斯文学对于世界文学的一个重要贡献，这一形象可谓 19 世纪俄罗斯文学的本事，但在普希金《叶甫盖尼·奥涅金》中的奥涅金、莱蒙托夫《当代英雄》中的毕巧林、屠格涅夫《罗亭》中的罗亭以及冈察洛夫《奥勃洛摩夫》中的奥

① Томашевский Б. В. *Теория литературы поэтика.* М. : Аспект Пресс, 1977. 182.
② Томашевский Б. В. *Теория литературы поэтика.* М. : Аспект Пресс, 1977. 183.

勃洛摩夫等“多余人”各具特色，每个人都有自己的独特性，并在“多余人”这一形象系列中表现出了内在的发展与演变。归其原因，不同的作家在利用“多余人”这一本事时，注入了各自不同的游离的动机。另一方面，本事在质变为情节后，一部分需要保留的有联系的动机，甚至可以成为情节中的主导动机，而且需要其他动机进一步充实，这样情节才能真正呈现。托马舍夫斯基列举了民间故事中集中表现拖延的情节结构，它在叙事类作品中大量存在。例如，男主人公向公主求婚，想娶其为妻，但公主另有所爱或讨厌男主人公，会找借口为他的行为设置障碍，让他去完成难以解决的任务，以此拖延时间，并寻找事情的转机。再如，普希金笔下，有位贪婪、残忍的牧师，为了不给劳工巴尔达发工钱，便听取了妻子的“好主意”，让其去向魔鬼收租。《一千零一夜》《十日谈》等作品都是类似的模式，尽管都是阻滞、拖延，但每部作品在不同游离的动机的作用下设置的叙事方法各不相同。

第二种分类模式——从动机中客观行动的角度将其分为动态动机和静态动机，“能够使情境发生变化的动机就是动态动机，不能使情境发生变化的则是静态动机”。同时，“典型的静态动机是对自然、地点、环境、主人公及其性格等的描写。动态动机的典型形式是人物的行为及其影响。动态动机是本事中居于中心位置的主导动机。相反，在情节构成中，静态动机则是首要的”。[①] 也就是说，二者的作用各不相同，动态动机具有推动故事发展的功能，相反，静态动机则具有延缓或阻滞故事发展的作用。本事中叙事要素的组合较有秩序，按照因果或时间关系连接各要素，以人物的行动为主要内容。但在情节中，这种秩序被破坏了，平铺了各种描写性的内容，看似无关紧要，有时恰恰这些因素扭转

① Томашевский Б. В. *Теория литературы поэтика*. М.: Аспект Пресс, 1977. 184 – 185.

了事态发展的方向与轨迹，成为影响情节发展的重要节点。

上述各种动机与本事、情节之间的所属关系可以如下表述。

有关联的动机→动态动机→本事

游离的动机（主要）→静态动机→情节

托马舍夫斯基提出动机这一范畴，目的在于进一步挖掘本事与情节的内涵与特征，“因果—时间的逻辑关系中动机的总和就是本事，情节则是作品中的序列与关系中的所有动机的总和”。[①] 由此我们看到，本事不等于素材，素材可以来自作者的文学经验与生活经验，甚至可以是想象的产物，但本事与情节都是作者加工创造的结果，而且只有在阅读完作品后才能感受到二者的存在。本事与情节的本质区别在于，情节是作者加工之后能够深深吸引读者驻足，并融入了大量作家创作技巧的叙事产品，而本事则是通过阅读，剔除作者的各种创造技巧后还原出来的故事。

在德国著名小说家威廉·豪夫（Wilhelm Hauff）的童话故事《仙鹤哈里发》中，巴格达的国王哈里发和他的大臣从一位小贩手里买了一盒古怪的粉末，盒子上面有一张写着古怪字的纸，宰相请来了大清真寺的学者，他认出了纸上面是拉丁文，上面写着：如果有人嗅一嗅盒子里的粉末，并说一句“穆塔博尔”就能变为任何动物，然后向东方鞠三个躬，再说一遍咒语就可以变回来，但要注意的是，变成动物后不能笑，否则就永远不能变回人了。买下了盒子的国王第二天就和大臣来到了野外，看到了鹤之后大喜，于是如愿地变成了仙鹤，结果被一只年轻的仙鹤姑娘的舞蹈弄笑了，忘了咒语，自然无法变回人了。两只悲伤的仙鹤飞过巴格达上空的时候，哈里发看到了他的敌人——魔法师卡式努尔的儿子正在举行新统治者的登基典礼，才知道这一切原来是一场阴谋。两只仙鹤准备飞往先知的坟地试图寻找解救的方法，中

① Томашевский Б. В. *Теория литературы поэтика*. М.：Аспект Пресс，1977. 183.

途休息的时候在一片废墟中遇到了同样被魔法陷害的丑陋的猫头鹰在哭泣，有人答应娶其为妻就能解救她，哈里发为了让猫头鹰带他们去魔法师聚会的地点无奈地答应了她。偷听魔法师的聊天听到了咒语“穆塔博尔”，哈里发和大臣变回了人，作为报答，哈里发正式向猫头鹰求婚，于是在他面前出现了一位仪态万方的公主。惩罚了魔法师和他的儿子后，和公主幸福地生活在一起了。

这则童话作品的本事包括两个部分，一是哈里发及大臣被魔法师陷害的故事，二是公主被魔法师陷害变成猫头鹰的故事。两条线索平行推进，在废墟中相遇，两条线索交叉在一起。这则童话是以哈里发和他的大臣的故事为主线、以公主的故事为副线讲述的，也可以采取相反的叙事策略。所以，“本事还是原来的本事，情节的存在则发生了变化，因为讲述的线索发生了改变”。①

（二）动机的功能

托马舍夫斯基不仅对动机的类型进行了划分，同时对动机出现的缘由做了区分。每一个动机的出现都不是可有可无的，或者说，文学作品中的动机都有其特殊的使命，在共同的使命支配下构成了一个有机的统一体。“如果作品的各个部分之间连接的不紧密，那么作品也就不复存在了。所以，每一个个别的动机或者每一个动机综合体的引入都应有所依据。”② 实质上，托马舍夫斯基这里对于动机出现原由的划分实质亦是对动机的性质或功能的探究，也丰富了上述对于动机类型的划分。文学作品统一体中动机出现的原由或发挥的功能可以分为三种类型：结构功能、现实功能以及审美功能。

首先，动机具有结构功能。托马舍夫斯基认为，叙事类作品中的所有要素都是作品结构的必要因素，只是发挥作用的时间有

① Томашевский Б. В. *Теория литературы поэтика.* М.：Аспект Пресс，1977. 189.

② Томашевский Б. В. *Теория литературы поэтика.* М.：Аспект Пресс，1977. 191.

早有晚，方式有显性的，也有隐性的。对于一些在结构上功能比较明显的动机类型，如在情节的承接、转折等节点上起作用的要素，托马舍夫斯基没有直接论述，它们能够很容易引起读者的关注，直接作用于读者的视听。他重点阐释的则是在情节结构中看似无关紧要的要素，它们似乎可有可无，是作品中多余的存在，但其实优秀作品中的所有要素都是至关重要的，如作品《安娜·卡列尼娜》中，在第一部分第十八章安娜和弗隆斯基第一次见面，而作家此处不仅有对两人具体的言行及感受的描写，同时还写了一个与二人无任何关系的守门人，不知是因为醉酒还是由于穿着笨拙行动不便而被火车轧死的事件。当读者读到此处时，可能觉得这就是个无关紧要的小插曲，但当作品的结尾处安娜卧轨自杀的情节出现时，读者必然会联想到开头出现的那位死于车轮之下的看守，在安娜与弗隆斯基第一次见面之时就已经注定了悲剧的结局，二人之间背叛整个贵族阶级的“不伦之恋”必然自食恶果，安娜像极了疯狂的赌徒，将幸福都赌在了弗隆斯基的身上，作家早已预料到了弗隆斯基最终会背叛，安娜的“幸福”在那个时代无处安放，也早已为其设定了“归宿”。文学作品中类似作品《安娜·卡列尼娜》在开头设置的守门人被火车轧死的情节很多，它们都是文本结构的重要组成部分。

与上述直接作用于结局的原由外，动机的结构功能还有另外一种情况——间接作用于结局，也被托马舍夫斯基称为“虚假的原由”。它们的出现就是为了将读者吸引到偏离结局或正解的轨道上，这种伎俩往往在作品的最终结尾或阶段性的结果出现之时才能被发现，同时也正因为它的出现才让真正的结局更加出人意料，具有更好的戏剧效果，令读者回味无穷。当然，读者之所以被作者的这些间接作用于结局的因素吸引，原因在于作家是在遵循叙事传统的基础上加工的结果，而其结局则是反传统的，所以结尾处的“突转”往往在令读者大跌眼镜的同时，又对其巧妙的设计叹为观止。这样的结构处理在传统小说，尤其是侦探小说、推理小说中较常见。被称为英国“侦探小说之父”的侦探小说家阿瑟·柯南道尔的作品中充满了大量这种“虚假的缘由”，情节偏离“正轨”也是这类小说情节设计的需要。如果很快让读者找到了问题的根源，找到最终的凶手，那么作品就会毫无悬念，其魅力会大减。在《福尔摩斯全集》（上）中的作品《波西米亚丑闻》讲述的故事中，波西米亚的世袭国王要和斯堪的纳维亚国王的二公主结婚，但对方的家规很严，如果发现波西米亚国王有任何不检点之处就要取消婚约，可是在几年前他与女冒险家艾德勒有过一段交往，写了一些有损自己名誉的信件，两人还有合影。这位波西米亚国王来请求著名的福尔摩斯侦探帮他拿回这些信件和照片，睿智的福尔摩斯通过细心的观察和缜密的思考，设计了一系列环环相扣的寻找信件与照片的情节，但当福尔摩斯和所有的读者都以为已经大功告成，并且带领波西米亚国王来“拿回”战利品的时候，才发现原来福尔摩斯早已进入了艾德勒的圈套，艾德勒早已有所防备，当她认出福尔摩斯的时候没有马上拆穿他的阴谋，而是将计就计，在他们以为胜券在握的时候釜底抽薪，带着福尔摩斯想得到的东西远走高飞了。按照读者对福尔摩斯的了解，他应该是战无不胜、所向披靡，所以都紧绷着神经，在他设计的套路中一步步接近所谓的“答案”，但其实已经距真正的答案越来越远。就在距结局一步之遥的时候情节发生了突转，让所有读者感到意外的同时增加了故事的可读性。

其次，动机出现有现实的缘由。托马舍夫斯基将现实分为两种，一种是日常生活中的现实；另一种是每个流派作家眼中的“现实”。艺术作品固然是人为加工的结果，是虚构的，但有些作品却故意加入一些描写，给读者制造一种假象，似乎作品中所发生的事情在现实中确有其事，古今中外的作家作品中，这种现象不胜枚举。如一些作品和真实的事件联系起来，或者有现实因素考证，或者从作者自身的经历出发讲述其亲身经历的事情，等等。莫言在小说《蛙》的开头就明确告诉读者，“陈耳和陈眉之父陈鼻是我的小学同学，也是我少年时的朋友。我们是一九六〇年秋季进入大羊栏小学的。那是饥饿的年代，留在我记忆中最深刻的事件，大都与吃有关。譬如我曾讲过的吃煤的故事。许多人以为是我胡乱编造，我以我姑姑的名义起誓：这不是胡编乱造，而是确凿的事实”。[①] 对于经验较少的普通读者，这种“真实感”的影响特别大，似乎以为就是作家莫言身边发生的真实事件。对于富有经验的读者而言，虽然深谙艺术的规律，也难以完全摆脱这种错觉，仍然要求所面对的作品要与现实有一定的对应。当然，这种对应并非一定要在作品中寻找现实的影子，而是对作品真实性的要求，不能脱离生活实际，也就是要符合亚里士多德《诗学》中的“可然率”或“必然率”。

还有一种不同于客观现实的作家眼中的“现实”，他们为了反驳此前流派的创作原则或传统而提出的所谓更接近艺术本质的“现实”，每个流派有自己构建的“现实”。总体而言，每位作家的创作，一方面在某种程度上遵循着传统，尤其风格相近或同一流派的作家更有着相近的传统或创作原则；另一方面又在制造新的“现实”，甚至不符合客观生活的基本原则，但在小说中经常出现，甚至进一步成为某流派的创作传统或标志的时候，读者也往往会接受这种不合常理。

托马舍夫斯基列举了传统惊险小说的叙事传统，古代戏剧或莫里哀的剧作中最后一幕出场的多数人物都是亲戚，还有结尾处母子重逢等情况。读者在欣赏这些作品的时候并不觉意外或虚假，因为这类作品“历来如此”，已经形成了一种传统，甚至可称为该类型作品的特色。但一个流派要取代另一流派的时候，往

---

① 莫言:《蛙》，作家出版社 2012 年版，第 6 页。

往从这里所谓的传统下手，用其所谓的“现实”去摧毁此前强大的传统。实际上，与其说是“现实”，更不如说是新的流派对艺术本质的新理解。“当文学流派之间发生更迭时，传统的方法被取代，最终只剩下动机引入的现实缘由。这就是每一个文学流派之所以在反对传统的艺术时，总是在自己的宣言中通过某种形式表达对生活的忠诚，对现实的忠诚。十七世纪的布瓦洛在反对法国古典文学传统捍卫新兴的古典主义时，十八世纪百科全书派在反对陈旧的标准捍卫市民文学（家庭小说、戏剧）时……都是这样写的。”都标榜自己的创作是最“现实”的，甚至有的流派取名为“自然主义”。尤其在“十九世纪，文学流派比较多，它们的名称都包含着现实原由的暗示，如现实主义、自然主义、自然派、通俗派、民粹派文学等”。[①] 不仅传统流派如此，20 世纪的一些标榜革新的流派——阿克梅派、未来主义等均崛起于某种“现实”，最后又被其他“现实”取代。

但为什么从一个流派到另一流派都强调现实，却一直没有被大家公认最为“现实”的流派出现呢？归根结底，它们“用还没有被真正确立为文学标准的惯例取代过时的旧的惯例”。[②] 也就是说，这些流派革新的依据是自身一厢情愿理解的“现实”，其实只是它们提出自身文学观念的一种途径。但是这些现实的因素进入文学作品，并被读者“欣然”接受的原因在于作者的创作技巧的使用，才使其在文学作品中具有双重功能——同时服务于艺术与现实。而其本质在于手法的巧妙使用，是有意为之。

最后，动机有审美的功能。托马舍夫斯基强调现实的功能的同时并没有忽视艺术的规律，现实的因素不能直接进入作品，不是所有的现实因素都适合文学作品。要成为作品的有机组成部分，必须满足审美的原由，具有审美功能。或者说，现实的缘由

---

① Томашевский Б. В. *Теория литературы поэтика.* М.：Аспект Пресс，1977. 194.

② Томашевский Б. В. *Теория литературы поэтика.* М.：Аспект Пресс，1977. 195.

与审美的缘由之间存在相互制衡的关系，每一部作品都是两者彼此协调的结果。所以，流派之间的更迭，不仅引发了对“现实”的理解发生变化，“新的与旧的文学流派之间在审美的原由方面一般存在着争执，旧的、传统的文学流派通常反对新的流派”。[①]也就是说，在流派更迭的过程中，现实的与审美的原由同时发生了变化，在新的艺术流派里二者达到了新的平衡与制约关系。

托马舍夫斯基受到什克洛夫斯基诗学理论的深刻影响，尤其对陌生化理论颇为认同。现实因素如何在作品中具有审美功能呢？托马舍夫斯基就借助于陌生化理论实现了两者间的和谐，他认为，将非文学的材料引入文学作品，应当使其具有新颖性和独特性，即陌生化效果，这样才能真正成为文学作品的有机组成部分。托马舍夫斯基列举并分析了列夫·托尔斯泰的《战争与和平》、普希金的《上尉的女儿》、乔纳森·斯威夫特的《格列佛游记》等作品中使用的陌生化手法。当然，陌生化手法的基本原则在于通过作家的创造性加工使作品具有美学功能，并通过新奇和独特的形式呈现给读者，其具体表现形式多种多样，可以从视角、语言、时间、对话等多种角度入手。如在托尔斯泰的《战争与和平》中，在对军事会议的描写中，并不是以一位深谙军事理论或事件原委的军人的视角，而是以一位对此完全不懂的农村小姑娘的视角来讲述会议的具体过程，她的幼稚与胆怯也使整个讲述过程以全新的方式呈现给读者，就像我们习惯了穿着鞋走路，突然扔掉鞋，光着脚在路上走，走同样的路但会获得完全不同的体验。

由上观之，托马舍夫斯基对文学作品中叙事要素的三种缘由做了具体阐释，无论是一部作品的出现，还是新流派的产生都要经过三种缘由的洗礼与筛选。

---

① Томашевский Б. В. *Теория литературы поэтика.* М. : Аспект Пресс, 1977. 197.

四 情节建构的总体原则

从本事质变为情节需要作者的精心设计，将本事的完整链条打乱，重新排列、组合需要动机的牵引与配置，但文章叙事结构的建构在总体上为了更具艺术性，还需要坚持一些总体原则和规范。对于俄国形式主义者而言，叙事手法无疑具有核心地位，那么它们在作品中的存在特征如何，或者作品的结构原则是什么呢？较典型的有整体性、动态性等原则，它们在对叙事手法的整合中具有重要的指导作用。而且在蒂尼亚诺夫看来，“作品的统一不是对称的、封闭的整体，而是展开的动态的完整；它的各个要素不是由等号或加号连接起来的，而是用动态的类比和整体化符号联系起来的”。[①] 整体性特征与动态性特征之间存在着密切的关系，文学作品是作为整体具有动态性特征，反过来文学作品的动态性特征不影响其整体性特征，文艺作品的整体并不是静止的，其内部是不断运动变化的，内部各要素处于不断的“相互联系和统一”的动态演变之中。

（一）整体性原则

作品的整体性特征是形式学派成员重点强调的问题，什克洛夫斯基、蒂尼亚诺夫、艾亨鲍姆、雅克布逊等人都有过相关的论述。什克洛夫斯基的整体观受到了亚里士多德的影响，亚氏在《诗学》中论述悲剧时，将其看作一个有头、有身又有尾的完整统一体，这在西方叙事理论发展史上具有重要影响。什克洛夫斯基在强调整体性的同时还强调作品具有的统一性特征，他强调“作家的天才，他的独有的能力，时代的经验在作品的统一性的创作方法的选择中显现”。[②] 什氏十分推崇的作家托尔斯泰也是作

---

① ［法］茨维坦·托多罗夫编选：《俄苏形式主义文论选》，蔡鸿滨译，中国社会科学出版社 1989 年版，第 98 页。

② Шкловский В. Б. *За и против*. М.：Советский писатель，1957. 95.

品统一论观点的提倡者，他在作品《赞成或否定：关于陀思妥耶夫斯基的观察》中转述过托尔斯泰的观点，托氏认为作品的统一性要求应该是绝对的，无条件的。什氏对统一性的强调实质上也是一种整体性，但同时他还认为作品作为整体并非封闭的，而是开放的，甚至无头、无尾。所以他也说“在文学中，‘部分’常被作为‘整体’接受，如果被分出的部分是处于紧张状态”。[①] 应该说，什氏并没有否认亚里士多德的整体性理论，但认为它“不合时宜”了，什氏能有这样的理念也符合其自始至终坚持的陌生化理论与自动化理论。不仅文学作品本身的创造手法需要不断更新，文学研究方法也要有所突破。

蒂尼亚诺夫在区别电影与照片的问题中谈到，照片在选取景物时，将其从整体中孤立出来，表现的是某个瞬间的图景，而电影由于其镜头是由多帧照片构成，也就避免了照片的孤立性，“相片所能提供的是唯一的情境，而电影所能提供的则是一个单位，一种尺度……它的单位决定着一切事物的意味”。[②] 这里的一个单位或一种尺度是从整体意义上对电影作品的关照。同时，“镜头中的‘角色’，像诗里的词（和声音）一样，应当是有所区别的，各个不同，只有这样，它们彼此之间的关系才是相对的，只有这样，它们才发生相互作用，并相互渲染其意义”。[③] 也就是说，电影镜头的整体中所包含的叙事要素并不是静止的存在状态，彼此之间存在着差异或分歧，必然形成一定的对抗与转化，在彼此相互协调与沟通中使其关系更紧密，并呈现为统一的整体。“如果各种因素相互作用的感觉消失了（这种相互作用的感

---

① Шкловский В. Б. *Собрание сочинений в трёх томах. Том* 3. М.: Художественная литература, 1974. 505.

② ［俄］什克洛夫斯基等：《俄国形式主义文论选》，方珊等译，生活·读书·新知三联书店1989年版，第69页。

③ ［俄］什克洛夫斯基等：《俄国形式主义文论选》，方珊等译，生活·读书·新知三联书店1989年版，第70页。

觉意味着必须有两种因素，一是能属因素，一是从属因素），艺术事实也就不存在了，艺术就自然成为自动化的东西了。”① 蒂尼亚诺夫在研究文学演变的过程中，将文学作品就看作一个完整的系统，整个文学类型是一个大的整体，当然，这个整体并非孤立的存在，它和社会生活之间有密不可分的关系。

艾亨鲍姆在概括形式学派中形式的内涵时指出，“形式的概念有了全新的内涵，不再是外壳，而是充满活力的、具体的整体，其自身就包蕴内容，超越任何相关性”。② 这里不仅是对形式的整体性做了强调，而且认为整体是由多种要素构成，各要素之间存在着有机互动，充满活力，这也是文学作品独具魅力的重要源泉。艾亨鲍姆同时注意到有些叙事文本在结尾处，又回到了起点，与作品的开头遥相呼应，强化了作品的整体性特征。如果戈理的《钦差大臣》结尾处，假的钦差大臣被发现，一场揭露社会丑态的荒唐闹剧宣告结束，但在最后一场，只有士兵一人，且只有一句台词，他向大家报告，从彼得堡来的官员正在旅馆里，并请他们立刻过去。情节的发展又回到了起点小说开头的状态，一幕或多幕闹剧又要上演……

在俄国形式主义叙事理论的整体性理论建构中，由其内在各要素之间复杂的相互关系逐渐衍生出了系统（система）理论，引起了学派主要成员的注意。什氏认为，“不要将文学作品创作成像低等生物一样的芽殖，而要像高等生物的各个个体的杂交一样出现”。③ 艺术作品并不是几个要素的简单组合，而是由多种要素复杂交织在一起的有机统一体。“每一部文学作品都是许多因素的复杂的相互关系，因而，这些相互作用的一般特征的概括就

---

① ［法］茨维坦·托多罗夫编选：《俄苏形式主义文论选》，蔡鸿滨译，中国社会科学出版社 1989 年版，第 98 页。

② Эйхенбаум Б. М. *О литературе*: *Работы разных лет*. М.: Советскийписатель, 1987. 385.

③ Шкловский В. Б. *Гамбургский счёт*. М.: Советский писатель, 1990. 396.

是研究的任务。"[①] 蒂氏认为系统内部各要素并非平静、和谐地存在，"作品变成了具有相关性的各种因素的系统，一个因素同另一个因素的关系是整个系统关系的功能。完全清楚的是，每一文学系统的形成都不是所有因素的和谐运作，而是一些征服和渲染基础上的领导权的争夺"。[②]

当然，系统概念的形成并非一蹴而就，由于学派的基本诗学理念上表现出了强烈的革新精神，彻底颠覆了传统叙事文本的本质特征及功能，在诸多方面提出了前无古人的创见，如陌生化方法、独特的形式观等。形式学派成员是一群二十几岁的学术新锐在强大的学术背景中大胆地提出来的，很有新意，但难以表现得很成熟，一般随着学派理论的建构，这些理念、范畴也在不断发展、变化，内涵不断被丰富与调整。

系统的概念并不是学派在成立之初就提出来的，而是随着学派成员对形式范畴理解的不断深入，系统的概念随即呼之欲出，由形式到系统的过渡在大多成员这里发生了，形式系统的问题被成员普遍接受，由此，形式学派对文学作品形式的理解发生了巨大的变化，这种转变不仅意味着学派内部理论建构的格局在演变，同时对 20 世纪中期结构主义叙事理论的系统理念也产生了重要启示。

蒂尼亚诺夫在献给什克洛夫斯基的文章《文学事实》中探讨了文学与体裁的本质问题，同时对系统的问题有所探讨。蒂尼亚诺夫将文学作品看作一个有机的系统，如在讨论作品的"位移"问题时，他说："普希金的史诗《鲁斯兰与柳德米拉》革新之路的实质在于它是；'非史诗'（与《高加索的俘虏》一样）。18 世纪的轻松故事本是对英雄史诗的继承，但也不能责怪其娱乐性。

---

① Тынянов Ю. Н. *Проблема стихотворного языка статья.* М.：Советскийписатель，1965. 32.

② Тынянов Ю. Н. *Поэтика · история литературы · кино.* М.：Наука，1977. 227.

批评家感受到了这种承继是对系统的某种突破。事实上这就是系统的位移。"[①] 这里蒂尼亚诺夫对位移理论论述的前提是将文学作品看作一个独立的系统，那么作品之间的"承继"或突破，即位移关系的发生自然是在系统的基础上的论证，位移的发生就是从根本上改变系统的性质，从一个系统转移到另一个系统。

蒂尼亚诺夫在《论电影的原理》中将一部电影作品也看作一个系统，"所有的风格手段同时都是意义因素，而在风格组织严密、近景和灯光并非偶然的条件下，便构成一个系统"。[②] 同时它在探讨文学史时也强调，不仅每一部文学作品可以看作一个系统，而且，每部作品也并非完全孤立地存在，它也是整个文学系统的重要组成部分。就前者而言，蒂尼亚诺夫甚至说要想真正研究文学史，"就应该首先承认文学作品是一个系统，文学就是系统"。[③] 简单地说，不仅每部文学作品自成系统，某些文学作品又构成了稍大一些的系统，所有的文学又构成了整个大的文学系统，每部文学作品都无法离开系统而存在，在体裁与风格上必然受其所在的系统影响。有时，作品可以由一个系统转移到另一个系统，但获得了全新的生命和性质。既然每部作品必然存在于一定的系统中，所以，单独研究某部作品则无法真正阐释其结构，作品不可被孤立地研究。

以系统为单位存在的文学作品内部又由各要素构成，"由于体系中所有因素的相互关系并不是平等的，只是提取一些要素（'主要因素'）并促使另外的因素变形为前提，作品就考这种主要因素进入文学的大门并取得文学功能"。[④] 在蒂尼亚诺夫看来，作品中的各要素地位并不平等，可分为主要因素和次要因素，作

① Тынянов Ю. Н. *Поэтика · история литературы · кино.* М.: Наука, 1977. 255.

② ［俄］什克洛夫斯基等：《俄国形式主义文论选》，方珊等译，生活·读书·新知三联书店 1989 年版，第 64 页。

③ Тынянов Ю. Н. *Поэтика · история литературы · кино.* М.: Наука, 1977. 272.

④ Тынянов Ю. Н. *Поэтика · история литературы · кино.* М.: Наука, 1977. 277.

品的方向和性质是由主要因素决定的。而且，不同时代作品的主要因素并不相同，往往在此前的主要因素与次要因素之间转换。蒂氏的主要因素与雅克布逊的主导理论具有一定的相似性，不仅对作品的类型起决定性作用，同时对次要因素加以变形。就后者而言，文学史就是由各个作为系统的文学作品构成的大系统。

（二）动态性原则

除了整体性原则，动态性原则在俄国形式主义叙事理论中也发挥了突出的作用。形式学派在什克洛夫斯基陌生化理论的指引下必然反对静止，静止的归宿往往是自动化，同时，什氏还多次直接阐释文学作品的动态性特征，反对僵化、静止。除此，蒂尼亚诺夫、艾亨鲍姆等对此也有论述。艾亨鲍姆强调用发展的眼光看待形式方法的问题，他在探讨俄国悲剧时明确表示，没有任何地方像文学史中如此坚定地反对规范化，它只能将悲剧乃至整个文学带入死胡同，而这也正是其生活的时代人们热衷的风格，总是兴致勃勃地重复同一模式。所以作家定要在创作中不断创新，要在前人的基础上有所“变化”，才能真正推动文艺的前进与发展。

形式学派的理论体系是站在强大的理论传统的对立面，所以，虽然汲取了大量此前的学术思想，但革新的学术理念决定他们必然没有现成的理论体系和方法论，要重建自己的思想帝国，所以，不断变化与革新的理念充斥着学派的产生与发展过程的同时，他们也用此理念要求与规范文学艺术活动，在文艺创造中唯有不断探索与创造，方有真正作品的产生。当然，任何一个学术流派的产生与发展，无不带有这种反传统与革新的思想观念，但在 20 世纪难以找到哪一个流派像俄国形式主义一样，有勇气与能力站在强大的传统的对立面，引领了一个时代的新风气，具有开创之功。

其中较典型的以蒂尼亚诺夫叙事理论中对动态性特征的强调

为代表，这已经成为其叙事理论的基本美学特征。由于蒂尼亚诺夫反对用静态的眼光看问题，所以他提出了文本结构的动态性原则。蒂尼亚诺夫是在稍晚些的1918年加入俄国形式主义，由于其学术思想的重要影响力，很快就成为学派的核心，对其他成员也产生了重要影响。

蒂尼亚诺夫十分看重作品中各因素之间的复杂关系，他认为，“每一部艺术作品都是许多因素之间复杂的相互关系，因而，对这些相互作用的一般特征的概括就是研究的任务”。[①] 那么，作品中各因素之间的关系如何协调呢？他强调“形式的基本特征就是同机械性做斗争的可变性，即‘形式的辩证发展’”。[②] 在叙事理论中，蒂尼亚诺夫同样也强调各叙事要素之间的动态性特征，同时得到了其他成员的呼应。

“作品的动态与静态的提法似乎并不陌生，但以往我们所说的作品的动态与静态，一般是从小说的时间流程上进行划分。对于占居时长的作品中的行动事件称为动态的叙述，而对于缺乏时间流动的画面表面则称为静止的描写。”[③] 但在蒂尼亚诺夫叙事理论中，动态性特征既不同于上述强调的时间的流动与情节的发展变化，也区别于较有代表性的美国学者詹姆斯·费伦的在作者、文本和读者之间的多元交流活动，更不是某种叙事要素的简单量变，其强调的是叙事类作品，甚至整个艺术作品的存在与演变中呈现出来的质变行为，可以从根本上改变作品的性质，正如他所言：“如果对因素之间的相互作用的感受消失了，那艺术就消失了，它就被自动化了。”[④]

---

① Тынянов Ю. Н. *Проблема стихотворного языка статья*. М. : Советскийписатель, 1965. 32.

② Тынянов Ю. Н. *Проблема стихотворного языка статья*. М. : Советскийписатель, 1965. 10.

③ 陈慧娟：《小说的动态叙事与静态叙事》，《江淮论坛》1994年第1期。

④ Тынянов Ю. Н. *Проблема стихотворного языка статья*. М. : Советскийписа тель, 1965. 29.

什克洛夫斯基在写给蒂尼亚诺夫的信中表示过，对他在文章《文学事实》中谈到的文学定义的易变性理念十分认同。文学的概念不断地处于变化之中，它不断地吸收着非审美材料，创造新的形式。同时，文学存在也在不停地向非审美材料拓展。在形式学派中，有的学者也强调动态性特征，但表现为不同的形式，如什克洛夫斯基的陌生化理论与蒂尼亚诺夫的动态性理论虽性质不同，但在理论建构中殊途同归，实现了共同的艺术使命。

蒂尼亚诺夫的艺术理论建构中，几乎所有的问题都谈到了“动态性”的问题，甚至可以说，动态性是其叙事理论乃至整个艺术理论的基本美学特征，影响着其发展走向。蒂尼亚诺夫叙事理论中动态性特征主要表现在以下几个方面。

首先，动态性特征表现于蒂尼亚诺夫对散文等叙事类作品的体裁界定中。在蒂尼亚诺夫看来，“体裁，是个动态的范畴”，[①]它的存在不是一成不变的，其“作为系统是变动的，在其他系统的遗迹中出现、消失和流转”。[②] 可以说，叙事类作品就生成于动态的演变过程，这里的变动体现在多方面，一方面，包括文学与非文学之间的转变，蒂尼亚诺夫以其同时代的杂志为例，杂志出现得较早，但只有到了蒂尼亚诺夫生活的时代才被看作文学作品或文学事实，从而进入文学的大家庭；另一方面，还指叙事作品内部的“流转”，“某种体裁的革命——即一种体裁从中心走向边缘，而新的现象则从小众的文学占据它的位置（即什克洛夫斯基所说的次要因素的经典化），如冒险小说变成了庸俗的，现在心理小说变成了庸俗的”。[③] 在不同时期流行或被奉为经典的文学种类不尽相同，取代此前的流行或经典文学样式的常常是一些处于边缘地位的小众化作品。同样的文学形态，在不同时期却有不同

① Тынянов Ю. Н. *Поэтика · история литературы · кино*. М.: Наука, 1977. 151.
② Тынянов Ю. Н. *Поэтика · история литературы · кино*. М.: Наука, 1977. 237.
③ Тынянов Ю. Н. *Поэтика · история литературы · кино*. М.: Наука, 1977. 257.

的命运，那么，是什么促成了这种变动呢？归其原因，体裁的界定离不开读者及其生活的文化语境，但蒂尼亚诺夫并没有就此进行进一步的阐释。由此可见，无论是一部作品的形成与存在，还是大到文学史的演变与发展，都在用事实充分诠释蒂尼亚诺夫强调的文本结构的动态性特征。

其次，动态性特征不仅体现在不同作家间的继承与创新之中，“引起了自身性质的改变，这些作品内部，以前的从属因素这个时代变成了主导因素”，① 更体现在同一作家不同时期作品的发展与变革上。蒂尼亚诺夫在对普希金作品的研究中强调，“随时代的改变，‘高雅’和‘通俗’的概念发生了变化，普希金的散文曾在自己的文学系统中是‘复杂’的，而现在则变成‘轻松’的方法”。② 即使是同一作家的创作，不同时期的风格与特点也会有巨大的变化，同时他还补充说：“长篇小说是被想象为整体的，在其展开的内部是发展的体裁，不是统一的，而是从文学系统到材料系统的可变的，非文学的语言材料引入文学的转变，体裁的真正标志是可变性。”③

可谓“变”是文学作品永恒不变的原则，蒂尼亚诺夫将文学作品内部的流转与消费称为一部作品对另一部作品的“位移”，其在蒂尼亚诺夫学术思想体系中的地位十分重要，并受到学界的关注。有人指出，“蒂尼亚诺夫的‘位移’理论及其对文学本质的论述，促使批评家和理论家始终动态地、发展地看待文学理论和概念，将理论研究放在文学概念的谱系中进行，将文本批评与语境和作家的独创性结合，避免泛本质主义、理论脱离实际和抽象思辨或推演的弊端”。④

---

① Тынянов Ю. Н. *Поэтика · история литературы · кино.* М. : Наука, 1977. 227.

② Тынянов Ю. Н. *Поэтика · история литературы · кино.* М. : Наука, 1977. 227.

③ Тынянов Ю. Н. *Поэтика · история литературы · кино.* М. : Наука, 1977. 275.

④ 张冰：《蒂尼亚诺夫的动态语言结构文学观——〈文学事实〉评述》，《国外文学》2008 年第 3 期。

蒂尼亚诺夫提出的“位移”既区别于风格模拟（стилизация），也不同于作品组成要素的简单替换，而是从根本上改变作品的性质，甚至可以使悲剧变为喜剧，使喜剧变为悲剧，具有戏拟的性质。文学史上作家常用的“位移”方法种类繁多，常见的如作家之间的模仿，大多作家最初的创作都始于对欣赏的作家的模仿，在创作走向成熟时才会形成自己的独特风格。如作家马尔克斯的魔幻现实主义小说《百年孤独》就被许多中外作家效仿过，其中有许多成功的经典作品。我国作家陈忠实、余华等都是《百年孤独》的忠实读者，在作品中当然也有大量对它的模仿。如陈忠实的《白鹿原》、莫言的《红高粱》开头的叙事策略都有对《百年孤独》的模仿成分，两部作品之所以取得了重大成功，离不开这种模仿，但二者并没有陷入《百年孤独》叙事的“窠臼”，而是十分巧妙地利用前人的砖瓦盖了自己的新房。

既然整个作品的产生与发展都伴随着“变”，那么它到底是如何实现的呢？蒂尼亚诺夫强调作品体裁的变革“不是有计划地变革，它是突变，不是发展，而是位移”。[①] 也就是说，作品体裁的变革既不是随机式，也不是按部就班地出现，而是在作家的创造性活动中出现改变，这里不仅有承袭，更有突破与创新。通过作品的位移，新产生的现象不是在老的现象基础上的进一步发展，而是取代了老的，成为其替代者，占据了它的位置。所以，“如果没有这种位移，新的体裁就不会出现”。[②] “位移”对艺术活动的存在与发展具有必然性，系其保持旺盛生命力、不断推陈出新的不竭动力与源泉。

同时，叙事类作品的情节也是动态系统。如前文所述，在叙事情节问题上，蒂尼亚诺夫认为本事与情节的根本区别正在于静止还是运动，本事是静态的关系链条，而情节则是动态的关系链

① Тынянов Ю. Н. *Поэтика · история литературы · кино*. М.: Наука, 1977. 256.

② Тынянов Ю. Н. *Поэтика · история литературы · кино*. М.: Наука, 1977. 257.

条。作品中的插画因为没有真正融入故事内容，所以它只能属于本事的范畴，是静止的存在，处于“他者”的尴尬位置。

综上所述，蒂尼亚诺夫不仅在宏观方面强调体裁的动态演变与发展，同时也有微观层面对于情节、人物等问题动态性特征的论述。包括叙事文学在内的文艺作品所有相关因素的形成与发展都具有明显的该特征，用蒂氏的话来概括，“文学作品就是动态的话语结构”。[①]

文学何以具有动态性特征，其根源何在呢？蒂尼亚诺夫将其归为文学创作者的功劳，文学作品既然是作家个人独创性活动的产物，而作家的个性也不是静态的系统，所以，这种创造力必然赋予文学活动及其产品动态性特征。可以看出，蒂尼亚诺夫像什克洛夫斯基一样，虽未直接谈及作家在文学活动中的重要作用，但在对文学作品的论证中，并未真正离开作家的创造力及其特征。

作为文学理论家的蒂尼亚诺夫将文学作品看作动态的结构，那么对该动态结构研究的文学理论是怎样的态度呢？在他看来，“文学理论的每一个术语都是具体因素的具体结果，没有来自玄之又玄的超越美学或者高出文学高度的，强迫收留合适的现象的术语。术语是具体的，概念是演变的，恰如文学事实自身的演变”。[②] 文学理论的发展同样不能固守某种观念，对文学基本问题的认识不仅要随文学的发展而发展，对某一问题的认识也要不断发展、深入、多方位阐释。可以说，在动态性特征问题上，蒂尼亚诺夫完成了由叙事类作品到文学理论的全方位构建，系统地阐释了该特征。

由上观之，动态性不仅是蒂尼亚诺夫叙事理论的基本特征，也是其整个诗学理论的核心范畴。事实的确如此，古今中外优秀

---

① Тынянов Ю. Н. *Поэтика · история литературы · кино.* М.：Наука，1977. 261.

② Тынянов Ю. Н. *Поэтика · история литературы · кино.* М.：Наука，1977. 270.

的文学经典中各要素都处在不断演变的过程中，即使不同时期或者流派、作家的作品中存在的要素相同，这其中也存在演变和发展。例如西方文学中常出现的“面具”意象，它“发端于古希腊及中世纪狂欢文化，经历了文艺复兴时期‘假面喜剧’和‘假面舞会’的繁化，从‘原型’到‘变形’，从‘面目缺失’到寻找‘真我’或‘本我’，其文化涵义、符号功能及美学特征等都发生了根本的变化”。[①] 同时，蒂尼亚诺夫对于作品如何变，以及变化到何种程度对文学的发展才有益等问题也阐释了自己的见解，他认为文学作品合理的变化尺度使读者能够更鲜明地感受到作品的存在，并通过再创造使作品成为独特的这一个。这不仅使蒂尼亚诺夫的叙事理论更加成熟与独特，也在一定程度上指引作家创作，更与什克洛夫斯基的诗学理论有了更多“共鸣”。

客观地讲，蒂尼亚诺夫叙事理论突出地强调作品及理论的动态性特征，固然有其重要意义，但过分强调该特征，甚至将其绝对化，就不免对其中相对静止的特征有所弱化而走向极端。事实上，叙事作品的发展与演变过程中，必然存在诸多变动，但同时也有很多相对稳定的因素，文学的变革过程必然伴随着传承，若忽视了其中的稳定性因素，则无法真正把握文学史。而且，某些文学发展时期，这种稳定性因素的作用十分突出，尤其在某种流派或文学风格发展的过程中，甚至稳定性的因素远远多于变动性因素，且左右着文学的性质。不过在蒂尼亚诺夫的叙事理论中，确有大量内容涉及不同作家之间的相互影响问题，如罗蒙诺索夫与杰尔查文、茹科夫斯基、普希金之间的影响链条，但他在这里突出强调的主要是该链条中的变的因素，但其实这其中必然有某种承继性存在，否则该链条必然是断裂的。因而，蒂尼亚诺夫叙事理论中强调的动态性理论不免有些极端。

---

① 赵晓彬：《西方文学中面具理论的产生及发展管窥》，《外国文学研究》2019 年第 1 期。

当然，深谙文学发展演变奥秘的蒂尼亚诺夫也曾强调过文学作品以及作家间的传承问题，但相对于其整个诗学理论体系动态性特征的强大影响则略显不足，并且这种反思并没有让他的理论建构有所调整。在这个问题上，早有敏锐的学者意识到了症结所在，“经历了后现代各种主义洗礼的我们，能够看到蒂尼亚诺夫的理论具有明显的前瞻性和创造性，同时也意识到它的启发性。不过，某些后现代文论对本质主义的消解走向极端也是我们认识到，在高度重视理论和概念的变化流动的时候，不能忽视文学及其理论相对不变、相对稳定的方面”。① 尽管如此，蒂尼亚诺夫的动态性理念的价值是不容忽视的，他在形式学派的文学本质建构上发挥了不容小觑的作用。

第三节 形式观

文学艺术的存在定要表现为一定的形式，不同流派对形式的理解有较大差异，“在美学、文艺学和艺术批评的历史上，没有哪一个概念能像‘形式’这样被广泛地利用，也没有哪一个能像‘形式’这样曾经引起如此之多的歧义。它或被规定为美和艺术的组成要素，或被规定为单纯的操作技术；它有时被推崇为美和艺术的本质或本体存在，有时又被贬抑为无足轻重的附庸、外表或包装……”② 总体而言，传统批评侧重将形式看作表现内容的工具，具有附属地位，形式学派则从根本上改变这一格局，否定了传统与内容相对的形式观，建立了具有本体论性质的新的形式观，将所有思想、情感、人物等一切要素均视为作品形式的构成要素，共同服务于作品的形式功能，用形式范畴取代了作品。当

① 张冰：《蒂尼亚诺夫的动态语言结构文学观——〈文学事实〉评述》，《国外文学》2008 年第 3 期。

② 赵宪章：《西方形式美学》，上海人民出版社 1998 年版，第 3 页。

然，19世纪德国雕塑家希尔德勃兰特也谈到了艺术形式的问题，并突出强调艺术形式在艺术呈现中的作用，“他谈论形式问题，几乎完全排除了作品的思想内涵和具体内容，甚至对作品的作者也漠不关心，从这个意义上说，人们把他与19世纪形式主义和20世纪现代艺术联系起来了”。[①] 但形式学派的立场更加坚决，不仅将研究重点放在文学领域，而且更加彻底，用形式彻底消灭了内容。

关于学派的名称，“形式主义”一词并非学派成员自己命名，而是来自外界的强加，甚至带有贬义，学派成员并不情愿，但没有找到恰当的名称，一直就被扣着“形式主义”的帽子。形式范畴对学派的意义十分重大，外界之所以将其冠以“形式主义”的帽子，是对学派思想精髓的误解。艾亨鲍姆在1924年《关于“形式主义者”问题的争议》一文中谈到，这个名称“不见得十分恰当”，若是当作“战斗口号”是可以的，但作为学派名称的术语则有失妥当。艾亨鲍姆甚至说他们不是“形式主义者”，而是“材料鉴定家”。学派诗学理论的建构的确围绕形式问题提出了一系列较有价值的观点和学说，所以，理解学派的形式观至关重要。

中西方文论发展史上，重视形式因素的并非只有俄国形式主义，浪漫主义、唯美主义等都有对形式的阐释。如唯美主义注重形式技巧的表现，但俄国形式主义的形式观对传统文论中工具性存在的形式的反对更加彻底，将其提高到本体层面。学派不仅注重技巧的运用，更重视技巧对读者的影响，它以吸引读者、引起读者的强烈感受为目的。同时，学派在对形式理论的建构中进一步丰富其内涵，甚至在一些情况下用“结构”范畴取代“形式”，同时提出了功能的问题，对后来的捷克结构主义及普罗普的叙事

---

① ［德］阿道夫·希尔德勃兰特:《形式问题》，潘耀昌等译，河北美术出版社1997年版，第2页。

理论研究等都产生了重要影响。虽然观点未免表现出了一定极端化的倾向，如对传统文论中形式的思想功能的彻底摒弃，对于形式相关问题的阐释不仅丰富了学界对形式问题的理解，更拓展了对文学作品及文学发展史的阐释。

一　革新的形式观

长久以来，形式虽然未在文学史或艺术史中缺席，但往往是承载内容的工具，我国古典文论中也有较多像“文以载道”这种比较重视形式的思想功能的观念。在传统文论中内容往往是读者关注的重点，形式只是表现内容的工具，处于从属的地位，语言形式的独特价值被忽视。形式学派认为这种突出强调内容、忽视形式自身价值的观念最终的结果必然是文学与艺术丧失自我，将自身的主体地位让位给其他学科。

对艺术形式从属地位的不满并非始于形式学派，维谢洛夫斯基在《历史诗学》中就表示过，艺术形式同样具有相对独立的价值，有自身的发展规律，“维谢洛夫斯基的这一天才论断对于后来俄苏形式主义学派和巴赫金等学者的诗学研究有极大的启迪和作用”。①

“形式”是中西方文学理论发展过程十分重要的范畴，重点对形式问题展开研究的学者不在少数。俄国学者丘达科夫在为什克洛夫斯基的著作《汉堡计分法》写的序言中提到，在形式学派产生前的绘画、音乐领域，一些学者在19世纪中期开始就将艺术形式作为重点研究对象了，如马雷、费德勒和希尔德布兰德等人。德国画家马雷宣布自己要进行的是独立于宗教、哲学和趣味判断形式的独立研究，德国美学家费德勒也认为应该将艺术作品

---

① ［俄］维谢洛夫斯基：《历史诗学》，刘宁译，百花文艺出版社2003年版，“序言”第12页。

作为独立的形式来研究，并应该有这种研究的专门学科，将对形式的研究提升为学科的层面。俄国学者维谢洛夫斯基也强调过艺术形式的自律性及其演化问题，当然，他的研究与形式学派相比还不够“彻底”，同时也强调艺术形式与思想的相适应性。对形式的强调较突出的还有唯美主义思潮，它提倡“为艺术而艺术”以及艺术的无功利性，摒弃所有内容，转而重视表现技巧，但唯美主义与形式学派对形式的理解依然存在较大差异。

形式学派从根本上改变了形式在文学作品中的地位与意义，突出强调形式塑造的技巧及其本体性存在。其前提是要为文学正名，研究文学之为文学的东西，其中的形式正是他们摒弃的传统批评理论。同时，作为“三驾马车”之一的艾亨鲍姆在《论散文理论》中认为20世纪初散文理论的发展逊色于诗歌理论，这主要得益于诗歌中节奏的作用，它使诗歌形式及理论的研究具有稳定性，散文“却没有这样的理论原则。写出来的叙述和叙述这个词还没有足够的联系，不足以作为分析各种类型的文学散文的出发点”。[①] 所以，为了建立散文理论的王国，他将叙事的形式看作研究散文的出发点，这样才能保证学派的理论建构具有稳定的理论根基与脉络。

俄国形式主义对形式的贡献主要有两个方面，一是赋予形式以全新的内涵；二是从根本上赋予形式以本体地位。什克洛夫斯基的《艺术即方法》为学派的形式观奠定了基本论调，他详细地比较了形式学派与波捷布尼亚形式观之间的差别，并强调作品的形式除了自身不为其他目的服务。在1925年出版的《散文理论》“前言”中进一步明确，“文学理论中我所从事的是内部规律的探究，若用工厂生产类比，那么我关心的不是世界棉纱市场行情，不是各个托拉斯的政策，而是棉纱的标号及其纺织方式。因此，

① ［法］茨维坦·托多罗夫编选：《俄苏形式主义文论选》，蔡鸿滨译，中国社会科学出版社1989年版，第171—172页。

该书全部是研究文学作品形式的变化问题”。① 更准确地说，在什氏这里，就形式形成的过程而言，有思想内容的存在，它充当的是素材，被文学手法加工之后就不再具有思想功能，而变成了形式的有机构成要素；就形式的创造结果而言，则无思想内容。生活对于形式而言只是素材，并不起独立的作用。虽然学派成员的理论观点较“松散”，但在对形式以及形式方法的关注上表现出了某种共鸣，同时在其基础上进一步提出了影响深远的功能理论。

由于形式学派突出强调读者的感觉，而这感觉不同于传统心理学意义层面的内涵，它产生于对学派全新的形式的关照，按照艾亨鲍姆的概括，“形式的概念有了全新的内涵，不再是外壳，而是充满活力的、具体的整体，其自身就包蕴内容，超越任何相关性”。② 突出强调形式的独立性，不同于传统文论中与内容相对应的形式。这种形式观与以象征主义为代表的以表现、暗示内容为使命的形式形成了鲜明对比，当然，形式学派在阐释这种形式观时虽将矛头直指象征主义，但其实他们所反对的是整个以象征主义为代表的传统工具论形式观。

当然，形式并非一成不变，“新形式的出现不是为了表现新内容，而是为了替代已经失去艺术性的旧形式”。③ 形式的价值具有独立性，它为自己创造内容，什克洛夫斯基坦言，自己“试图证明的是，文学作品的精神就是它结构、它的形式，或者，我要利用我的公式：文学作品的思想等于其风格的总和”。④ “文学作品是纯粹的形式，它拥有的不是事物、材料，而是材料之间的关系，像任何一种关系，它是零度关系。”⑤ 使用不同手法创造的戏

---

① Шкловский В. Б. *О теории прозы.* М. : Советский писатель, 1983. 8.

② Эйхенбаум Б. М. *О литературе*: *Работы разных лет.* М. : Советскийписатель, 1987. 385.

③ Шкловский В. Б. *О теории прозы.* М. : Советский писатель, 1983. 32.

④ Шкловский В. Б. *Гамбургский счёт.* М. : Советский писатель, 1990. 121.

⑤ Шкловский В. Б. *Гамбургский счёт.* М. : Советский писатель, 1990. 120.

谑的或悲剧的作品形式都是平等的。

“艺术中的改变——不是日常生活改变的结果，它是经常发生僵化，经常离开从鲜明的感受走向认知的事物的变化的结果。每一个艺术形式都要经历从诞生到消亡的过程。”① 当某部作品的形式能够被读者感受到时，才是真正的作品，当人们对它的感受转向认知时，作品就不再具有艺术性，开始沦为日常生活中的普通事物。形式发展并非直线式前进，而是断断续续、回环往复的状态，什克洛夫斯基将其称为“阶梯式”。在形式发展、更迭的过程中，不同作家通过形式的重复与发展建立了联系，当然，这其中新形式创造者受旧形式创造者的影响十分有限，因为它是新的创造物，旧的形式要素只是其形成的素材，且素材并不限于此。

可以说，俄国形式主义史无前例地提高了形式的地位，形式不再是表现思想的工具，不再是附属的存在，赋予了形式以全新的内涵，形式就是包容一切的作品自身，将其提升到本体层面。同时，随着形式学派理论不断深入发展，其自身对形式的理解也在发生变化，像什克洛夫斯基等常常将形式与结构混用，这表征了其形式观念的不断变化与调整，逐步将作品形式看作结构。这不仅是形式学派的形式观不断丰富、发展的标志，同时对结构主义诗学产生了重要影响。

当然，在不同理论家这里，阐释形式（结构）的方式与角度有一定差异，艾亨鲍姆也十分重视叙事形式的地位问题，他在写于 1925 年的《列斯科夫与现代散文》一文中认为，20 世纪 20 年代的散文理论之所以处于萌芽状态，依然没有取得理想的成果，是因为学者们没有研究散文的基本形成因素，而其中的叙事形式是散文理论研究的“出发点”，只有从叙事形式出发，才能真正

---

① Шкловский В. Б. *Гамбургский счёт*. М.: Советский писатель, 1990. 94.

洞悉散文理论的精髓。从口头叙事到文字叙事发生了质的飞跃，在以文字为媒介的书面文学的发展中，形式不断地发生着变化。艾亨鲍姆还强调，学派所探讨的作品形式不能孤立地去看，应该将其放在相关作品的关系中考察，而形式学派所反驳的传统学院派眼中的形式主义正是孤立地谈论作品的形式问题，最终难以把握其本质规律。

蒂尼亚诺夫诗学中的动态性特征也体现于他对艺术形式的理解，认为“形式的动态性是对自动化的不断破坏、形式因素的不断引出和次要因素的变形。在这种情况下，形式的二律背反意味着，形式的自动化渗透出来的单调性的情况下，相互作用（斗争）的持续性”。① 蒂氏反对用静态的眼光看待形式，因而也反对具有静态特征的形式一元论，“在主人公的例子中，显示出了意识的静态技巧的坚固性和稳定性。关于文学作品的形式问题中的情况似乎如此。我们不久前还铲除了著名的推论：形式即内容（酒杯即酒）”。② 不可否认的是，蒂氏对什克洛夫斯基的“形式即内容”理论存在误解，也就是对形式内涵的理解与什氏存在差异。蒂氏仍然用传统文论中作为工具存在的形式一词的内涵误读了什氏诗学中形式范畴，其实蒂氏所理解的形式理论也恰恰是什氏形式理论所反对的。但令人不解的是蒂氏在同一本书中有表达过与此相矛盾的观点，认为“文学史的任务顺便是对形式的发现”。③ 虽然对形式的发现不是文学史的全部任务，但也在研究之列。认为“整个‘新形式’的本质在于新的结构原则，结构因素及从属的事实——素材处于新的使用关系中”。④ 形式存在之根本

---

① Тынянов Ю. Н. *Проблема стихотворного языка статья.* М.：Советскийписатель，1965. 50.

② Тынянов Ю. Н. *Проблема стихотворного языка статья.* М.：Советскийписатель，1965. 27.

③ Тынянов Ю. Н. *Проблема стихотворного языка статья.* М.：Советскийписатель，1965. 36.

④ Тынянов Ю. Н. *Поэтика · история литературы · кино.* М.：Наука，1977. 262.

在于所使用的结构原则，即塑造方法，形式的演变其实也是作品塑造手法的变化。蒂尼亚诺夫将作品看作由结构因素与素材构成，联结二者的正是塑造手法。俄国学者斯捷潘诺夫在蒂尼亚诺夫《诗语研究》的序言中评价蒂尼亚诺夫关于艺术形式的理论，认为，艺术形式在蒂氏这里并没有并凝结为外壳，而是存在于艺术发展过程的复杂关系中。

什克洛夫斯基强调每一部作品的形式并非完全独立的，它的存在及被感受要在与之相关作品的比较与类比中被凸显，“我要补充一条普遍的规律，艺术作品是在与其他作品的关联中被感受的，艺术作品的形式取决于其与作品此前存在过的作品形式之间的关系……任何一部艺术作品都是作为某一作品的类比和对立而存在的”。①

当然，形式学派内部在一些问题上存在分歧，如在形式的问题上，虽然总体基调为对形式的强调和凸显，将思想摒弃在艺术之外，但也有的学者如蒂尼亚诺夫强调有思想的形式，斯捷潘诺夫在其《诗语研究》的序言中说：“蒂尼亚诺夫捍卫的是有思想的词语，有内容的形式。”②

总体而言，形式理论对于形式学派而言在艺术领域具有普适性，他们重点分析的是文学形式，也同时适用于其他艺术形式，什克洛夫斯基就在电影艺术中看到了形式的创造。而且形式的内涵并非一成不变，什氏随着理论的建构，逐渐用结构一词取代形式，对该问题的认识不断丰富。我国学者张冰按照时间顺序将形式学派的发展分为两个阶段，第一个阶段是机械论形式主义，第二个阶段是有机形式主义，这其中有关形式的理解也相应发生了由“机械”到“有机”的变化，内在结构越来越复杂，越来越多元。

---

① Шкловский В. Б. *О теории прозы.* М.：Советский писатель，1983. 32.

② Тынянов Ю. Н. *Проблема стихотворного языка статья.* М.：Советскийписатель，1965. 7.

二 功能研究

形式学派对形式的研究并没有局限于上述形式自身的内涵、特质及其演变，还延伸到了形式功能的研究。功能理论是伴随俄国形式主义有关形式理论的逐渐成熟而被提出的范畴，两者关系紧密，文学作品的各形式单元都是具有一定功能的形式，而功能也只能以形式为载体。对形式功能的强调是俄国形式主义叙事理论的重要贡献，同时通过雅克布逊的努力，对捷克结构主义和法国结构主义都产生了重要影响，“在本世纪最初的十年和在二十年代里，俄国的先驱者在诗学领域里，在发展语言功能多样性的科学思想方面所作出的重大贡献。尤其是通过一九二六年按照莫斯科学会的模式在布拉格创立的俄捷小组，更使这些生气勃勃的思想在世界上广为流传”。①

正如艾亨鲍姆所言，“我们从形式的新内涵的一般概念出发引出了方法的概念，由此又得出了功能的概念”。② 形式主义者理论探索的核心任务经历了从方法到功能的拓展，他们在初登文坛时首先表现出对方法的钟爱，初期的重要理论都是围绕方法的问题展开讨论，但随着理论的不断成熟，开始关注功能的问题，并逐渐将重心转移到功能问题上，甚至“功能意义的范畴逐渐成为最重要的，同时保留了最初提出的手法范畴”。③

蒂尼亚诺夫认为功能和形式的联系并非偶然现象，形式的演变定会引起功能的变化。而文学系统首先是文学系列功能的系

---

① ［法］茨维坦·托多罗夫编选：《俄苏形式主义文论选》，蔡鸿滨译，中国社会科学出版社 1989 年版，第 2—3 页。

② Эйхенбаум Б. М. *О литературе*: *Работы разных лет.* М. : Советскийписатель, 1987. 407.

③ Эйхенбаум Б. М. *О литературе*: *Работы разных лет.* М. : Советскийписатель, 1987. 402.

统，甚至“文学现象的比较应该以功能为标准，而不是形式”。[①]学派的理论研究之所以发生转向，是由其文学观或者文学史观决定的，他们主张采取具体而历史的眼光研究文学史，其中对问题的具体研究使其功能问题的提出具有必然性，所以艾亨鲍姆说，“针对具体素材的研究迫使我们提出了功能问题，因而也使方法的范畴复杂化了。理论要求有成为历史的权利”。[②] 也就是说，用历史的眼光研究文学形式，考查其发展演变的规律以及该过程中各种构成要素，尤其是功能的变化情况。

维诺格拉多夫在论述风格理论时指出，作家的创作风格是不断演变的，但在一种风格体系取代另一种风格体系，或某种体系发生部分改变时，其具有的功能则是相对稳定的。所以它将风格学研究法也称为“功能的和内在的研究方法”。而且，不仅叙事类文本的形式具有一定功能，诗歌、电影等艺术作品同样如此。蒂尼亚诺夫对功能问题的关注始于诗歌中词语的功能问题，他首先从词义层面将词汇分为基本特征与次要特征，在不同的语境下，由于二者所指代的具体内容不同，使词语有多种丰富的表现，在不同的诗歌、叙事类作品中有各种精彩的呈现，但“言语的表现力也可以不通过词汇的意义来实现；词汇可以脱离其意义而仍然显其重要，这时它们是携有另一种表现功能的言语成分”。[③] 由于词语功能的存在，进一步丰富了其表现力。“每个词都从其最常用的语境中获得色彩。一种语境与另一种语境的区别取决于语言活动中各种条件及功能的区别。”[④] 在叙事类作品中，他同样强调功能的重要性，“形式的演变还能引起

---

① Тынянов Ю. Н. *Поэтика · история литературы · кино.* М.: Наука, 1977. 281.

② Эйхенбаум Б. М. О литературе: Работы разных лет. М.: Советскийписатель, 1987. 402.

③ ［俄］什克洛夫斯基等：《俄国形式主义文论选》，方珊等译，生活·读书·新知三联书店 1989 年版，第 50 页。

④ ［俄］什克洛夫斯基等：《俄国形式主义文论选》，方珊等译，生活·读书·新知三联书店 1989 年版，第 51 页。

功能的变化”。[①]

不仅在文学作品中如此，蒂尼亚诺夫在电影艺术中同样强调功能问题。他认为电影艺术作为作用于观众视听的艺术形式，与造型艺术、绘画等空间艺术在素材上有一定相似之处，但作品的价值实现模式存在较大差异。电影中的每个镜头动作都是有意义的符号，在作品中承担一定的意义功能，“电影镜头内的活动，如果没有意义功能，便完全没有存在的必要。它的意义功能可以由剪辑作为镜头的转换来安排，而同时这镜头也可以是静态的”。[②] 功能是电影动作的生命所在，至于发挥何种功能，取决于导演的剪辑安排，这里导演与作家的功能相近。只是在蒂尼亚诺夫这里的功能更侧重于意义角度，这里的意义具体指涉的是什么呢？通过对其电影理论分析，我们发现，蒂尼亚诺夫所说的意义并不是我们通常所谓的意义的同义词——含义、意思、思想等，由于其来自剪辑的“安排”，是具体的电影情节赋予的意义，所以它更倾向于价值与作用，或者可以说是功能的同义词。

既然形式与功能的关系如此密切，那么对文学史的研究必然离不开对形式功能的探讨。蒂尼亚诺夫在研究文学史的过程中就十分重视功能的问题，甚至认为文学的演变就是文学要素功能的变化，一种要素发生了“自动化”，就意味着它不再承担体现文学性的重要功能，变成了具有辅助性功能的要素。但在不同的时代，这种演变的速度不同，有时较缓慢，有时会加快脚步。

同时，“将一些文学现象与另一些文学现象进行对比，不应从形式上进行，而应该从功能方面对比。如有些现象彼此完全不同，属于不同的形式系统，但功能可能是相似的，或者相反”。[③]

---

① Тынянов Ю. Н. Поэтика · история литературы · кино. М. : Наука, 1977. 276.

② ［俄］什克洛夫斯基等：《俄国形式主义文论选》，方珊等译，生活 · 读书 · 新知三联书店 1989 年版，第 65 页。

③ Тынянов Ю. Н. *Поэтика · история литературы · кино.* М. : Наука, 1977. 281.

即使在不同作品中出现了同样的元素，往往也不能同日而语，因为形式相同只是表面现象，其背后的功能已经发生了重大变化。

托马舍夫斯基认为手法的更新演变的实质就是功能的改变，同样的手法在不同题材的作品中都可以出现，但具体发挥的功能则有着本质差别。他在探究体裁的特征时曾就不同手法之间的更迭问题展开分析，在论述通俗的体裁向高雅体裁转变的过程中谈到，通俗的体裁较突出的是其具有的滑稽功能，但“当通俗体裁的方法渗入高雅体裁的时候，曾以滑稽为目的的手法则获得了与滑稽无关的新的美学功能，手法更新的本质正在于此”。①

形式功能的演变并非直线前进，而是充满了波折与断裂，这直接决定了文学史演变的具体形态。文学的发展往往并不按某种指令前进，而是充满各种不确定性，与其说文学史的发展是文学自身的改变，更不如说是形式与功能关系的改变。“作为文学事实的存在，是由其具有差别的性质（亦即由与文学系列或与非文学系列的相互关系）所决定的，换句话说，是由文学的功能决定的。”而“每一种文学成分的功能，乃其与其他功能以及整体结构原理的相互关系……第一部作品的功能乃其与其他功能的相互关系（像整个‘文学’的功能在于其与其他文化系列的功能的相互关系一样）。功能是差别（дифферелция）的标志；而差别的标志就是演变的标志”。② 当然，形式与功能这对关系组合并不是稳定的，在不同的作家笔下有不同的选择。功能不仅对于形式很重要，对于塑造形式的手法同样如此，所以艾亨鲍姆强调“手法的涵义是由其功能决定的”。③ 什克洛夫斯基也强调“作家利用已

① Томашевский Б. В. *Теория литературы поэтика.* М.：Аспект Пресс，1977. 209.

② ［爱沙尼亚］扎娜·明茨、伊·切尔诺夫：《俄国形式主义文论选》，王薇生译，郑州大学出版社 2005 年版，第 366 页。

③ ［爱沙尼亚］扎娜·明茨、伊·切尔诺夫：《俄国形式主义文论选》，王薇生译，郑州大学出版社 2005 年版，第 366 页。

经产生的方法，他能发现其中的矛盾，改变方法的功能”。①

俄国形式主义叙事理论独特的形式观及其功能理论产生了持续性的影响，对捷克结构主义和普罗普等人的理论产生了直接影响，并间接影响了法国结构主义、解构主义的理论建构。如以穆卡洛夫斯基为代表的捷克结构主义将文学作品作为一个系统来研究，同时注重研究该系统的结构与功能问题，对20世纪语言学、诗学的发展做了重要贡献。

形式学派对功能理论的探讨对普罗普产生了直接的影响，但什克洛夫斯基表示，“要对普罗普感到遗憾，在很多跟随蒂尼亚诺夫的情况中，他简化了功能，将概念创造为单一的（只有一层涵义的）”。② 普罗普虽然在著述中对功能理论展开大量研究，但什氏认为他并没有做应有的发展与提升，而是将功能理论单一化、简单化了，没有注意到其复杂的内涵。当然，什氏这里对普罗普功能理论的认识有一定误解，其实普罗普在形式学派的基础上进一步发展了功能理论，在《故事形态学》中，普罗普对100个俄罗斯民间故事进行了分析，发现传统通过叙事母题研究的策略行不通，母题其实是个可变项，在不同的作品中变化较大，难以捕捉稳定的规律，而真正的研究应该从“不变项”或“常项”入手，于是“功能”范畴被普罗普选中，在对上述民间故事的研究中发现了31种功能，它们是叙事类作品的最小单位，并通过对功能的研究，总结出了叙事的基本规则和公式，甚至认为依据这些公式就可以创造新的民间叙事作品。普罗普不仅进一步发展了形式学派的功能理论，更将其科学化倾向发展到极致。

总体而言，学派的形式理论及其功能研究虽然具有一定开拓之功，但由于其理论建构存在着一定的致命局限，如对作品思想

---

① Шкловский В. Б. *Гамбургский счёт*. М.: Советский писатель, 1990. 341.

② Шкловский В. Б. *Собрание сочинений в трёх томах. Том* 3. М.: Художественная литература, 1974. 645.

功能的摒弃，这不仅引起了同时期学派部分成员的不满，更有大量来自学派外部批评的声音。同时随着理论的建构对，形式问题的理解在学派内部也呈现出了一些“不和谐”的声音，托马舍夫斯基在 1925 年为形式主义写的“悼词”《形式主义方法》中谈道：“要知道所有与‘意识形态’方面不相符的东西，皆可以叫做‘形式’。很明显，大部分具体的东西，亦即个人经历一类的具体事物之所以迅速丧失它的意义，都与‘形式’有关。形式主义其所以获此名称，并非它本身提出了一种新的方法，而是它局限于‘形式’这个旧术语所决定问题的范围（实质上是带有否定性质的术语）。这个名称不是按方法的特点而是按其材料的特点运用的。”① 显然形式在这里的内涵早已不同于什氏等学者从本体论层面的阐释。当然，不能因此而否定学派对 20 世纪西方文论、文学批评的重要影响，但对于纠偏学派的理论局限具有参考价值，形式学派对形式问题的独特理解在学界引起的重视还不够，与其对学界的贡献相比还不均衡。

① ［爱沙尼亚］扎娜·明茨、伊·切尔诺夫：《俄国形式主义文论选》，王薇生译，郑州大学出版社 2005 年版，第 140—141 页。

第二章　俄国形式主义叙事理论的灵魂:方法论

文学形式的加工是否成功，能否充分发挥其功能，根本上要受制于文学塑造手法成功与否。文学手法对于文学作品的重要性不言而喻，不仅是叙事类、诗歌类作品，甚至包括各艺术门类都离不开手法的运用。有的时候恰恰是表现手法或叙事手法的不同将文学作品或作家区别开来，形成了一定的标识性特征，如对作家的创作风格、流派特点或某个时期艺术发展的概括也常常能感受到对艺术手法的重视。对文学手法的探索与发展是每一位作家创作的重要内容，尤其在叙事类作品中，如何叙事、结构如何组织、要素如何安排显得异常重要。从最初的口头文学创造者到今天的每一位优秀的作家，他们在文学手法的发展上都做出了卓越的贡献，不断吸收前辈的优秀成果，并进行创造性的发挥。

回望西方文学发展史，在不同的时期虽然都离不开叙事方法的积累与探寻，但总体上对待叙事手法的态度和表现形式具有一定的差异，从 20 世纪以前将手法“隐藏”在叙事的背后，到 20 世纪以来极力突出，甚至直接暴露叙事手法，呈现出了规律性的变化，对叙事手法的关注与运用提高到了无以复加的程度。

俄国形式主义叙事理论在 20 世纪初就敏锐地捕捉到了文学发展的这种趋势，提出了方法至上的文艺观，方法是否恰当直接决定着作品是否成功。当然，方法的选择并不是完全由作家决定的，同时还受到地域性、民族性等因素的影响。什克洛夫斯基创造了陌生化这一范畴，进一步突出作品手法的创造性特征，同时重点论述了突变等几个典型的手法。当然，手法的使用是否成功是由读者的感受决定，只有让读者的阅读受到阻滞并获得强烈的审美感受的手法才符合创作的要求。在陌生化和文学性等理论的指引下，对叙事方法的建构占据学派理论的半壁江山。无论是什克洛夫斯基、蒂尼亚诺夫还是托马舍夫斯基等成员在该问题上都倾注了许多心血，对叙事手法的创造规律、表现形式、分类以及在此基础上的文学体裁等问题做了多方面的探索和建构。

与形式学派叙事理论建构几乎同时期出版《小说面面观》的作者福斯特也十分强调情节加工手法，但远没有达到形式学派如此强烈的程度。可以说，在此之前从未有任何一个学派像俄国形式主义的成员这样突出地强调叙事手法，这不仅是学派的一个重要特色与标志，在叙事理论发展史中具有必然性和前瞻性，也是对 20 世纪初初露端倪的新文学现象的敏感捕捉，更是对西方叙事理论发展以及未来文学发展趋势的精准预测。

第一节　西方文学对叙事方法的不同呈现

纵观西方文学史，尽管文学的发展离不开手法的创造性运用，不同历史阶段使用文学手法的原则、策略以及对待手法的重视程度等都存在一定的差异，但也呈现一定的规律性。在叙事文学方面，我们可以以 20 世纪为分界线，此前的传统文学作家当然也注重叙事手法的探索与创新，但手法表现在创作中往往是隐性的，作家常常将叙事手法隐藏在故事的背后，较突出地让读者感受的是连贯的情节和背后的意义。而 20 世纪的现代主义和后现代文学则大大提高了叙事手法的存在感，有意突出方法以吸引读者的注意力，并唤起读者更为深刻的审美体验。总体上，从叙事文学发展历程来看，经历了不断隐藏手法的“自然”叙事，到暴露手法的“自由”叙事两个跨度较大的阶段。

一 “自然”叙事对叙事方法的隐藏

西方现代意义上的小说虽然发端于18世纪，但叙事理论传统在古希腊时期就已奠定，且发展较为成熟，较有代表性的是亚里士多德的《诗学》，其对悲剧的界定可以说奠定了西方传统叙事理论的重要基调，直至20世纪才被彻底打破。作品讲述的故事要有头、有身、有尾，呈现为一个统一的整体，同时情节是表现的重点，但首要的是情节表现什么内容，其次才是如何表现的问题。从史诗、寓言故事、《十日谈》之类的短篇小说集到18、19世纪出现的真正意义上的小说，尽管叙事有详有略，视角多元化发展，材料分布变幻多样……但读者阅读完叙事作品后在头脑中都会重构出一个情节复杂、结构完整的故事框架，并通过作家的引领，探寻其思想价值。

尤其到了19世纪，虽然人物的命运与经历逐渐取代情节而成为作品的中心，但作品总体上依然是有头有尾的封闭结构。在这种能够感受到完整故事的“自然”叙事中，所使用的手法依然没有引起足够的关注。就像托尔斯泰的经典作品《安娜·卡列尼娜》，虽然被俄国形式主义成员推崇，对其中的各种手法大加赞赏，但在其他大部分读者和研究者眼中，作品向读者呈现的往往是人物形象的成功塑造、深刻的思想意义等。

20世纪以前，在理性原则的约束下，叙事类文本总体上表现出了一定的秩序性，尤其19世纪的批判现实主义文学，甚至会被有些读者在生活中寻找原型。作家虽无意“隐藏”叙事手法，但由于作家更需要读者关注作品呈现的完整的、统一的、理性有序的情节和人物，客观上也使叙事手法呈现为隐性的存在，就像我们吃着餐桌上香喷喷的馒头，但并不太关心它是如何被加工的，正如申丹等学者所言："由于到了维多利亚时期，小说作为虚构的故事作品已经成为不争的常规，很少有人像笛福、理查逊等 18 世纪小说家那样强调小说是真人真事……而对'好故事'的关注得到空前的加强。许多小说家都把讲一个曲折有趣的好故事作为最基本的要求。"① 其共同特点在于没有凸显方法自身的存在，而是将通过一定方法创造的故事情节作为表现的重点。

为何会出现这样的局面，原因是多方面的。首先，一直以来文学艺术的价值是多元并存的，在许多历史时期，作品的思想功能往往被凸显，或者被政治或宗教等领域利用，进行某种思想或观念的宣传。受根深蒂固的传统文学观念的影响，作家的主要目的并非让读者感受手法的存在，而是凸显其中思想的深刻或人物的典型性。其次，读者长久以来的阅读习惯也"远离"对手法的把握，而与作家的目的"相契合"，总之，关注作品的思想价值往往成为各种类型社会成员的"集体无意识"。

二　"自由"叙事对叙事方法的暴露

如果说传统叙事作品中读者关注较多的还是讲了什么，故事往往是完整的，而 20 世纪以来从现代文学到后现代文学的发展，可以说彻底打破了传统注重因果关系的叙事伦理，完整的叙事链条被打破，叙事的痕迹即方法被凸显，或者可以说叙事方法不断被强调。无论是在俄国还是在欧美，都有大量凸显手法的文学实践，为形式学派的理论革新奠定了坚实的基础。

20 世纪初俄国出现的未来主义、阿克梅派等具有先锋实验性

---

① 申丹、韩加明、王丽亚：《英美小说叙事理论研究》，北京大学出版社 2018 年版，第 69—70 页。

质的流派在作品的表现方法上做了不少探索，获得了形式学派什克洛夫斯基、艾亨鲍姆等的支持与肯定，并多次在一起进行讨论。学派的理论著述中常出现对马雅可夫斯基、勃洛克、赫列勃尼科夫等人作品的讨论，当然，他们主要侧重于诗歌表现手法的探索，在凸显诗歌的表现力上倾注了较多心血，这对叙事类文本的表现手法的探索具有重要启发。同时在20世纪初的叙事类作品中还出现了现实主义与现代主义合流的情况，在叙事手法的探索上也做了很多努力。

与之相应，20世纪西方的现代主义和后现代主义文学在叙事手法的探索上取得了十分显著的成绩。其中反传统、标新立异的精神体现在方方面面，在叙事手法方面大量使用心里独白、梦境、夸张、荒诞、多元艺术形式的交叉等手段。尤其后现代主义文学，一般难以看到连贯的故事情节，取而代之的是各种叙事技巧或叙事手法的暴露和凸显，如《秃头歌女》《等待戈多》《城堡》等作品中，各种打破陈规、锐意创新的手法层出不穷，叙事手法的潜能被无限发掘。

如在卡夫卡的最后一部长篇小说《城堡》中，主人公无名无姓，没有亲人、朋友，甚至连身份都没有，在作品中只有一个代号K，他要进入某城堡上任，但在临死之前才收到来自城堡当局的传谕，最终也没能进入城堡。K临时住在城堡附近小村庄的一家招待所里，在这里他遇到了形形色色的社会最底层的人。城堡当局虽然给他派了两位助手，但不仅没有对其进行实质性的帮助，甚至还需要K的帮助。这样的叙事模式打破了传统小说的叙事逻辑，对读者而言也有着巨大的阅读“障碍”，但它却戳中了西方现代人的精神困境，精神的归宿到底在哪里，是现代社会普遍存在的问题。主人公K的身份是模糊的，这也强化了他的普适性特征。

纵观20世纪西方文学的发展历程，方法不断被突出，越来越受到作家的重视。在读者这里，也深深被这种新的叙事风格带来的审美效应冲击，心灵被震撼，灵魂被叩问，对新时代人性的复杂、社会的异化有越来越深刻的体验。这既是文学自身发展的规律使然，同时也是由异化的世界中各种扭曲现象的存在所决定的。

在上述两种文学发展的过渡阶段的世纪之交，俄国形式主义叙事理论能够敏锐地把握初露端倪的文学新现象，在文学变革的大潮中，能够呈现理论先行，且文学创作紧随其后，具有“先知先觉”的理论敏感与创作意识。不仅对叙事文学的发展及理论具有准确的预判，而且在具体的理论建构中，对整个 20 世纪西方文论具有重要的意义，有很多观点对后来经典叙事理论都有重要的启发和影响。

第二节 俄国形式主义对叙事手法的强调

情节形式在叙事类作品中之所以成为区别性的标志，是因为有不同的叙事手法的运用，所以如果不把握学派对手法的强调则无法真正理解学派的情节理论，随着对情节形式的重视，学派对叙事手法的重视也达到了前所未有的程度，甚至认为“方法在艺术中就是目的本身，因为艺术就是方法自身”。①

在不同的民族、地区和时期不约而同地出现了许多比较类似的叙事方法，艾亨鲍姆总结托尔斯泰和司汤达的文学创作就有很多相似的手法，如详细的心理分析、主人公的内心独白、喜欢分章列标题、大量铺叙等。甚至在时空相距较远的不同地域出现惊人相似的情节，什克洛夫斯基在《情节塑造手法与一般风格手法的联系》一文中举了这样的例子，北美的印第安人中流传着这样

① Шкловский В. Б. *Гамбургский счёт*. М.: Советский писатель, 1990. 114.

一则童话，百鸟选王的时候，最小的一只当选了。它的情节与欧洲的一则童话惊人地相似，尽管人们在转述某个故事或童话时也不免在语调、重音、细节等方面有所变化，但上述两则童话甚至连母题的偶然顺序也较一致，这说明情节塑造中存在着某种内在的规律。

文学创作活动不仅受作家个人因素的影响，同时还要受文学自身发展规律的制约，而且这规律在某种程度上具有普遍性特征。所以对叙事方法的研究无法绕开上述两方面内容，俄国形式主义叙事理论的探究正是从这样两个要素出发，一方面强调作家对文学创造活动所做出的努力，但又强调作品并不是作家一人的"独奏"曲；另一方面要探求文学作品叙事手法所表现出来的共同规律，这部分内容在学派叙事理论的建构中占有较重要的地位。在有关文学塑造手法的相关理论建构中，有的理论家区分较细，将诗歌与叙事类作品，甚至不同类型的叙事类作品区分开论述，有的理论家则较概括地论述，甚至宏观阐释诗歌与叙事类作品的共同规律，蒂尼亚诺夫就有该内容的阐释。

一　方法至上的文艺观

雅克布逊说过，"文学学科若试图成为一门科学，那它应该承认方法是自己唯一的主体"。[①] 每一门学科都应有自己独立的研究对象与研究方法，否则难以建立其自身的价值体系。要想建立一门真正的科学，其研究方法或基本理念都要发生根本性的变革，与传统文学中的手法存在本质上的差别。正如托马舍夫斯基所言，"形式主义者的事业，形式主义者在科学上所起的作用，才称得上是革命。形式主义方法对当代文学科学所起的推动作

① Жирмунский В. М. *Теориялитературы. Поэтика. Стилистика.* Л.：Наука，1977. 99.

用，足可以说意义重大，使得形式主义方法表现出了‘革命的’这个术语的特征”。[①] 英国学者本尼特认为，对于形式学派而言，甚至形式本身是没有任何区别的，使其真正区别开来的是对其进行加工的策略。艾亨鲍姆写于1925年的总结性文章《“形式方法”的理论》一文的开篇就强调“所谓的‘形式方法’不是形成某种特殊的‘方法论’系统的结果，而是为建立独立而具体的科学的奋斗的过程。‘方法’这个概念曾被不适宜的拓展至十分广阔的范围，对‘形式主义者’来说，重要的不是方法的问题，而是作为研究对象的文学的问题”。[②] 所以，形式主义者论述的方法不是目的本身，他们想通过对方法的强调实现从根本上革新文学的目的，传统的方法论依然服务于工具论的形式观。

素材不能直接进入文学作品，要经过本事的过渡，同时还要进行加工、变形。蒂尼亚诺夫论证电影原理时就将其与照相进行比较，电影中虽也涉及图像，但当电影拍摄完成之后，其中的图像便与相片有了本质区别。照相主要讲求的是相似性，与日常生活中的原形并无较大区别，而素材只有经过加工、重组与改造才能成为电影的有机组成部分。“实质上，任何照片都对素材做着变形。其实只须看一眼‘景物’就够了，兴许这只是我的主观看法，但我只要根据定向的、分类的细节——某一棵树、一张排椅、一块招牌——就可以认出‘景物’之间的相似性来。而这决不是因为它们‘根本不相像’，而是因为景物被分离出来了……这种记录在定影时成百万倍地夸大了类的个别特征，正是由于这一点才引起了‘不像’的效果。”[③] 由于照片只能将生活中的某一

---

① ［爱沙尼亚］扎娜·明茨、伊·切尔诺夫：《俄国形式主义文论选》，王薇生译，郑州大学出版社2005年版，第144页。

② ［法］茨维坦·托多罗夫编选：《俄苏形式主义文论选》，蔡鸿滨译，中国社会科学出版社1989年版，第19页。

③ ［俄］什克洛夫斯基等：《俄国形式主义文论选》，方珊等译，生活·读书·新知三联书店1989年版，第68页。

特定时刻中的特定范围内的景物固定，所以割裂了照片内的景物与周围整体的有机联系，使其中各要素的关系及位置得到了重新安排，所以也发生了变形。但依然不同于电影艺术的变形，电影中的每一个镜头动作都是由许多帧照片构成，将孤立变形的照片有机统一在一起，将其边界放大，展示的内容更立体，从而与孤立的照片有了本质的区别。总之，蒂尼亚诺夫在讨论照片与电影的区别中强调了电影情节加工的变形问题。这种对手法的重视不仅在叙事类文本，甚至在诗歌及其他艺术门类中均具有普遍性。

那么，方法对于文学作品的形成到底具有怎样的作用呢？学派的奠基性人物什克洛夫斯基提出了“艺术即方法”的著名观点，简单地说，艺术作品就是由各种塑造艺术作品的方法构成，所以，什氏认为其诗学研究的就是纺织品的“加工方法”。

艺术中的手法有何特点呢？什氏认为“方法就是通过赋予作品以形式，把非美学材料变成艺术作品”。[①] 什氏对方法的强调得到了学派的认可，对其他成员产生了重要影响。日尔蒙斯基就表示，“研究结构旨在弄清决定一部艺术作品的外部结构以及决定作品里艺术材料的分布或安排的艺术原则”。[②] 要明确其中使用的具体手法。在叙事理论发展史上有不少作家、批评家和理论家甚至一些文学流派都探讨过叙事手法的问题，但它们都难以与俄国形式主义相提并论。“准形式主义者”日尔蒙斯基认为，“现在对于一些新的理论的拥护者而言，富有成效的新的工作中的‘形式方法’是唯一科学的理论，而且不只是一种方法，更是世界观，我认为与其称之为形式的世界观，不如称为形式主义世界观”。[③] 日氏将形式学派的方法研究上升到世界观的层面，它们并不仅仅

---

① Шкловский В. Б. *Гамбургский счёт*. М.：Советский писатель，1990. 106.

② ［俄］什克洛夫斯基等：《俄国形式主义文论选》，方珊等译，生活·读书·新知三联书店1989年版，第265页。

③ Жирмунский В. М. *Теориялитературы. Поэтика. Стилистика*. Л.：Наука，1977. 96.

是学派研究的某种一时兴起，也不是某种层面的理论建构，而是一种精神指引，且作为其对待文学艺术的世界观。可以说，将俄国形式主义对方法的强调上升到了无以复加的程度。

文学作品塑造手法就像马步，不走直线，而是斜着走路，艺术创作也应避免“单刀直入”，而应“曲径通幽”，只有经历了曲折与阻碍，才能真正获得读者的认可。什氏在《马步》一文中列举了农夫的故事，他抱怨风不调雨不顺致使麦子的收成不好，但当他拥有了掌管风雨的权力后，为了让麦子更好地成长，没有让狂风和暴雨来临，结果秋天更惨。或者可以说，作家利用材料之间的矛盾与不协调进行加工创造，来设置各种谜团，读者的阅读就是不断揭开谜底的过程，揭秘的过程使阅读变得更快乐。

日尔蒙斯基认为“每一门艺术使用的都是源自自然界的材料，它利用自己独特的艺术方法对其进行特别的加工，结果会使自然界的事实（材料）提高为美学事实，成为艺术作品。比较原生态的自然的材料和被加工的艺术材料，我们就能发现其艺术创造的方法。艺术研究的任务就是从历史的角度，或按照比较和系统的方式，描述作品、作家或整个时代的艺术手法”。[①]甚至将艺术研究的根本任务看作对艺术手法的研究，对艺术手法极为重视。

方法的影响遍布作品的每一个角落，什克洛夫斯基认为方法不仅体现于情节的设计上，语言的使用同样体现了作家创作手法的运用。作家使用的语言虽然来源于日常生活中人们交往使用的词语，但在文学作品中，“词语与词语并列组合在一起，但艺术家并不是按照寻常的方式去看它们。于是，玩笑消失了，方法便产生了”。[②] 所以，“艺术不是诞生于词语，它需要战胜词语。它通过词语的组合冲破世界，为此它要在文学现象存在之前，克服

① Жирмунский. В. М. *Теориялитературы. Поэтика. Стилистика.* Л.：Наука，1977. 37.

② Шкловский В. Б. *Zoo или Письма не о любви.* С.：Азбука-классика，2009. 33.

它们，要看到还没有被看到的，描绘还没有被描绘的存在。作家创造的不是概念的词典，而是新的揭露现象的方法”。[1] 什氏也反对将情节看成纯粹的语言现象，他认为语言学与文艺学是两回事，将文学看作语言现象是不正确的，否则就不能认识世界，因为语言是传递信息的工具，每一个语言符号背后都有一个确定的与其对应的信息，所以“语言学不属于美学”[2]。但文学创作可以利用语言，对其进行再加工，使之变形成为具有美学功能的文学作品的有机组成部分。具体而言，“语言和文学的联系就像以前的风和船只之间的关系，船借助于帆和桨，靠风的力量运行，但不完全在其方向之中。作家主宰风格之帆”。[3]

叙事手法的使用不仅在叙事类作品中具有举足轻重的作用，在诗歌等其他艺术类文本中同样如此，如诗歌中就常使用隐喻来消灭词语的自动化，从而保护现象与词语之间联系的可感性，迫使人们重新观察现象，重新认识它。

艺术方法并不是提前预知的，是作家在创作过程中面对素材时在多种因素的共同作用下创造出来的。什氏强调，“艺术家自己在作品的开始时不清楚，他将来会走到哪，如果他知道，那么他就不能写作了，他赋予一个结果，但这结果在艺术作品之外是不存在的”。[4] 所以，什氏说艺术作品就像发明物，如果在创造之前就被认知是不可能的。

创作手法的强调之于俄国形式主义具有某种必然性，俄国形式主义者在库尔德内及索绪尔语言学的影响下较注重从共时性角度思考作品的创作规律。但它们所理解的共时并没有完全抛弃历

① Шкловский В. Б. *За и против.* М.：Советский писатель，1957. 14.

② Шкловский В. Б. *Избранное в двух томах. Том первый.* М.：Художественная литература，1983. 314.

③ Шкловский В. Б. *Избранное в двух томах. Том первый.* М.：Художественная литература，1983. 315.

④ Шкловский В. Б. *За и против.* М.：Советский писатель，1957. 174.

时性因素，而是在侧重共时性研究的同时兼顾历时性的问题，无论什克洛夫斯基，还是蒂尼亚诺夫、雅克布逊都是如此。正如蒂尼亚诺夫与雅克布逊合著的《文学和语言学的研究问题》中谈道："共时的文学体系的概念同朴素的时代的概念并不相同，因为其中不仅包括时间上接近的艺术作品，还包括被吸收到这一体系中的外国的和传统的作品。不能不加区分的将共存的现象罗列并同等看待，重要的是它们对于该时期的不同等级的意义。"① 他们不仅没有绝对地将历时性的存在合理性摒弃在研究之外，同时即使处于共时维度的作品亦注重其所起作用的轻重，可以说，这样的视角既严正有序，又伸缩有度。而且二人认为，如果将共时性与历时性因素孤立起来，必然无法获得作品的审美价值体系，也无法真正把握其内在规律。

二　方法塑造的影响要素

既然形式学派强调方法的重要性，文学作品是作家创造的产物，那么作品中使用的方法是否由作家一个人决定呢？它是否完全听命于作家，是否承认作家是作品的主宰呢？答案是否定的。文学艺术创造活动并不是完全由创造者主宰，其固然是十分重要的因素，但具体方法的选择与确定是多方面因素综合作用的结果。

首先，无法绕开作家的影响。什克洛夫斯基虽然承认艺术形式的独立性，但并不否认作家的作用，甚至谈到了作家灵感的重要性，不过他认为艺术中没有即兴之作，并不是作家的心血来潮，而是深思熟虑的结果。什氏认为作家在创作之外应该有一定的职业，这样，在文学创作的过程中自然就会以其职业的特点观察其他事物，得出新鲜的感受，也会更新读者的体验。作品作为

---

① Тынянов Ю. Н. *Поэтика · история литературы · кино*. М.: Наука, 1977. 283.

作家创作的产物，使用的方法定会受到作家主观倾向的影响。日尔蒙斯基认为作家会在创作中留下自己的影子，读者在阅读的过程中自然会感受到作者的存在，或作者的某种用意。他在《论古典主义和浪漫主义的诗歌》中比较了古典主义与浪漫主义诗歌，当然这里不仅包括抒情诗，还包括叙事诗。他认为“浪漫主义诗人在自己的作品中首先向我们讲述的是自己的敞开的心”。[①] 而在荷马史诗、莎士比亚和莱辛的悲剧、莫里哀的喜剧，以及普希金的《波尔塔瓦》《石客》等古典主义诗歌中，“则似乎是让我们向往严格的艺术界限中的真实的心里世界”。[②] 什克洛夫斯基也认为艺术创造并不具有必然性，不完全由作家决定，艺术需要偶然性。

同时，艺术创造手法并不是被动的，不完全听命于作家，其在文学创作过程中具有相对独立性，具有独立的生命力，“艺术作品中手法是特立独行的”。[③] 什克洛夫斯基将写鸿篇巨制的人比作驾驶 300 马力汽车的司机，在写作的过程中，汽车好像拖着作家，使其撞向墙壁。这里不禁让人想起巴赫金的“复调”理论，作家并不是作品的主宰。对此蒂尼亚诺夫的答案也是否定的，他认为作家的创作意图或主观目的在文学创作过程中并不起决定性作用，“作者的意图只可能是一种催化剂，作者在使用特殊的文字材料时，一方面受其意图的支配，另一方面又会背离其初衷”。[④] 手法对于作家而言并不是提前想好的，而是随着写作的深入慢慢成熟，就像下棋，每位棋手并不是提前就知道要走的棋步，否则就不去参加比赛了。

当然，不仅作家面对作品不是绝对的主宰者，被加工的作品

---

① Жирмунский В. М. *Теориялитературы. Поэтика. Стилистика.* Л.：Наука，1977. 134 – 135.

② Жирмунский В. М. *Теориялитературы. Поэтика. Стилистика.* Л.：Наука，1977. 135.

③ Шкловский В. Б. *Zoo или Письма не о любви.* С.：Азбука-классика，2009. 33.

④ ［爱沙尼亚］扎娜·明茨、伊·切尔诺夫：《俄国形式主义文论选》，王薇生译，郑州大学出版社 2005 年版，第 370 页。

本身也具有一定“话语权”，与作家直接对话。什氏在《关于小说的小说》中说过，艺术家的世界观决定一切，作品最终是对作者的世界观和处世之道的再现，看似与上述的内容相冲突，但他同时又解释说，这种世界观不是作家创作之前就存在，是在创作过程中不断生成的，甚至可以说，是小说培养了作家，例如作家托尔斯泰就被其所创造的小说改变了世界观。这里其实强调的是作家与作品之间的有机互动与互相成就的问题。而作品一旦加工完成，就和作者毫无关系了，开始具有自己独立的生命。

什克洛夫斯基在写给蒂尼亚诺夫的信中否认我们平常所说的“专著”一词，他认为作家创作时无法真正实现独立完成，而且日常生活中的作家本人与创作时的作家并不完全相同，甚至强调“需要写作的不是托尔斯泰，而是《战争与和平》”。① 作品具有相对独立的生命，与作家相互成就。

其次，方法的使用还受到民族性、地域性、社会现实等问题的影响。日尔蒙斯基针对叙事类文本情节设计的问题有这样的表述：“情节布局按照自己的规律构成，各地都是同样的（维谢洛夫斯基提出的这个），但在不同的国家情节获得了不同的‘内容’。在东方讲述的是托钵僧，在西方则会讲述修道士。”② 这里谈到了影响情节设计的民族性和地域性的问题。情节布局虽然有自己的规律，但其在不同的地域和民族表现的方式有所不同，正如日尔蒙斯基上述引文中谈到的，不同的地域和民族的宗教信仰有所不同，在具体情节的设计上，有的作家按照天主教的原则讲述托钵僧，有的作家则按照基督教的方式讲述修道士身上的故事。

日尔蒙斯基认为尽管所有的作家都在追求技巧和章法，但不

---

① ［俄］什克洛夫斯基：《动物园·第三工厂》，赵晓彬、郑艳红译，四川人民出版社 2016 年版，第 219、224 页。

② Жирмунский В. М. *Поэтика русской поэзии*. С.：Азбука-классика，2001. 91.

同时代的流派依然有各自不同的倾向，例如浪漫主义作品和古典主义作品的比较，如果说古典主义时期的创作较倾向于艺术门类以及体裁之间的严格界限和规律，那么到了浪漫主义阶段，则习惯于打破这种界限的束缚，呈现出许多具有混合性质的作品。同时，日氏认为，不仅叙事类作品中各种方法之间的相互作用，共同构成一个有机的系统，诗歌亦如此，在诗歌这个统一体中，各种创作方法共同在艺术任务的控制之下，并且每种方法之间并非独立存在，而是相互制约，诗歌中各种写作方法的统一即风格。“因此，诗学的任务是复杂的。不仅要描述诗学方法，还要将其系统化（形态学），且要指出诗歌作品的基本类型中主要的风格功能。”①

当然，无论是地域性因素还是民族性因素，在对作品叙事手法的塑造上所起的作用都不是决定性的，都要与其他要素共同作用于手法的选择。雅克布逊在 1935 年的作品《主导》中谈到，“正是形式主义清楚地证明，转换和变化不仅要根据历史上的演变来陈述（首先有 A，然后 A_1 出现并代替了 A），而且那种转换也是一种直接经历的共时现象，一种相应的艺术价值”。与此同时，“形式主义研究显示了每件艺术品的实质：既保持传统又打破传统形式”。②

由上观之，影响文学创作手法的因素很多，除了上述谈到的影响叙事手法选择的要素，还有素材的独特性、不同的读者类型等。这也应了蒂尼亚诺夫的观点，他说文学同时有多条道路行进，有多种创作可能性。当然，读者并非无能为力，对于作品而言，读者并不是完全被动的，蒂尼亚诺夫认为进入文学作品的读者，可谓文学的“推动力”，在诗歌中，他能引起语调的变化，

① Жирмунский В. М. *Теориялитературы. Поэтика. Стилистика.* Л.: Наука, 1977. 104.

② 赵毅衡编选：《符号学文学论文集》，百花文艺出版社 2004 年版，第 14 页。

在散文中故事的呈现会顾及读者的存在，“迫使”他起全部的作用。这里蒂氏所说的全部作用指的是作品价值的实现，使作品中精心加工的方法复活，否则再优秀的作品也无法实现其美学价值。有的时候读者期待的、定制的是印度，但打开的作品却是美洲，完全出乎意料。这不得不提什克洛夫斯基的陌生化手法，文学作品之所以具有上述特点与呈现方式，一定程度上是由陌生化手法决定的。

三　方法演变的原则

文学塑造手法的呈现虽然没有固定模式，但依然有规律可循，不仅形成的过程受到多种因素的影响，同时在总体上遵循着一定的原则。较有代表性的如蒂尼亚诺夫提出来的对立原则、随机性原则与不均衡原则，还有托马舍夫斯基提出的主题问题。蒂尼亚诺夫诗学理论中针对方法演变的原则有较系统的论述，他将作品的创新看作方法的创新，“这种创新，就是进化意识”。[①] 这里的结构原则即是文学创作手法，他对于诗歌以及叙事类作品创造手法的认识基本相同，在共同的原则下将两者放在一起论证演变规律。作品最后使用的是什么手法，呈现怎样的结果，蒂尼亚诺夫总结了其中的一些原则，可以归纳为以下几个方面。

首先，表现为对立原则。这里的对立性原则指的是作品规模的发展往往在对立的大形式与小形式之间更迭，“当小的形式自动化，这个偶然的结果得到巩固的时候——它们的汇编作为结构出现，大的形式随即出现”。[②] 也就是说，当小形式的作品在读者心中扎根以后也就意味着其自动化的开始，取代它继续吸引读者的往往是类似于小形式汇编的大篇幅作品。同样当大的形式开始

① Тынянов Ю. Н. *Поэтика · история литературы · кино.* М.：Наука，1977. 262.

② Тынянов Ю. Н. *Поэтика · история литературы · кино.* М.：Наука，1977. 263.

自动化，也是小形式即将出现之时。按照蒂尼亚诺夫的观点，作品的发展往往在这相对立的大、小两种形式之间转换、轮回。就叙事类作品而言，这里的小形式往往指的是短篇小说，大形式一般对应的是长篇小说。纵观文学发展史，的确在短篇小说的发展较成熟、兴盛之时，便慢慢有了短篇小说集或故事集，同时也催生了长篇小说的出现。

其次，是随机性原则。结构原则在不同形式作品具体转换的过程中还伴随许多不确定或复杂因素，蒂尼亚诺夫认为，“需要特别说明，标准诗学的每一次变异、每一个‘错误’、‘偏差’可能就是一种新的结构原则，结构原则在发展的过程中寻找其应用之地”[①]，结构原则即文学手法的出现与应用并非按部就班，而是充满了各种不确定性。而且其条件要适合，否则它将为了适应自身存在而被迫发生各种变化，蒂尼亚诺夫举例了其同时代俄语先锋小说，“有情节的长篇小说的结构原则辩证矛盾地跃升为无情节的短篇和中篇小说的结构原则时，由于结构原则还没有找到需要的用途，它暂且使用了外国的素材，为了它与俄罗斯的素材相融合，需要某些特别的条件。这种结合绝不是那样简单，情节与风格之间的相互作用需要一定的条件，而它则是个秘密。如若没有这些条件，该现象则只是尝试而已”。[②] 一个结构原则并非万能，对条件具有选择性。当然，具体如何选，这是个“秘密”，也就是说作家并非按照某种既有的规律创造，文学作品是某种确定与非确定因素有机统一的结果。

再次，是不均衡的原则。在素材与结构原则即塑造手法之间存在着不均衡的关系，“现象越‘晦涩’，越不寻常，新的结构原则就显示得越清晰”。[③] 反之，新的结构原则难以在较熟悉的现象

① Тынянов Ю. Н. *Поэтика · история литературы · кино*. М.: Наука, 1977. 263.
② Тынянов Ю. Н. *Поэтика · история литературы · кино*. М.: Наука, 1977. 263.
③ Тынянов Ю. Н. *Поэтика · история литературы · кино*. М.: Наука, 1977. 264.

中呈现，这里的现象是指创作的素材。在“陌生”的素材中能够激发结构原则的最大潜能，使其效果发挥到极致。既然如此，作家创作的过程中，往往会有意识地去挖掘新的素材，蒂尼亚诺夫认为，素材最广泛、丰富的地方是日常生活，所以，作家应该努力在日常生活中寻找具有生机活力的素材，这就意味着要发生非文学与文学的转换，原来与文学无任何关系的素材通过一定结构原则的加工处理即可成为艺术作品。当然，某些内容在特定的历史时期较适合艺术表现，但时过境迁，还会有新的素材取代它的位置，它往往再次由文学回到日常生活。蒂尼亚诺夫曾大篇幅地分析了人们较熟悉的信件经历过的“一波三折”，在 18 世纪前半期信件还不属于文学，是日常生活中常见的文字记录，但同时期流行的文学结构原则逐渐厌恶了原来的表现内容——如雄辩、富有情感的文学语言，开始寻找新的素材，恰巧“信件中能够找到最易变、简单和需要的现象，它们表现出了带有非凡力量的新的结构原则……于是，信件便由日常生活的公文上升到了文学的最中心”。[①] 这里的信件相对于此前流行的雄辩与富有感情的文学语言内容则属于陌生的异类，所以，简单的信件成就了新的结构原则。但信件经历了一段作为文学而传阅的时期后，“不难发现这样的事情，信件发挥了其文学作用后，又跌入日常生活，与文学没有关系，成为日常生活中的现实、公文和收执。但在必要的前提下，该日常事实又会变成文学事实”。[②] 在素材的循环往复中，作品的结构原则得到了更新与发展，读者的阅读体验不断被刺激与充实。

当然，文学结构原则的演变并非仅限于在上述两种现象中跳转，或非此即彼，蒂尼亚诺夫认为，“任何领域中遵循的结构原则都是努力向更广阔的领域延伸与发展。可以称结构原则的该特

① Тынянов Ю. Н. *Поэтика · история литературы · кино*. М.: Наука, 1977. 265.

② Тынянов Ю. Н. *Поэтика · история литературы · кино*. М.: Наука, 1977. 266.

点为'霸权主义'"。[①] 也就是说，上述关于信件的事例只是其中一个较特殊的情况，其实文学创造活动中，结构原则的发展演变并非如此简单，其表现的可能性不断得到拓展、开发，只有这样，文学大家庭才能长久的繁盛、发展。之所以称其为"霸权主义"，原因在于它的普适性，不同时期、地域、流派以及作家的创作无不遵循上述准则。其中规律难以名状，就像"杂志有时是无足轻重的日常生活事实，其中编辑本身不起作用，有时又跃升为文学事实。在努力上升为这些广阔的事实时，这些结构原则像中篇和长篇小说中不相关的截取的情节中的'一段交响乐'，自然而然地靠近，又转向远处的现象"。[②]

由上观之，面对不断发展与演变中的艺术，蒂尼亚诺夫虽为我们探索了塑造手法出现的一些特定规律，并总结了其中的规则，但他并没有以偏概全，其探索是开放性的，为手法的新特点留下了发展空间。

同时，托马舍夫斯基还谈到了影响作品塑造手法选择的主题（тема），技巧固然重要，但主题的存在也是十分必要的。"努力在职业和写作上的创新，以及对新技巧的追求，总是文学中最先进的形式和流派的标志。"[③] 尽管如此，"为使文字结构变成为有机统一的作品，其中应该有一个贯穿整个作品中心的主题"。[④] 对托马舍夫斯基而言，"主题（讲述的东西）是作品具体成分的意义的统一。既有整个作品的主题，也有各个部分的主题。任何具有意义的语言写成的作品都有主题"。[⑤] 只有未来派的作品可以说做到了没有主题，未来派作家玩弄形式技巧的后果是作品的无法理解，自然不会有主题。

---

① Тынянов Ю. Н. *Поэтика · история литературы · кино*. М.: Наука, 1977. 267.

② Тынянов Ю. Н. *Поэтика · история литературы · кино*. М.: Наука, 1977. 268.

③ Томашевский Б. В. *Теория литературы поэтика*. М.: Аспект Пресс, 1977. 177.

④ Томашевский Б. В. *Теория литературы поэтика*. М.: Аспект Пресс, 1977. 176.

⑤ Томашевский Б. В. *Теория литературы поэтика*. М.: Аспект Пресс, 1977. 176.

因而，作家在创作的过程中不仅要精心设计创作方法，同时还要考虑主题的问题。那么，作家到底选什么样的内容作为创作的主题呢？并非其一人可以完全决定的，托马舍夫斯基认为，作家在主题的选择中，读者的态度具有举足轻重的作用，要考虑到读者的期待心理。这里，托马舍夫斯基已经开始关注文学活动中的“隐含”读者问题了，比接受美学的代表人物伊瑟尔提出“隐含作者”范畴的时间早了近40年。

托马舍夫斯基将读者的需要称为“兴趣”（интерес），无论作品技巧的选择还是主题的设定，都离不开作品“预设”的读者，其“兴趣”即在此。令读者感“兴趣”的主题应该具有高度的时效性与“迫切性”，应该让同时代的读者从中感受到时代的文化。如屠格涅夫的作品发表之后，居然吸引了一批政论性的文章，这足以说明其作品的主题与时代文化之间的紧密关系，也使其作品更具生机与活力。当然，托马舍夫斯基对于这里强调的时效性并非要求作家一定要写同时代的内容，作品中所描述的内容可以是历史上发生的，但要求其描写的内容具有“迫切性”，能够吸引读者的“兴趣”。在此基础上，托马舍夫斯基对主题做了进一步规定，首先，要求作品的主题“容量”要大。并非所有涉及时代新发展的作品都能令人满意，例如一些不能深入现象背后本质存在的投机之作，并不是读者真正感兴趣的，“相反，主题越有意义，越具有长久的影响，作品也越能维持其生命力。如果扩大现实性的范围，我们就能得到在整个人类历史长河中未曾发生过根本变化的‘一般人类的’兴趣（爱与死的问题）”。[①] 大“容量”的主题不仅能穿透当下的现象阐释本质，更能超越当下，具有长久的生命力，能够洞悉人类存在共同面对的最基本的问题，如爱、生与死的问题，即人类的“共同兴趣”。其次，需要

① Томашевский Б. В. *Теория литературы поэтика*. М.：Аспект Пресс，1977. 177.

情感激发读者的注意力。光有令读者感兴趣的内容还不够，还要有吸引他的注意力、吸引其关注的作品，“主题中的情感因素在保持注意力方面起着重要的作用，那些直接作用于广大读者的作品（戏剧作品），按情感特征分为喜剧和悲剧，不是没有道理的。作品所激发的情感是保持注意力的主要手段”。[①] 当然，这里的情感的源泉并不是读者，而是作品，是作品中的情感吸引了读者，引起了其相应的情感反应，受到了作品的情感召唤的读者会自动投入作品的欣赏中，并进一步发现它的主题。因而，只有“兴趣”与注意力共存，共同作用于读者，才能真正实现主题的潜在影响力。

当然，陀氏这里所说的主题既不是形式层面的要素，也不同于传统作品思想功能中体现的内容，它虽然是思想层面的东西，但在文学活动中，却发挥着影响情节形式加工创造的作用，主题的作用主要表现在将作品统摄于某个有机统一体中，左右其形式的加工和手法的选择。

第三节　陌生化理论

陌生化（остранение）是什克洛夫斯基首创的范畴，和雅克布逊的文学性共同成为学派的两个核心范畴，在学派内部产生了广泛影响，被大多数成员接受并进一步分析阐释。什氏认为，“艺术的手法是使事物‘陌生化’的手法，主要作用是加强形式的难度，增强作品形式感受的难度，延长感受的时间，因为在艺术作品中感受过程本身即是目的，理应被延长。艺术是对事物制作过程中加工方法的感受，在艺术中制成品本身并不重要”。[②] 通过陌生化手法的运用，能够使作品更具吸引力。文学史中出现过

① Томашевский Б. В. *Теория литературы поэтика.* М.：Аспект Пресс，1977. 178.

② Шкловский В. Б. *О теории прозы.* М.：Советский писатель，1983. 15.

的陌生化手法十分多样，作家经常使用的有突转、戏拟等。如何衡量作家所使用的手法是否成功呢？形式派学者认为要以使读者感受到作品的存在为依据。只有在某种手法的作用下将读者阻滞于作品中，并增强读者对作品的感受，作品才成其为作品。在这个过程中，读者不仅获得了美感，更感受到了对象本真的存在，实现了美真合一，体现了形式学派深沉的人文情怀。

一　陌生化理论体系的建构

什克洛夫斯基认为，人们在日常生活中由于“习以为常”会忽视很多美丽的“遇见”，作家的创作亦如此，如果不能打破人们欣赏的习惯，呈现独特的作品，读者也会“视而不见”。所以，作家创作时也应打破此前的阅读习惯，创作令人惊奇的作品。如在表现日常生活时，常常为了吸引读者，要打破日常思维表现被遮蔽的真实生活，呈现其应有的样子，而放弃人们眼中常见生活的“本来面目”，甚至有时会创造出近似不合常理的生活。如何呈现生活本来的样子，就需要通过陌生化手法，打破常见的表现形式，呈现生活之为生活的本真状态，这样的作品才能真正进入读者的审美视野，引起注意并唤起他最真实的感受。所以什氏反对机械照搬生活的所谓现实主义。为了凸显生活的本真，甚至可以违背生活“常理”，如果需要，死尸可以自己说话，植物也能具有人的视听……为什么描写现实的作家要制造惊奇呢？什氏认为，惊奇的出现能够在作家、读者与现实之间保持一定的距离，更便于观察、感受。因为艺术在于恢复对生活的感受，通过揭露和重建矛盾，在本无区别的素材中重建区别。

（一）陌生化理论的提出

首先，“陌生化——能够使事物从其日常的感受中跃出，是对其语义系列的破坏。这对艺术而言是必须的，但还不够”。[①] 同时还要强调读者的感受，要使读者产生陌生感。当然，陌生化并不是要求作品于读者而言是陌生的，而是吸引读者的注意，使其产生美感。这里强调手法的创造性，要创造与众不同的手法才能使作品的呈现更具吸引力。正如该范畴的理论内涵所呈现的特质——创造性，该范畴的单词本身就是什氏自己创出来的词汇。

既然方法如此重要，那么是不是只要经过设计加工之后的方法都能创造出优秀的作品呢？答案必然是否定的，绝不是作家的所有叙事手段都具有合法性，要经过筛选。形式学派十分注重手法的延宕与阻滞效果，“无延迟的思想之流，不只是无钟摆的钟……最终将是失去的世界”。[②] 陌生化手法的使用会使文学作品的阅读不顺畅，不同文本类型具体使用的手法有所差别，长篇小说的“框架通常阻滞行动，而短篇小说好像发生在主要行动的停顿之中”。[③] 作品的规模不同，阻滞读者的方式也不尽相同，且方法多样。如作品中的细节描写、题词、作家对事件的分析等都是增强阻滞的重要手段，托尔斯泰就有不少众所周知的题词，如《安娜·卡列尼娜》中的题词——复仇在我，我必报应。按照陌生化手法的要求，作家的主要目的并不是向读者渲染某种情感态度，而是将读者阻滞于此。

其次，陌生化理论中深刻地体现了二律背反的问题。陌生化的阻滞并非真正让读者的阅读停顿，而是催生其进一步深入阅读的手段。什氏一部学术著作的名字就是“迷误的动力”，一部成功的文学作品必然充满各种“迷误”，在主人公的必经之路上会出现一种或多种迷障，看似偶然，实则必然，是作家有意而为

---

① Шкловский В. Б. *Гамбургский счёт.* М. : Советский писатель, 1990. 294.

② Шкловский В. Б. *Избранное в двух томах. Том первый.* М. : Художественная литература, 1983. 139.

③ Шкловский В. Б. *Избранное в двух томах. Том первый.* М. : Художественная литература, 1983. 10.

之，也是作品之为作品的必然见证。就像作品《安娜·卡列尼娜》中列文与吉娣之间的爱情长跑，两人经历了很多波折才走在一起。“迷误的动力是探索的动力，同时也是分析的动力。”① 在作品对“迷误”的追寻中体现了多重二律背反思维。通过作品设置的迷误般的障碍，读者反而会获得前进的动力。同时，“迷误的动力”也是作家探索的动力，作家的创作并非“一帆风顺”，而是不断摸索，在探索中不断改变前行的方向。托尔斯泰想在作品中呈现亚历山大一世，但这种探索的动力使其抹掉了对亚历山大一世的盛大展示，呈现出来的却是其慈善家形象，本想将贵族安德烈置于小说的中心，但最终也没有实现。

阻滞力与推动力相辅相成，增强阻滞力是为了出现更大的推动力，为了读者更好地深入文本，真正接受文本，因此在这里被阻滞的程度越深，读者在作品中就陷得越深，就越希望知道文本情节的下一步发展走向，这里体现了情节塑造中的不可抗拒的二元对立关系，凸显了文本的张力，也是文学艺术的独特魅力所在。

延宕与阻滞是陌生化手法发挥作用的基本理念，艾亨鲍姆认为，若想用“形式消灭内容”且获得怜悯感就应在情节塑造中坚持延宕与阻滞的原则，但作家的设计必须合情合理，让读者信以为真，这时的手法才能是隐蔽的、自然而然的。艾亨鲍姆在论述悲剧时，用这种延宕与阻滞的理念解释其中人物的设置，在人物的塑造中，即使有大量的心理描写，但其本身并非目的，而是想将读者阻滞于此，这种手法较隐蔽，难以被读者发现。什氏认为艺术中的阻滞与杂技表演中的难化有点亲戚关系，杂技中的难化也是为了更加吸引观众，在表演过程中增加难度。

陌生化方法带来的阻滞效果决定着其目的并不是概括作品，

---

① Шкловский В. Б. *Энергия заблуждения*. М.: Советский Писатель, 1981. 320.

而是对艺术进行分解，使其被分解为多个部分，对读者的阅读设置多重障碍。如在叙事作品中出现的重复、波折、心理的排比和延缓等都是为了实现这种分解的目的而采取的措施，什克洛夫斯基将这些手法称为“阶梯式构造”。比如重复的手法，在许多民间故事、童话等作品中都有大量体现，什氏在《散文理论》中列举了英雄史诗《罗兰之歌》中情节重复的情况，当萨拉秦人包围了查理的后卫时，奥利维埃对战友罗兰说，敌人十分多，罗兰如果吹起号角，查理听见就会前来救援，但是罗兰一直不吹。这样的情节模式在作品中重复了三次，只是每次稍有变化。后来遍体鳞伤的罗兰吹响了号角的情节也出现了三次。类似的情节安排在其他作品中也时有体现，尤其在英国，大多通过戏仿的方式反复出现。什氏将这种模式归结为 a + （a + a） + （a（a + a） + …… 的模式。这一模式对于上述情节的归纳的确比较形象，但不能取而代之，毕竟将情节的变化如此简化为几个符号的关系式，未免过于简单，甚至歪曲情节的本质特征。也因此有学者据此批评什氏乃至整个形式学派的诗学理论具有严重的科学化倾向。如果就该内容进行科学化的评价无可厚非，但就这个学派诗学而言，所体现出来的深沉的人文情怀是不容抹杀的。

什氏特别推崇著名作家托尔斯泰，认为托尔斯泰作品的成功离不开其大量使用的陌生化手法，在作家笔下，从来不用人们习惯的手法和视角去描写人和事，而是以第一次看见该对象的态度去写，也不用人们惯常使用的称谓，而是改用非常规或用事物的某部分的称谓取而代之，这样即使描写人们常见的事物，也会使读者获得全新的感受，陌生感自然会“如约而至”。在《散文理论》中，什氏列举了托尔斯泰的作品《可耻》中一段关于鞭刑的成功描写，当时的人们对鞭刑较熟悉，不仅贵族常对农奴施鞭刑，文学史中描写鞭刑的作品也很多，但托尔斯泰的这段描写则是其中的佼佼者，给人留下深刻的印象，他并不以熟悉鞭刑的人的眼光去写这一事件，而是以第一次看见这种刑罚，颇具好奇心的观者的眼光去写，“把犯了法的犯人衣服脱光，推倒在地上，然后用树条打屁股”。接着补充到“鞭打脱得精光的屁股”。[①] 这里对挨打的犯人的具体行动做了介绍，然后又探讨了其他刑罚，为什么不用针刺肩膀或者身体的其他部位，或者将手或脚夹在钳子里等手段取代这种鞭刑。这样的论述，让早已对鞭刑较熟悉的人也能唤起其新的感受和认知。托尔斯泰作品中这样能够给人新奇感受的手法样式繁多，如从动物视角写人事并发表议论；描写教规与仪式时却不用宗教语言，取而代之的是日常语言；等等。果戈理作品中较喜欢使用伪装的手法，不直接交代对象的特征和性质。采取伪装的形式，相对于明确的交代更令读者费神，也更能引起读者的注意。陌生化手法的影响并不限于文学作品，绘画、电影等艺术门类同样离不开陌生化。什氏在对电影研究的过程中也十分注意陌生化的问题，他对电影创作中使用的蒙太奇手法十分重视。

然而，文学作品中使用的陌生化手法并非一劳永逸，什克洛夫斯基认为一部作品随着读者阅读体验的积累，往往会经历从可见之物到可知之物，从具体走向一般，或者从艺术走向普通文字的过程。一些手法被加工之后可能会给读者带来十分深刻的印象，甚至可以颠覆此前的相关经验，但久而久之，读者就会慢慢失去这种陌生感，甚至不再被吸引，也就意味着其中的手法走向自动化，和日常生活中的事物不再有区别，不再是独特的这一个。所以，作家的创造要时刻坚持陌生化的原则，不断创造新的表现形式。

20 世纪以前的文学艺术中当然也少不了具有独创性的创作手法，但艺术家往往将其隐藏于作品形式的背后。与此相反，什氏

---

① Шкловский В. Б. *О теории прозы*. М. : Советский писатель, 1983. 16.

认为陌生化发挥作用的前提是作家要有意在作品中暴露手法，使其更易于被读者捕捉。暴露手法的方式总体上有两种，一是创造新奇的、似乎读者从未体验过的手法；二是在作品中直接将手法的加工塑造过程交代给读者。关于这种情况形式学派主要代表人物大都有论述，并在文学创作中践行该理念。什克洛夫斯基在《动物园，或并非情书的信》中，直接与读者讨论用什么方法描写德累斯顿，在诸多方法中他选择的是从细节入手，如描写汽车的内饰条纹，并由此拓展到整个城市的条纹，以点带面。

20 世纪五六十年代以后什氏再次谈到陌生化理论时说过，该术语“第一，不正确；第二，不是独创的”。[①] 他认为德国哲学家诺瓦利斯在 18 世纪就提出过类似的观点，诺瓦利斯在作品《片段》中谈过，艺术要使可爱的形象变为奇怪的、人们不熟悉的样子，但同时又是熟悉的吸引人的，这种二元对立的内容恰是什氏陌生化理论的核心内容。所以，什氏认为尽管术语是新的，但具体内涵却不是独创。而“术语的不正确性在于我将风格手法看作艺术的最终目的，恰恰使艺术丧失了其真正的功能”。[②] 不仅如此，陌生化在作品中呈现时也是矛盾的，他曾强调陌生化手法是语言和风格现象，与事实现象无联系。但其实“感觉的‘意外’和返回只能存在于事实之中”。[③] 尽管察觉到了陌生化理论的不足，但依然没有放弃该理论对新奇感受的强调，依然坚持陌生化理念。但对其有所“修整”，“陌生化——是对世界的惊奇，是恢复对它的感受。可以加固这个术语，只是包含‘世界’的概念”。[④] 在做文本批评

---

① Шкловский В. Б. *Избранное в двух томах. Том первый.* М.: Художественная лит ература, 1983. 529.

② Шкловский В. Б. *Избранное в двух томах. Том первый.* М.: Художественная лит ература, 1983. 529.

③ Шкловский В. Б. *Избранное в двух томах. Том первый.* М.: Художественная лит ература, 1983. 530.

④ Шкловский В. Б. *Собрание сочинений в трёх томах. Том* 3. М.: Художественная лит ература, 1974. 665.

时依然十分热衷于对作品中陌生化手法的挖掘与点评。并强调“艺术为可感的世界而斗争，艺术通过感觉认识世界，使具体的具有普遍意义的不仅不变钝，反而总是复活它们”。[①]

当然，对陌生化手法的强调不只有俄国形式主义，除了什氏后期提到的诺瓦利斯，德国理论家布莱希特也提出过类似的观点。什克洛夫斯基在作品集中有关于布莱希特戏剧理论的论述，其中提到了布莱希特与其陌生化理论相契合的观点。布莱希特创作了大量具有假定性的戏剧，将“疏离手法”引入了其中，通过制造各种意外和离奇以引起观众的注意，但又在观众和对象之间制造一定的欣赏距离，从而迫使观众按新的方式对待它们，让自动化的无意识变为有意识的关注，两位理论家之间跨越时空的在陌生化理论上产生了共鸣。

（二）蒂尼亚诺夫叙事理论的动态性与陌生化理论之“暗合”

实际上，蒂尼亚诺夫叙事理论中的动态性特征与什克洛夫斯基叙事理论中的陌生化问题完全是不同性质的存在，动态性特征可谓蒂尼亚诺夫叙事理论的基本美学特征，直接影响了其诗学理论建构及发展走向，而什克洛夫斯基的陌生化理论不仅是其整个诗学理论的核心内容，同时具有更深远的影响，与雅克布逊的“文学性”共同成为规定整个俄国形式主义诗学发展的基本范畴，甚至蒂氏的诗学理论也受其影响或有对其回应的内容。但若暂且将二者的区别“悬置”，我们不难发现，二者也有诸多相通之处，它们都是按照自己的规则对叙事作品进行“约束”与“规训”，是对文学创作与研究活动的规范。可以说二者采取的路径相近，通过不同的方式获得了相似的结果，可谓殊途同归。

一方面，动态性与陌生化都源于对“自动化”的破坏，并以唤起读者的美感为目标。日常生活中，习以为常的事物难以唤起

---

① Шкловский В. Б. *Избранное в двух томах. Том первый.* М.：Художественная литература，1983. 543.

人们的注意力，如果每天面对这样的生活，那么主体的人生也是灰色的，与黑格尔的“诗意地栖居”相距甚远。同样在艺术活动中，再吸引人的情节套路看过多次之后也会生厌，难以驻足停留。什克洛夫斯基的陌生化理论早已被人们熟悉，它的提出旨在针对上述“自动化”现象，它们对于人们而言毫无新意、套路化、方法陈旧，不能再唤起读者注意，因而这样的作品毫无价值。艺术活动的根本价值与意义在于引起读者的美感，使其从无聊的日常生活中跃出，达到澄明之境。所以，作家只有创造性地采取“陌生”的、不断推陈出新的叙事策略才能吸引读者的注意，使其长久地停留于作品，从而开启审美之旅。

艺术的价值正在于唤醒早已麻木、僵化的人们，使其真正进入审美欣赏活动，所以，是否实现了陌生化是鉴别一部作品是否取得成功的重要标志。陌生化理论在什克洛夫斯基诗学理论中不仅是一种创作理念，更具有方法论的性质，它从根本上影响了其理论建构。为了突出强调艺术作品的陌生化问题，什克洛夫斯基在其包括前后历时几十年的理论著述中用了大量笔墨探讨叙事方法的问题，并重点分析了不同时期、流派的作家作品中较有特色的叙事手法。其中较突出的如戏拟理论的论述，不仅古今中外大量作家使用过，什克洛夫斯基本人也将戏拟大量应用于文学创作活动，开辟了新的天地。俄国形式主义的前期，什克洛夫斯基诗学理论建构也处在探索期，由于对艺术加工方法的突出强调，也导致他提出了一些关于艺术手法的公式，不仅绝对地摒弃作品的思想功能，而且对方法的强调走向极端，出现了方法一元论。当然，这种不合规范的极端做法招来了许多学者的强烈批评，学派内部也不乏反对的声音。虽然在后俄国形式主义时期，什克洛夫斯基重返诗学理论建构的工作后，也做过反思与调整，承认思想价值的合法性，并对文学创作手法有更为理性的认识。但目前国内学界主要关注的依然是其产生较大影响的俄国形式主义时期的陌生化理论，并没有形成对什克洛夫斯基诗学全面而系统的认识。

蒂尼亚诺夫叙事理论的动态性特征同样有着与什克洛夫斯基的诗学理论极为相近的缘起与目标。蒂尼亚诺夫曾强调，“形式因素的动态性是对自动化的不断破坏，是形式因素的不断引出和次要因素的变形……从这个观点出发，形式是各种等价物的不变的宗旨，是被强化的动态性”。[①] 为了对抗作品的“自动化”问题，蒂尼亚诺夫提出了作品的动态性特征。当然，“这并不是说，文学作品不能‘永存’，自动化的东西也能被利用”。[②] 而蒂尼亚诺夫重点强调的是变动与转化，“结构因素和材料的相互作用总是多样化……动态的。形式的动态规律之一——是结构原理和材料间的最广泛的波动和最大的可变性。大的形式自动化了，就开始强调小的形式的意义。相反，当小的形式自动化了，大的形式就会出现”。[③] 蒂尼亚诺夫的目的在于通过变与动恢复读者对作品的新鲜感，增强作品的吸引力。被作品真正吸引后才可以感受到其中蕴藏的能量，规模越大的作品往往能量越巨大，如长篇小说与短篇小说的区别。也可以说，规模上的大小只是表面现象，其实质是蕴含的能量的“大”与“小”有较大区别，“在空间上‘大的形式’是能量的结果”。[④]

至于叙事作品的动态性特征如何表现的问题，蒂尼亚诺夫的解决途径与什克洛夫斯基相像，他诗学理论中也浓墨重彩地论述了许多叙事手法，尤其突出地强调戏拟的重要作用。戏仿与被戏仿对象之间的区别能够引起读者的关注，继而产生既熟悉又陌生

① Тынянов Ю. Н. *Проблема стихотворного языка статья.* М.: Советскийписатель, 1965. 50 – 51.

② Тынянов Ю. Н. *Поэтика · история литературы · кино.* М.: Наука, 1977. 259.

③ Тынянов Ю. Н. *Поэтика · история литературы · кино.* М.: Наука, 1977. 262 – 263.

④ Тынянов Ю. Н. *Поэтика · история литературы · кино.* М.: Наука, 1977. 256.

的感受，如作家果戈理作品中“伪装”的方法，“喜剧计划中的物质隐喻之路包含两个形象之间的区别的可感性，在这里它们的使命正是赋予形象关系以可感性……其中物质隐喻的力量恰恰在于联合体的区别中，在其不相似之中。因为艺术中合乎规律的方法被作为道德—宗教和政治领域中不合规的方法被感受”。① 当然，不同作家间戏拟的过程中，不仅充分诠释了其叙事理论的动态性特征，同时也蕴含了对20世纪西方经典叙事理论产生重要影响的功能问题。他认为“文学现象应该按功能，而不是通过形式进行对比”。“普希金散文的功能接近于托尔斯泰散文的功能，同样普希金诗歌的功能接近于他的三十年代的模仿者（Мойков）的功能。”② 也就是说，戏拟中的叙事形式发生了改变，但其功能不变。不同的作品中往往会有许多相近的功能，只是发挥此功能的要素发生了变化，新作品即产生在这个过程中。由此可以看出，蒂尼亚诺夫强调的动态性特征主要针对的是叙事形式的变化。

蒂尼亚诺夫强调包括叙事类作品在内的文学作品具有动态性特征，其根源在于对美感的重视。凝滞、僵化了的艺术结构已经不会引起读者的关注，自然也无法将其带进艺术的世界，所以文学创造活动有必要在不断变化中推陈出新，什克洛夫斯基陌生化理论的出发点与目的正在于此。但蒂尼亚诺夫并没有在思想问题上走什克洛夫斯基的极端道路，他承认作品的思想价值具有必然性，同时与作品的美学价值共同作用于读者的内心，只是蒂尼亚诺夫并没有将思想功能的阐释看作研究的重点。

其次，动态性与陌生化的实质均在于强调艺术活动的创造性。二者表面上强调的分别是“陌生”的效果与作品的动态性特征，但实质上是通过不同的规则与路径，旨在强调文学活动的创

---

① Тынянов Ю. Н. *Поэтика · история литературы · кино.* М. : Наука, 1977. 206.

② Тынянов Ю. Н. *Поэтика · история литературы · кино.* М. : Наука, 1977. 281.

造性特质。在什克洛夫斯基这里，陌生化理论内容较广泛，强调的不仅是给读者带来陌生的效果，更要求使读者获得美感，因而这种陌生化绝不是简单地给读者一种与众不同的感觉，而是要由普通的感受上升到美感的层面，这就要求艺术作品的加工要实现创造。不同于以往的经验，文学手法只有被凸显出来，才能令读者感到新奇，近而从司空见惯了的日常生活中跃出，进入“陌生”的艺术世界，而作家的创造性活动才是这一切的前提。当然，在艺术活动的多维构成中，什克洛夫斯基诗学重点论述的是作家如何实现文本的创造性生成，而这一成果只有被读者认可，作家的创作活动才真正获得生命力，否则一切将毫无意义。由此可以看出，什克洛夫斯基诗学理论的具体阐释其实并没有他喊出的口号那样极端，并没有只专注文学方法，其他如作家、读者以及文本都在其考察之列。这与什克洛夫斯基的身份较符合，他不仅是著名的文艺学家，同时还是文学批评家和作家，有大量文学创作，可谓深谙文学之道。

蒂尼亚诺夫叙事理论中强调的动态性特征亦非表面的变化，也不是某些因素的随机转换。他的理论著述中也有对戏拟手法的论述，并用了大量笔墨区分了戏拟与风格模拟。作品的风格模拟强调的是模仿和被模仿作品间的相似性，读者读到其中模仿的内容就能联想到被模仿对象，模仿者始终处于被模仿者的阴影之中。戏拟中凸显的则是模仿者，“戏拟只有在透过作品能感受到被模拟的第二个计划时才存在，第二计划越明显、有限，越是作品所有细节的第二个层面，能在第二个角度被感受到，戏拟就越强烈。如果第二计划在‘风格’被一般地理解之前呈现，那么戏拟就会成为与风格化有关的流派的动态更替因素之一，这种情况在《叔叔的梦想》中可以看到”。[①] 作品《叔叔的梦想》中，陀

① Тынянов Ю. Н. *Поэтика · история литературы · кино*. М.: Наука, 1977. 212.

思妥耶夫斯基所使用的“所有的方法都是果戈理的：两个句子将有价值的句子包围起来了‘нуждается-нуждаются’，夸张，同义词，逐步增强排列法（‘убитъ-растерзатъ-уничтожитъ’死亡—撕碎—消灭，‘замято-затушено’阻止—镇压，请比较，果戈理的：‘ободрил-освежил’鼓舞—使精神饱满，‘туманноинеясно’模糊的—不清楚，以及其他）……因此，谁也不会阻止我们将该片段称为风格模拟。但在该章节的结尾处陀思妥耶夫斯基自己展现了戏拟手法，揭开了近半的戏拟的假面具（但只是一半，因为利用该戏拟手法才产生了这次呈现）：‘产生了好感的读者现在读过的，五个月前我写的这些内容，仅仅是出于深受感动……我想给这位出色的女士写一些类似于值得称赞的语言，并在写给贪玩的朋友的信件中描绘这一切，按照在古老的、金色的，但幸好不可重复的时代出版的《北方的蜜蜂》和其他定期出版物中信件的样子。’虽然在《北方的蜜蜂》和常遇到的‘写给朋友的信’中的地址是虚假的，但它们并不是按照果戈理的风格写成的”。[①] 蒂尼亚诺夫认为，陀思妥耶夫斯基在这个过程中跳出了对果戈理模仿的樊篱，将读者引领到了他自己设定的叙事链条中，完成了由模仿到自我创造的蜕变，风格模拟也质变成了戏拟。“在悲剧的、发展的情节中从风格模拟到戏拟的巧妙的结构变化构成了陀思妥耶夫斯基的怪诞的独特性。”[②]

陀思妥耶夫斯基《叔叔的梦想》这部作品中，虽然某些情节的塑造始于模仿果戈理，但最后又完美地从果戈理的模式中跳出，整个情节的塑造脱胎换骨，成了陀思妥耶夫斯基的独特手法的产品，褪去了果戈理的色调，成为全新的陀思妥耶夫斯基的表现。如果没有这最后的飞跃，文学史上也许就没有陀思妥耶夫斯基的《叔叔的梦想》这部作品了，纯粹的效仿难出经典。戏拟手

① Тынянов Ю. Н. *Поэтика · история литературы · кино.* М.: Наука, 1977. 211.

② Тынянов Ю. Н. *Поэтика · история литературы · кино.* М.: Наука, 1977. 211.

法的使用是作家创造的体现，不仅如此，其他手法如隐喻、变形、夸张等所体现出来的动态性同样是作家创造性加工的结果。

正如有的学者所说，蒂尼亚诺夫的“理论学说具有开放性和对话性，切实展示出俄罗斯形式论学派对作为动态体系的文学发展机制的深度探究，显示出那些曾是该学派探索中的重要环节但尚未得到我们系统开采的重要思想建树”。[①] 当然，动态性不仅是蒂尼亚诺夫叙事理论的基本美学特质，形式学派其他成员虽未直接提及该问题，但理论著述与此并不相悖，所以该动态性可以说是整个俄国形式学派诗学理论的重要理念。其实，蒂尼亚诺夫的同时代和前辈理论家对文学发展史中变的因素也有不少阐释，但蒂尼亚诺夫强调的不仅仅是变，他能透过现象看到变的本质，并注重从读者心理的角度去考量。

通过比对我们发现，蒂尼亚诺夫叙事理论强调的动态性特征旨在强调文学作品变革中的创造性，与什克洛夫斯基的陌生化理论殊途同归，共同丰富了俄国形式主义叙事理论，也间接为20世纪西方经典叙事理论的发展提供了养料。因而对蒂尼亚诺夫该问题的阐释十分重要，不仅有利于对蒂尼亚诺夫思想体系的研究，更有利于对整个俄国形式主义流派，乃至20世纪西方叙事理论的深入阐释。

二　陌生化方法的理论回响

什克洛夫斯基提出的陌生化理论无论在同时期还是在后来的学术界都产生了较多的理论回响，引起了广泛的关注。总体上可以分为两种类型，第一种是十分认同该理论，并积极推广与阐释。该理论不仅在学派内部得到了广泛认可，同时引起同时代及

---

① 孙晔：《尤里·蒂尼亚诺夫的“言语取向”理论——〈作为演讲体裁的颂诗〉评述》，《俄罗斯文艺》2019年第1期。

后来学界的许多赞同的声音；第二种是从消极的角度批评该理论的极端性，发现其中的不合理成分。既有学派内部成员的自省自查，及时发现问题，也有来自学派外部的批评与指责。

形式学派之所以有与传统决裂的勇气，不仅是由于其对传统文论的不满，同时还由于自身强大的思想武器，陌生化理论就是其一。它一经提出，就引起了学派成员的积极讨论和阐释。托马舍夫斯基在《文学理论》中对陌生化有进一步分析："作品中引用非文学的素材而不致使其从文学作品中消失，应当保证阐明素材的新奇和独特性。叙述旧的常见的素材应该像新的不常见的素材一样——叙述平常的事物要像叙述新奇的事物一样。一般作品的这些手法和陌生化，通常本身是通过不熟悉它们的人物心理方面突然变化这些话题来说明理由的。"① 这里主要从两个维度把握陌生化，一是素材的新颖与独特，二是叙述手法的新奇，也就是说作家创作中在寻找素材时要剔除平庸、常见的内容，寻求对读者而言较陌生的内容。但上述标准并不绝对，有些平常、熟悉的素材也可以进入文学作品，但需要用独特的手法进行加工处理，最终使其具有陌生化效果。

艾亨鲍姆很喜欢未来主义的一句格言：通常只有野蛮才能拯救艺术。也就是说，艺术发展过程中，那种缓慢的、委婉的改变无法使艺术获得新的生命，若要延续这种生命力，就应该有较大的改动，使其有翻天覆地的改变，方能获得希望的种子，诞生新的艺术。

雅克布逊认为"只有到我们难以理解的形式而存在材料抗力（сопротивляемость материала）时，形式对我们来说才是存在的"。② 作品对读者而言一定要存在某种抗拒力或阻碍力，这样

① ［爱沙尼亚］扎娜·明茨、伊·切尔诺夫：《俄国形式主义文论选》，王薇生译，郑州大学出版社 2005 年版，第 369—370 页。

② ［爱沙尼亚］扎娜·明茨、伊·切尔诺夫：《俄国形式主义文论选》，王薇生译，郑州大学出版社 2005 年版，第 320 页。

才能更加吸引读者。如在谜语中，“要使谜语变得更难猜的想法，要使认识放慢的倾向，结果就加强了一个新的特征，就出现一个奇特的形容词。陀思妥耶夫斯基写道，在艺术上为了表现一个事物，就必须加以夸张，要使它以前的外表变形，要涂上颜色，就象把标本切片染上颜色以便在显微镜下观察一样。你把事物涂上不同的颜色，并且想象：事物变得更明显了，更容易看清了，更现实了（A_1）”。[①] 谜语设计者故意隐藏答案，通过设置一些障碍增加思考的难度，这里用到的其实也是陌生化手法。

学派之所以如此强调塑造方法的重要性，根本原因在于他们对作品呈现方式的重视。俄国形式主义成员不仅对文学作品的表现手法做了大量探索，同时对电影的艺术表现也比较钟爱，像艾亨鲍姆、什克洛夫斯基等都有对其中的蒙太奇手法的集中论述。艾亨鲍姆甚至将蒙太奇称为“镜头画面的科学系统”，借助蒙太奇手法的加工，电影语言具有了不同于其他艺术门类的独特的审美特征。有时甚至在蒙太奇方法的指导下加工文学作品，使其成为电影作品的素材。由于电影和文学具有不同的表现手段，所以即使对相同本事的加工结果也往往不同，有各自独特的艺术表现。

形式主义者对于文学手法的重视达到了无以复加的程度，假如将情节与手法作比较，他们为了凸显手法的存在宁愿放弃情节。艾亨鲍姆在分析果戈理的《外套》的叙事手法时认为，其中情节只具有“第二位”的重要性，那么第一位的则是“语言的游戏”。在叙事手法面前，作品的情节甚至可以被弱化，甚至艾亨鲍姆将这种情况看作无情节。帕斯捷尔纳克 20 世纪 20 年代创作的塑造列宁形象的作品《崇高的疾病》属于叙事文学中的无情节之列，它超越了情节，就像缓慢地摇晃、缓慢地生长的主题，直

① ［法］茨维坦·托多罗夫编选：《俄苏形式主义文论选》，蔡鸿滨译，中国社会科学出版社 1989 年版，第 87 页。

至结尾才意识到它。

如前所述，对形式结构加工方法的改造随着学派理论的建构一直在探索，甚至在后形式主义时期，形式主义学派成员依然没有放弃探索，雅克布逊的主导理论就是其较有代表性的成果。

什克洛夫斯基提出的陌生化理论对于恢复文学秩序、重建文学自身的审美逻辑具有重要意义，但它的贡献主要体现于思维立场的革命上，具体方法论上则并没有解决根本问题，没有具体的章法，随机性较强。日尔蒙斯基用方法的系统对其加工改造，虽然各要素之间的关系更复杂了，但系统内部的各叙事要素如何统一并没有具体阐释，局面未得到根本的改变。

雅克布逊在前往布拉格之后继续思考着该问题，如何能将各种文学要素理出一定的秩序，在 1935 年的演讲词《主导》中进一步分析了“主导”理论，“雅各布森把俄国形式主义首先提出的‘主导’概念放在结构主义的系统观上进行考察”。[①] 可以说，在俄国形式主义与结构主义理论之间起到了桥梁的作用。当然，在俄国形式主义时期，就有学者提出过该理念，艾亨鲍姆认为艺术作品的各组成部分之间并非静止不变，而是不断处于复杂的斗争之中，艺术作品就是彼此相互妥协的产物，但在诸要素中，“这种或另一种成分，在处于其他成分之上并支配它们时，由于其一般风格特征而具有形成主要成分的意义”。那么什么是主要成分呢？他认为“凡作品中使所有其他成分发生作用，并决定它们关系的这种成分，就是主要成分”。[②] 蒂尼亚诺夫谈到，主导因素并非固定不变，它会在不同的时代、作家、流派中变化，亦即可以在共时与历时两个维度发生转移，曾经的次要因素，在当下也可以作为主要因素存在。

---

① 赵毅衡编选：《符号学文学论文集》，百花文艺出版社 2004 年版，第 7 页。

② ［爱沙尼亚］扎娜·明茨、伊·切尔诺夫：《俄国形式主义文论选》，王薇生译，郑州大学出版社 2005 年版，第 368 页。

“对主导可以这样下定义：一件艺术品的核心成分，它支配、决定和变更其余成分。正是主导保证了结构的完整性。”① 在具体的论述中，雅克布逊既将其称为主要价值，也称其为主导成分，总之，它是在具体的作品中起主要的决定性作用的因素，决定并制约其他要素的作用与结构。一部作品的构成要素既不是各方法之和，也不是各要素构成的系统，应该将其进一步明确化，雅克布逊认为它是由其中的主导功能整合并统筹在一起的，从而形成一个有机整体。一个时代的艺术有一种主导功能，“譬如，文艺复兴的艺术有这样一种主导，代表这个时期最高美学标准的，显然是视觉艺术。其他的艺术均指向视觉艺术，其价值按照与后者接近的程度来确定”。② 同理，每种艺术门类在同一时期也有一种主导，每位艺术家有自己的主导，甚至小到一部文学作品中依然存在一个主导成分。雅克布逊认为，文学作品的主导为美学功能，它将其他功能整合在一起。

“主导”理论不仅反驳了俄国形式主义为艺术而艺术的独尊美学功能的艺术观，同时也反驳了将文学作品看作多种功能的复合物的机械论观点。俄国形式主义打着建立文学科学的旗号，将自己的理论建构走向了“死胡同”，虽然其部分成员也及时做了修正与补充，将思想内容放在了思考的范围，但这种小修小补与前者产生的极大影响比起来则有些无力。同时也有一部分人认为作品是“诸功能复合物”，看似丰富了对文学作品的理解，但这些功能如何存在、彼此关系是什么等问题依然无法解决，实则走向了俄国形式主义独声部的另一个极端，依然没有准确地界定各文学要素的关系问题。“主导”理论则一定程度上弥补了上述两者的不足，在诸要素中建立了秩序，找到了问题的核心。当然，

① 赵毅衡编选：《符号学文学论文集》，百花文艺出版社 2004 年版，第 8 页。

② 赵毅衡编选：《符号学文学论文集》，百花文艺出版社 2004 年版，第 9 页。

"显示美学功能之实施的标志并非一成不变或始终如一"①，在不同的作家或作品中，具有美学功能的方法不尽相同，既表现在次要功能与主要功能之间转换，"通常在一整套诗的准则中，尤其在对某种诗的类型有效的一套诗的准则中，原来处于次要地位的诸因素成了基本的和主要的因素。另一方面，原来是主导因素的诸因素成了次要的和非强制性的因素"。② 不仅如此，甚至也表现在非美学功能与美学功能之间的转换，在某一段时期或某一个流派那里被嗤之以鼻或不被看作文学的文字形式，在其他语境中可能会发生质的改变，如私人信件、旅行见闻、日记等文字形式在一些时期并不被看作文学，但在 19 世纪前半期的俄罗斯则具有重要的文学功能。当然，对于非文学与文学之间转变的论述，并不只有雅克布逊，但雅克布逊在"主导"理论的前提下思考，较富有启发意义，丰富了我们对该问题的认识。

三　经典手法

文学创造的过程中作家在作品中呈现出来的方法多种多样，俄国形式主义论述中也提及了大量叙事手法，并呈现出一定的规律性，甚至有些手法经常通过不同的变体出现于作品中，给读者带来陌生化效果。

（一）手法的分类

一些手法之间具有一定的关联性和相似性，所以学派进而对其进行了分类。托马舍夫斯基就做过这样的探索。他分别将其划分为基本手法和自由手法，以及可以被感受到的和不可以被感受到的方法。首先，根据手法稳定性的不同，区分了基本手法和自由手法。"一定的体裁和时期必须遵循的手法，即是基

① 赵毅衡编选：《符号学文学论文集》，百花文艺出版社 2004 年版，第 11 页。
② 赵毅衡编选：《符号学文学论文集》，百花文艺出版社 2004 年版，第 11 页。

本手法。”① 基本手法涉及的角度很多，无论是词语的选择、主题、动机还是动机的分布等都包括在内。一种文学流派、文学体裁或一个时期往往有较常见的叙事手法，如戏剧文学中往往将矛盾冲突集中体现，19 世纪的现实主义文学往往塑造典型人物，西方的悲剧往往有令人心碎的结局，但中国明清时期的悲剧往往是大团圆的结局，所以甚至有人说中国没有真正的悲剧。但这种基本手法的存在并不是永恒的，常常流行于某一时期，之后就会被新的基本手法取代。基本手法虽然可以被取代，但也有时过境迁和重新被利用的情况。当然，仅有基本手法的话，作品容易千篇一律，所以还要有自由手法。自由手法往往是每位作家在遵循基本手法的基础上独创的结果，能够尽显每位作家的创作个性，同时也是衡量一位作家创作成绩的重要指标。

其实，托马舍夫斯基这里强调的基本手法往往是流派之间区别的重要特征，自由手法只是其中的细节差异，同样也是成就每位著名作家的必要因素。如果每个流派或时期的作家都千篇一律使用相同的手法，也就不会有那么多作家和经典作品出现，是基本手法基础上的自由手法成就了二者。

其次，从读者角度，分为可感的手法和不可感的手法。作为俄国形式主义的重要代表，托马舍夫斯基自然是反对不可感的手法，因而并没有对其展开论述。当然还有一种手法也能被感受到，如陈旧的、过时的、已经毫无价值的手法，由于其激起的并非读者的审美感受，而是厌恶感，所以托马舍夫斯基认为对它们也采取摒弃的态度。就像日常生活中的垃圾桶或残羹剩汁的脏乱与恶臭也能引起人们的注意，但和花园、香水等引起人们的感受完全不同，是厌恶至极，也是极度反感，所以这部分可感受的方法并不在托马舍夫斯基的论述之列。托马舍夫斯基强调的有价值的可感的方法包括两种

① Томашевский Б. В. *Теория литературы поэтика*. М.：Аспект Пресс，1977. 203.

类型，一种是源远流长的经典手法，在读者的心中具有极高的地位和深刻的印象；另一种是能够吸引读者的作家独创的新颖手法。尤其后者，其新颖独特性能够将读者牢牢吸引在文本的叙事链条中，所以也是托马舍夫斯基尤为强调的。当然，这里所说的作家的独创，与什克洛夫斯基的观点较接近，并不完全是作家个人创造的结果，也可以是作家对曾经被弃的方法重新加工的产物。

除了上述分类，托马舍夫斯基在探讨体裁的特征、发展及分类的问题上，也涉及了方法的分类问题，在某个体裁中，所涉及的方法之间有主次之分，有起主要作用的主导方法，与之相应，还有次要的方法，主要方法不仅支配并左右次要方法的存在，还决定着作品的特征及分类等问题。

最后，诗歌与叙事类作品的不同手法。俄国形式主义学派的理论建构主要的研究对象是诗歌和小说，但诗歌中有个特例——叙事诗，部分成员常在诗论中分析它们，也常指出它们与抒情诗的不同之处，在写作方法上往往将其归为叙事类作品。所以，准确地讲，形式学派的主要论述对象应该包括叙事诗与叙事作品两大类。无论是篇幅，还是文本价值的主要生成机制、写作手法等都表现出了很多相似性和差异性。

对于任何一类文本，语言都是最基本的存在，所以，大多文学样式都不会错过对语言文字本身的“精雕细琢”，蒂尼亚诺夫认为散文就十分善于利用方言丰富自己的表达。诗歌与散文可以使用共同的手法，如对语言的加工，两类作品的某些手法也存在一定相近之处，如在对声音问题的加工和使用上，一般情况下人们似乎认为声音对于诗歌作品的价值更突出，但蒂尼亚诺夫认为其实散文中声音组织所具有的地位绝不小于诗歌，甚至可以说“散文中的每一次革命都是散文的语言组织的革命”。① 这其中必然包括声音要素的

① Тынянов Ю. Н. *Проблема стихотворного языка статья.* М.：Советскийписа тель, 1965. 62.

重要贡献。在诗歌与叙事类作品关系比较紧密的时期，诗歌甚至还能借用叙事类作品中使用的一些语音手法。两种文类对语言的使用还有相互借鉴的情况，蒂氏认为涅克拉索夫在创作中就较喜欢借鉴散文中的词语进行诗歌创作，所以蒂氏认为仅仅用词语难以将诗歌与散文区分开。

诗语与散文对语言进行加工变形的方法则存在一定差异，“词语意义在诗歌中通过声音变形，在散文中词语通过意义而变形。词语在散文中意味着一种情况，在诗歌中则意味着另一种情况”。[①] “散文的结构原理——意义的作用使声音变形，诗歌的结构原理——声音的作用使意义变形。”[②] 所以在诗歌和散文中语音和意义是不等价的。

日尔蒙斯基认为，抒情诗与叙事作品的区别在主题与结构的关系上表现为此消彼长的关系，“越是着重强调结构要素的作用，它就越支配整个语言艺术作品（其中包括语言材料和它的语音形式），主题成分的作用就越不重要，且按照作品的艺术原理越来越形式化了，这种情况多见于纯粹的抒情诗中。与此相反，结构的任务越淡化，它对语言材料结构的把握就越弱，且仅限于广泛的、一般的（情节）结构，作品的思想承载越重，那作品距‘纯艺术’的概念就越来越远，托尔斯泰的小说就是例证”。[③] 日氏由此认为托尔斯泰的小说中所使用的词语不同于抒情诗的词语，而是更接近服务于交际功能的实用语言，所以，这样的文学作品不能称为语言艺术。日氏这里对主题的强调未免有些极端，在叙事类作品中强调形式学派忽视的主题无疑具有合理性，但又削弱了结构要素的合理性。而且，对抒情诗的界定还是依照形式学派的老路而没有突破。

---

① Тынянов Ю. Н. *Поэтика · история литературы · кино*. М.: Наука, 1977. 25.

② Тынянов Ю. Н. *Поэтика · история литературы · кино*. М.: Наука, 1977. 55.

③ Жирмунский В. М. *Теориялитературы. Поэтика. Стилистика*. Л.: Наука, 1977. 104.

叙事类作品与抒情诗在结构构成上有重要的区别，二者在篇幅上的差别是其首要原因。叙事类作品一般篇幅较长，内容含量较多，将读者阻滞于文本的方法较多。而抒情诗的篇幅往往比较短小，除了韵律、节奏、词语的使用等手法，诗节的重复、首尾的呼应等显得极为重要，当然，在叙事类作品中也有类似故事的重复等叙事形式，而抒情诗对此依赖的程度更深。叙事诗是抒情诗与叙事类作品中间的过渡性存在，它兼具二者的特点，叙事诗对词语的精心选择设计就有抒情诗的重要基因。

同时，托马舍夫斯基理论建构始终没有离开历史的眼光，在该问题上，不仅“方法有产生、存在、衰老以及死亡的过程”①，任何一种手法都不是永恒的，都会消亡，而且对于同一手法，不同时代的人会有不同的体验，但托马舍夫斯基强调“只有同时代的人才能判断某种手法是否可以被感受”不免过于绝对②，绝大多数经典作品可以经历时间的洗礼，而被不同时代的读者赞不绝口。

但一个手法消亡只是暂时的，并非永远离开文学的大舞台，在手法的发展问题上，托马舍夫斯基还谈到了手法创新的本质问题，在这一点上与什克洛夫斯基颇为相近，他认为“为了克服手法的僵化，就要不断更新手法的功能与意义。而手法的更新就是对前辈的成果加以独特的使用并赋予其新的含义”。③ 也就是说，所谓的创新并不是作家要凭空创造从未出现过的手法，而是可以利用其他作家用过的手法，但要在新的叙事结构中使用，要赋予其新的生命。这里涉及了文学的继承与发展的问题。所谓文学的发展并非无源之水，同时期或此前的所有作家创作都可以作为其文学滋养，作家可以根据自己的需要去合理选择并创造性应用。

（二）典型方法

其实通过我们的阅读经验也可以感受到，不同时代、流派和

① Томашевский Б. В. *Теория литературы поэтика.* М.：Аспект Пресс，1977. 206.

② Томашевский Б. В. *Теория литературы поэтика.* М.：Аспект Пресс，1977. 204.

③ Томашевский Б. В. *Теория литературы поэтика.* М.：Аспект Пресс，1977. 206.

作家的作品，虽然差异较大，但有许多方法被大家经常使用，且优秀的作家会在新的作品中赋予其新的意义和价值。直白地说，叙事手法就像自然界中的化学元素，通过不同的组合在一定条件下就可以生成不同的物质。俄国形式主义叙事理论对文学创作手法做了大量论述，分析了很多叙事手法，同时由于形式主义者大多兼理论家与批评家双重身份，在理论建构的同时做了大量文学批评，从其独特的形式主义理论出发，挖掘文艺作品的独特美学价值。形式主义者十分重视文学建构中手法的使用，所以，在文学批评的过程中，他们也重点关注了作品中手法的使用，尤其对一些能够给读者深刻印象的塑造手法特别推崇。

陌生化手法要求作品要有一些手法将读者阻滞于某处，阻滞读者的方式较多，如亲人的相认，作品中有某种亲属关系的两个或多个人在故事开始时并不知道真相，作家会设置各种障碍阻止他们相认，到快至结尾处突然相认，这种阻滞的快感可达到峰值。除此，穿插也是典型的阻滞手法，主人公的某种目的往往直到最后才能实现，作家定要设置各种障碍，穿插一系列偶然事件阻碍事件前进。什氏十分推崇的英国作家斯特恩就喜欢用分章节的方式，阻断读者的阅读，而且其章节没有名称，没有给读者任何提示，只是标出了数字，同时各章节的内容大小不一，容量不均衡，这与托尔斯泰作品中各章节的容量相等形成对照，也给读者的阅读提供更新鲜的感受。

首先，戏拟（пародия）手法的运用。关于文学传统与文学的承继性问题也是学派关注的重要问题，学派主要成员较一致地反对将文学的发展，或新出现的文学与文学传统之间简单地看作直线的发展。关于二者之间的具体关系，通过戏拟理论可以较好地说明其部分特征。什克洛夫斯基、蒂尼亚诺夫等人都十分关注戏拟理论。在《陀思妥耶夫斯基与果戈理》中，蒂尼亚诺夫详细论证了戏拟理论，并将其与风格模拟相区别，同时通过陀思妥耶夫斯基和果戈理两位作家的创作之间的承继与超越关系进一步证明戏拟的本质特征。

戏拟与风格模拟有一定相似性，都是一部作品或作家对另一部作品或作家的模仿，但二者又有着本质的区别。风格模拟只是表象，是一位作家自觉地对另一作家的模仿，强调两者之间的渊源关系。戏拟则不同，“戏拟中必然存在着两个计划的断裂，它们之间发生了位移，戏拟悲剧的结果可以是喜剧（同样地，可以通过对悲剧性的强调，或通过对戏剧性的代入），对喜剧的戏拟可以变为悲剧”。[①] 也就是说，通过戏拟的方法加工的作品发生了质的变化，作品完全获得了全新的生命，作为戏拟的结果不仅可以生成全新的作品，甚至文体性质也可以发生变化。但“在风格模拟中则没有这种断裂，相反，有的则是模拟和被模拟两个计划的彼此相互呼应”。[②] 在戏拟中，有时对悲剧的戏拟可能成为喜剧，或者相反出现悲剧。但“从风格模拟到戏仿只有一步，喜剧性地被有理由的强调的风格模拟就是戏仿”。[③] 在模仿的前提下加上作家的某种创作目的的趋势，风格模拟就有可能变为戏拟。

像大多数评论家一样，蒂尼亚诺夫特别强调果戈理对陀思妥耶夫斯基的重要影响。在陀思妥耶夫斯基的作品中我们可以看到很多地方有果戈理的影子，但蒂氏认为文学崇拜都首先源于斗争，陀思妥耶夫斯基首先就十分反对果戈理，甚至在其他作品中也有对果戈理作品的大量变形、重复和组合。

如在《外套》和《穷人》这两部作品中，陀思妥耶夫斯基延续了果戈理的叙事基调与选题，但陀思妥耶夫斯基却给读者呈现了全新的穷人世界，可以说，《穷人》始于果戈理，但“终于”陀思妥耶夫斯基，成为典型具有陀氏特色的作品。虽然写的同样

① Тынянов Ю. Н. *Поэтика · история литературы · кино*. М.: Наука, 1977. 201.

② Тынянов Ю. Н. *Поэтика · история литературы · кино*. М.: Наука, 1977. 201.

③ Тынянов Ю. Н. *Поэтика · история литературы · кино*. М.: Наука, 1977. 201.

是社会最底层的穷人生活，果戈理用大量的夸张手法塑造了九品文官巴施马奇金的形象，在各种不公平、不人道的境遇中，他感受到的是这个世界的虚伪、冷漠、欺诈和弱肉强食，甚至还有在种种重压之下他扭曲、变态的心理。与之不同，陀思妥耶夫斯基笔下的主人公杰符施金虽然同样的贫穷，但作家一反常态，对其进行了大量的心理描写，将容易被忽视的小人物的内心展示在读者面前，并且他的眼里有光芒，能够看到周围的美好、高尚并让读者感受到他高傲的自尊，能够在贫困潦倒的生活中拥有美好的内心，反而更让读者产生同情与怜悯，具有更震撼的审美效应。

蒂氏认为，“戏拟的本质在于它是两个计划——确定的、完整的方法”。① 每一部作品的片段从一个系统进入另一个系统都是意义的部分改变。“构成戏拟的作品可能不仅在于与作品的相似，还包括对它的反对。”② 这就是为什么读者在一部作品中发现另一位作家作品的痕迹时并不会惊讶或怀疑，当然，作家并不是机械地照搬和复制。

什克洛夫斯基在《迷误的动力》中谈到，薄伽丘的《十日谈》开头属于对鼠疫的讲述，这种情节的开端在古希腊时就已出现，托尔斯泰的《安娜·卡列尼娜》中有普希金作品中的情节因素。作家的每一次创造都不是从零开始，就像汽车的设计和加工，是将不同的零部件组装起来，文学也同样如此，也是利用此前的各种文学经验，但“每一部文学作品都是世界的新的组合，新的意外，新的呈现”。③

什氏认为“蒂尼亚诺夫对拟古主义者的研究工作是很出色的，他成功地理解了丘特切特的命运。蒂尼亚诺夫将另一种文学

---

① Тынянов Ю. Н. *Поэтика · история литературы · кино.* М. : Наука, 1977. 214.

② Тынянов Ю. Н. *Поэтика · история литературы · кино.* М. : Наука, 1977. 291.

③ Шкловский В. Б. *Избранное в двух томах. Том первый.* М. : Художественная литература, 1983. 24.

形式背景下的文学形式出现的相关性的理解引入文学史。他，像所说的那样，拓宽了戏拟的概念，并从中取消了下降的意义。”①作品的戏拟过程，是上升的过程，作品的表现不断开拓，获得更强的生命力。

什克洛夫斯基不仅在理论著述上对戏拟有大量论述，在文学创作中也有显著表现。如其“自传体三部曲”之一的《感伤的旅行》在题目与叙事手法上有大量对英国作家斯特恩的戏拟，作家斯特恩此前就有同名作品出版，在情节表现上一反传统，使用了大量手法阻滞读者的阅读。什克洛夫斯基不仅整部作品总体上是对斯特恩的戏拟，在情节展开的过程中更有多处戏拟的应用，除此，还有学者总结出了什克洛夫斯基在《感伤的旅行》中对但丁《神曲》的戏拟。

什氏认为抢劫的情节在文学史中经久不衰，其在延续的过程中，就大量使用戏拟手法，薄伽丘在《十日谈》中就有多处使用，如第二天的第七个故事就是对抢劫的戏拟。通过戏拟进行创作的作品具有较强的包蕴性，被戏拟的作品仍然以另一种形式存在于新的作品中，或者说在新的作品中复活了。

其次，不协调风格的“混搭”。为了创造可感的作品，很多作家往往将多种手法或风格有机统一在一起，呈现为新的整体，给读者带来全新的感受。采取这种方式的作家很多，其表现方式也较多样，如相对立的内容统一在一起，多种格调的内容统一在一起，等等。

形式主义者总结的各时代作家作品中相对立的内容统一在一起的情况较多，如幽默与严肃、虚构与真实、科学与荒谬、微小与宏大等内容的整合，艾亨鲍姆在分析果戈理《外套》的文章中就对其中的相对立统一的内容有较多关注。果戈理《外套》中为

---

① Шкловский В. Б. *Гамбургский счёт*. М. : Советский писатель, 1990. 407.

了更好地制造荒诞滑稽的效果，使用了大量这种手法，作家在小说开端向读者介绍主人公巴什马齐金的外貌时，对于这极其丑陋的外貌——短小的身材、脸上有麻子、秃脑门、不好脸色等让人怀疑其得了痔疮等的描写，却在前面说其“不能算是一个十分出色的人物”，后面又将丑陋的原因归为彼得堡的天气，应该说前后这两个评价、概括与人物的实际情况存在天壤之别或毫无关联，作家又十分自然地将这些不符合逻辑的内容捏合在一起，凸显其荒诞滑稽的效果。再如作品的故事显然是作家虚构的，但作家在介绍完某些内容后却要跳出讲述人的身份，以“真面目”出现，向读者交代“事实”，作品中果戈理交代完了阿卡基·阿克基耶维奇的名字的来历后，告诉读者“我们这样交代，是为了让读者明白，事情都是自然而然地发生的，根本没可能给他另外一个名字。他是哪一年，什么时候进入司里供职，是什么人举荐的，这谁都回忆不起来了”。① 如果没有这里强调的内容也许读者已经“忘记了”怀疑，继续跟随讲述人的节奏了解后面情节的发展，但作家故意打破这种“秩序”，特意向读者强调上面介绍的有关阿卡基·阿克基耶维奇的人名的来历是真实的，并非虚构捏造，作家只是将记忆里仅留存下来的部分事实交代给读者。这样的内容打破了读者阅读的惯性，徘徊于真与假的边缘，增强了阅读的障碍与难度。

这种现象在文学史上，尤其在幽默讽刺作品中较常见，果戈理的《钦差大臣》中也有很多这样的手法，在市长告诉大家有钦差大臣要来时，向法官陈述了很多法院办公场所的乱象，如法院的卫兵们养了一群家鹅，甚至还有小鹅；在办公室挂乱七八糟的东西，其中包括法官打猎用的长鞭；陪审官身上有股怪味，并给他提供治疗的建议，如吃些葱或蒜；等等。在市长的这两段陈述

① 《果戈理中短篇小说集》，刘淑梅译，北方文艺出版社 2012 年版，第 233 页。

后，法官给出的是比较简洁的回答，将卫兵们养的鹅送去厨房，并邀请市长来吃鹅，陪审官身上的怪味是由于小时候摔了一跤后身上就散发出类似于烧酒的味道。这里包含了多重幽默叙事手段，不仅内容十分荒诞，在严肃的法院却上演了一幕幕荒诞的闹剧，尤其市长此前都看在眼里，也想说出来但都给忘了。可以说，在严肃、庄严的国家政府机关里，从人到事物存在许许多多荒诞的事情，同时作家用的是十分冷静而严肃的态度将其讲述出来，在这多重不协调中强化了文本的荒诞幽默效果。

这种不同风格之间的混搭也是某种意义上的对比，对比也是较常见的手法，什克洛夫斯基在分析托尔斯泰的作品时就论述了其使用的对比手法，如《战争与和平》的标题就十分鲜明地体现了两种内容的对比，当然不止于此，其中人们命运与心理的矛盾同样令作家感兴趣。

最后，突转（перипетия）的运用。形式学派中受亚里士多德影响最多的当数什克洛夫斯基，其在理论著述中有多处《诗学》中言论的大段引述，如对突转与发现内容的阐释。什氏在《迷误的动力》中引用了亚氏《诗学》中对突转理论的直接论述，他认为“突转重要是因为，它们阻滞了时间，赋予了新的本质理解的可能性。突转是返回到已变化的过去……是不同观点的多次研究”。[①] 不仅叙事类作品存在大量突转，诗歌等抒情类作品中也通过韵律、词语的设计等实现突转的功能。同时，什氏认为，“亚里士多德在《诗学》第六章中仔细考查了‘认知’不是被隔离的，而是同‘突转’联系在一起的。他称‘向对立面的转变’为突转。改变和重新认识人物环境的认知改变了事件的进程”。[②] 突转并非打破读者的认知，逼迫其调转方向，反而由于

① Шкловский В. Б. *Энергия заблуждения*. М.：Советский Писатель，1981. 103.

② Шкловский В. Б. *Избранное в двух томах. Том первый*. М.：Художественная литература，1983. 111.

暂时的中断与断裂，更加激发读者的兴致，尤其作品呈现出不同寻常的新发展，打破了读者的心理预期，反而使作品更加吸引人。

作品中出现的突转可以使人们与未知真理更近了一步，什氏除了推崇亚里士多德的“突转”，又提出了“突然”（вдруг）一词，“‘突然’——意味着新的力量的加入，新的质量、新的任务的加入。‘突然’——是新的发现。当然，‘突然’这个词在艺术中很重要。在通往艺术殿堂的路上应该有‘突然’”。[①] 尤其在陀思妥耶夫斯基的作品中十分突出，所以什氏认为陀氏是其时代最意外的人。“突然”一词强调的是意外的出现，是突然地出现了某种意外的情况，而且是大的、明显的变化。其实，这里的“突然”与突转并不冲突，突转一定是某种因素或变化的突然出现，但“突然”的变化未必定是某种转变。“这样，‘突然’意味着某物的共存，因而是意外的，但意外性可能是有条理的。”[②] 并不是随意地更改故事的发展要素。

所以，无论是“突转”还是什氏独创的“突然”，其实都是对更加有序、连续的艺术表达的强调，并非艺术讲述的停滞。什氏认为日常生活是断裂的，只有在艺术中才可以“康复”，艺术作品能够为其创造新的关节，赋予其新的生命。

增强文学语言表现力的方法很多，艾亨鲍姆对语言的声音十分关注，他特别对在日常生活中被忽视的语音做了详细的论述，用语言的声音去吸引读者可以使其摆脱枯燥的生活而兴奋起来，作家较擅长这种技法，通过对语言表达的设计，增强语言的表现力，使读者获得更强烈的感受。就像“我们平时走路的姿势是机械的，但在跳舞的时候这种机械性消失了。脚步的运动获得了艺术材料的意义。当我们将实践中的语言转化成了诗学语言的时候

---

① Шкловский В. Б. *Энергия заблуждения*. М.：Советский Писатель, 1981. 278.

② Шкловский В. Б. *Энергия заблуждения*. М.：Советский Писатель, 1981. 281.

也发生了这种变化”。[①] 尤其诗人更喜欢利用语音突出语言的可感性，制造吸引读者的审美对象，而传统的作家往往将语言沦为表现思想文化的工具，失去了对其自身独特魅力的关注，也就意味着放逐了语言的审美特质，艾亨鲍姆和什克洛夫斯基一样，都十分崇尚“无意义”的语言。艾亨鲍姆专门分析了果戈理的经典短篇小说《外套》中所使用的获得幽默感的手法，果戈理在这里通过多种途径制造方法凸显语言的存在，在语言的游戏中实现其幽默的文本风格。果戈理不仅在作品中充分发挥语言的潜力，而且果戈理还十分喜欢朗读自己的作品，这与其在语音、用词等方面的加工有直接的关系，其作品较适合朗读，通过声音传达也是增强作品可感性的有效手段，或者可以说，果戈理的朗读也可以称为其创作手法之一。

当然，形式主义者在论著中分析的叙事手法十分丰富，除了上述被谈及较多的方法外，还有很多其他手法。由于方法多样，数量之多，同时具有一定的规律性，所以，什克洛夫斯基甚至将其概括为一定的公式，走向了极端。但总体上，形式主义者对古今中外包括诗歌在内的文学作品创造手法的分析的确抓住了其精髓，从一个全新的角度带领读者认识作品，感受作品的独特审美价值，这是其重要的价值之一。

四　深沉的人文情怀

从俄国形式主义同时期的学者到今天的学界，都较侧重于从科学化的角度评价其学术成绩，当然，如果从其要建立科学的文学学科这一理论品格而言，学派的确具有十足的科学探索精神，但从其理论性质而言，尽管有部分过于机械化的理论提出，如什

---

① Эйхенбаум Б. М. *О литературе*: *Работы разных лет*. М.: Советскийписатель, 1987. 333.

克洛夫斯基在总结作品加工手法的时候甚至将其规律推演为几何公式，走向极端。但这只是学派的部分口号，如果用科学化来界定其整个理论品格则不够准确。我国学者指出，“人们对他们的评价有失偏颇，即未就其作品本身的性质，而却按人文学思维中近乎科学的意义进行评价（举例而言，‘形式主义’这一术语在数理思维方面应用广泛，但并不能唤起人们不断涌现的情感，而只能纯粹用于事务和工作方面）”①。虽然在部分观点上有极端化的倾向，但并不妨碍学派表现出来的深沉的人文情怀。总体来看，在追寻文艺美与“真”品格的道路上，形式学派探索了一条颇具人文情怀的理论与批评之路。

（一）美真合一

俄国形式主义叙事理论对叙事手法的重视被历来的研究者关注，但与此同时，学派对作品独特艺术手法的审美效果也十分注意，如果作品不能在手法上寻求创新就意味着创作的失败，那么，如何衡量手法是否有创新或是否成功呢？形式学派认为这种手法要引起读者的注意及其强烈的审美感受，否则艺术手法的变化就难以成为创新。与此同时，既然形式的存在不是为了表现内容，那么读者从作品中真正获取的到底是什么呢？早在19世纪中叶，俄国学者费德勒和希尔德布兰德同样也强调艺术感受的问题，并将日常事务的形式与艺术作品的感受形式相区别。

首先，读者美感的获得。形式主义者给中外学者的印象较突出的是对作品塑造手法的推崇，但其目的何在呢？是要读者能够把握这些方法？显然不是的。形式主义者的真正目的是要通过读者对文学作品中所使用手法的把握而强化对作品的印象，增强阅读体验，即读者对作品要有强烈的感受。艺术是为了被感受才存在的，这也成为学派主要成员的理论共鸣。甚至可以说，文学创

① ［爱沙尼亚］扎娜·明茨、伊·切尔诺夫：《俄国形式主义文论选》，王薇生译，郑州大学出版社2005年版，第331页。

作方法是否成功的标志是读者是否深刻、鲜明地感受到它的存在。所以，俄国形式主义虽然用大量篇幅在强调文学手法的重要性，但其真正目的是在强调要通过手法的革新给读者带来新的感受，将读者从日常枯燥乏味的生活中拉出来，进入审美之境，艺术的使命正在于此。当然，其前提应该是“使大脑处于一种原始的归零的状态，以便延长这种高度关注的状态”。[①] 或者说是将此前由于各种日常生活或功利的想法清空。

艾亨鲍姆比较了日常生活中的语言和文学作品的语言，前者往往利用的是抽象的词语来表征事实，以实现信息交流的目的，此时语言是表达思想的工具，其使用的过程中坚持节约的原则，要用最精练的语言传达最丰富的思想。但后者恰恰相反，其功能不再是传达一定的思想，而是要增强自身的表现力以吸引读者，所以作者在创作的过程中要努力使用比较恰当的方法使读者更好地感知到文学语言的存在。艾亨鲍姆在《“形式方法”的理论》中谈到，什克洛夫斯基所说的感觉并非传统心理学意义上的概念，而是一种“艺术要素”，只有在艺术的层面才有其存在的可能。不仅什克洛夫斯基强调的感觉如此，其实艾亨鲍姆、蒂尼亚诺夫等强调的感觉均属此类型。或者可以说，对形式学派所强调的感觉应该在艺术活动中理解，只有使读者产生了相应的感觉艺术才真正生成，否则便是生活。

所以，形式主义者强调对文学塑造手法的强调，其真实意图是对读者新鲜的文学感受的获得。文学作品的词汇直接作用于读者心理，因为词语本身就是心理事实，“什克洛夫斯基引用的材料只是说明了玄妙的语言是心理事实，尤其在语言变成咒语，声音就像一股神奇的力量的地方尤其是无可争议的。在这种情况下，宗教中的玄妙的语言现象是完全可以理解的。要知道艺术不

① 张冰：《俄罗斯形式主义诗学》，中国社会科学出版社2019年版，第205页。

是催眠术。它是为了自由和健康的心灵而设计的。对于作者的问题，他毫不犹豫地回答，会有真正的艺术作品是用智能语言写成的吗，我们可以肯定地回答，不。另一方面，未来主义与其说是审美，不如说是心理的”。[①] 不仅如此，“而我们（狭义上）称之为艺术性的事物是用特殊手法加工制作的，其制作的目的在于使之被感受为具有艺术性的东西”。[②] 学派的大部分成员对此都有论述，较有代表性的如什克洛夫斯基、艾亨鲍姆、蒂尼亚诺夫等人。雅克布逊的这段话十分中肯，作为对学派的评价以及破解人们对学派的误解十分有利，他说：“特尼亚诺夫、什克洛夫斯基、穆卡尔若夫斯基和我，从来没有宣布艺术的封闭状态，而只是说明艺术是社会大厦的一部分，与其他一些易变化的部分具有联系的部分，因为我们经常研究艺术对于其他社会结构方面的辩证过程。我们之所以强调这一点，——这并非说艺术的分离，而是突出美学功能的独立性。”[③]

当然，不同文本类型引起读者审美感受的方法并不相同，什克洛夫斯基、艾亨鲍姆等人分别对诗歌、长篇小说与短篇小说中使用的手法进行论述。艾亨鲍姆认为老的俄罗斯文学——心理小说、日常小说等都应该革新了，它们对读者而言完全失去了魅力，其中的词语和情节无法成为读者感知的对象，因为“艺术不能以简单的表现形式存在。这对它而言是行不通的。对能被感觉的词语和形式的创造和组织是真正的艺术唯一的存在原则。其余的都是器具，而不是工作，是流浪，而不是道路”。[④] 同时，艾亨鲍姆认为他所生活的时代诗歌已经不再受宠，散文取而代之成为

① Эйхенбаум Б. М. *О литературе*: *Работы разных лет*. М.：Советскийписатель, 1987. 327.

② Шкловский В. Б. *О теории прозы*. М.：Советский писатель, 1983. 11.

③ ［爱沙尼亚］扎娜·明茨、伊·切尔诺夫：《俄国形式主义文论选》，王薇生译，郑州大学出版社 2005 年版，第 345 页。

④ Эйхенбаум Б. М. *О литературе*: *Работы разных лет*. М.：Советскийписатель, 1987. 367.

人们追捧的对象，所以情节的建构显得异常重要。像扎米亚金就为了创造可感的形式使用了很多令人新奇、意外的表现手法，如让俄语发出类似于德语或英语一样的声音，作家费定在写完短篇小说《安娜·季莫菲耶芙娜》后甚至说自己是用某种外语创作的，"这一切的根本是对可感觉的形式的向往，对新的散文组织的向往。我只想说，通向新的俄罗斯散文的路，是穿过别人的山脉，而不是穿过自己的田野。俄罗斯作家现在是外国人们和城市的路行者，虽然他任何时候都没有离开过莫斯科或彼得堡。他们虚构，是因为小说需要想象。他用英语或用德语思考，为了重新感受俄罗斯文学语言。如果愿意，请读一读我的文章，也可以翻译成德语。尤其是我的名字"。[①] 艾亨鲍姆很欣赏库兹明·米哈伊尔·阿列克谢耶维奇（Кузмин Михаил Алексеевич）的散文作品，认为他的散文就十分独特，他从不机械地模仿别人的作品，而是创造属于自己的新路，发展得很慢，且十分精巧，总会刷新读者的认知与感知力。

此外，蒂尼亚诺夫对此也有论述，"如果各种因素相互作用的感觉消失了（这种相互作用的感觉意味着必须有两种因素，一是能属因素，一是从属因素），艺术事实也就不存在了，艺术就成为自动性的东西了"。[②] 他不仅重视读者感受的获得，还强调读者的重要性，"对体裁的感受是重要的，没有它语言会变得比共鸣器还多余，行动会发展成失算的、盲目的。说的直接些，文学中对新体裁的感受就是对新事物的感受，确定的（果断的）新事物"。[③] 每一个体裁只有在被感受到时才是重要的。

日氏在谈屠格涅夫散文创作手法时指出，"与普希金的诗歌

---

① Эйхенбаум Б. М. *О литературе*: *Работы разных лет*. М.：Советскийписатель，1987. 368 – 369.

② ［法］茨维坦·托多罗夫编选：《俄苏形式主义文论选》，蔡鸿滨译，中国社会科学出版社 1989 年版，第 98 页。

③ Тынянов Ю. Н. *Поэтика · история литературы · кино*. М.：Наука，1977. 151.

不同，屠格涅夫的散文中没有发现由韵律结构决定的语音要素的分配规律（强弱音响）。我们在这些散文中仍能感受到不同于科学散文结构的强烈的韵律感染力……这种变体在逻辑上一定是多余的，但却起着积蓄情感、增强印象的作用”。① 不仅作品是否存在，甚至体裁的转换与更新也是由读者的感受决定，所以说，是否被读者感受到决定着作品是否存在。“故事被遗忘了，小的形式不能被感受到，因此，要求有某个对立面——大的形式，因此，长篇小说被创造了。……而体裁，是动态的概念。如心理主义的中篇小说变成了有情节的长篇小说。”②

上述强调在欣赏文本过程中获得的感受不同于日常生活中对某事物的感知后获得的感受，它是不存在任何利害关系的美感。日氏虽然认为什氏的陌生化理论有不少可推敲之处，但对他强调的通过陌生的叙事手法的使用能够引起读者的审美感受，能够产生与科学等其他活动不同的效果的观点十分认同。什氏认为“我们把回忆录接受为文学，旨在审美地感受回忆录”。③ 日尔蒙斯基也说过，格律（метрический）、结构、语言风格、情节结构还是某种主题的选择对我们来说在艺术作品研究的过程中都是拥有其艺术目的的审美意义的事实。

不仅每部文艺作品创作的成功要以读者获得审美感受为标志，什克洛夫斯基认为每种文学体裁的存在也是以被读者感受到为衡量标准，每一种体裁是否被感受到是十分重要的。这会导致体裁的演变与发展，如人们如果对短篇小说不再感兴趣，它无法被读者感受到的时候，就应该有长篇小说取而代之了。所以，体裁也是个动态的范畴，在这一点上什克洛夫斯基与蒂尼亚诺夫形

① Жирмунский В. М. *Теориялитературы. Поэтика. Стилистика.* Л.：Наука，1977. 49.

② Тынянов Ю. Н. *Поэтика · история литературы · кино.* М.：Наука，1977. 151.

③ ［俄］什克洛夫斯基：《动物园·第三工厂》，赵晓彬、郑艳红译，四川人民出版社 2016 年版，第 139 页。

成了共鸣。不仅如此，“在从属于艺术任务的语言中，在语言艺术作品中，结构成为语言材料分布的规律。这种分布便是按美学原则去艺术地切分和组织的整体”。[①] 当然，审美感受并非一成不变，它具有鲜明的时代性特征，“不同时代能感受到的东西不同，每个时代都有对于它的感受者而言是遮蔽的东西”。[②]

其次，对真的强调。除了对读者审美感受的获得，学派还强调真实性的体验，表现出了对真的执着。“我们应该明白，甚至在那些文学作品中我们也不能立即区分出文艺作品背后以其为条件的真实性，那样的真实性事实上的确存在着，虽然我们不总是理解艺术表现的规律的独特性。”[③] “文学是语言的，但其中存在着同词语的斗争，为了存在（真实性）的恢复，对它的充分感受。而不只是为了理解和引入概念。文学中进行着为了回到真实性，为了触及真实性的斗争。”[④]

这里的真实性指的是什么呢？什克洛夫斯基说过：“正是为了恢复对生活的体验，能够感受到事物的存在，为了使石头成其为石头，才存在所谓的艺术。艺术创造的目的就是为了使事物呈现为可观可见之物，而非可认可知之物。”[⑤] 这里的真实不是日常生活中的真实，也不是事物存在的确定性，而是艺术真实，是本质的真实，或者“本真”状态，被主体感受到的真实。也只有作家能够通过作品的形式让我们感受到生活的本真状态，否则就像什氏对主人公的界定——不在自己位置上的人，那么我们读者也将是这样“流离失所”的生活的“局外人”。

“艺术复苏生活，在连接、阻滞中赋予熟识的生活以新的和

---

① ［俄］什克洛夫斯基等：《俄国形式主义文论选》，方珊等译，生活·读书·新知三联书店1989年版，第268页。

② Шкловский В. Б. *Гамбургский счёт*. М.：Советский писатель，1990. 93.

③ Шкловский В. Б. *Избранное в двух томах. Том первый*. М.：Художественная литература，1983. 239.

④ Шкловский В. Б. *За и против*. М.：Советский писатель，1957. 15.

⑤ Шкловский В. Б. *О теории прозы*. М.：Советский писатель，1983. 15.

不认识的特征，以此来揭露事物的本质并使其重新被感觉。”[①] 艺术通过阻滞使熟识了的生活重新被感受，并发掘其本质，当然，什氏这里所说的本质并非传统文学批评对社会发展规律的总结，而是从美学的角度对生活的认知，阐释其美学意义。

这种真实性只有在获得美感的同时才能体验到，美与真的有效统一，成了学派在方法强调上的重要衡量标准。同时，也使作品的艺术呈现更加彰显学派的人文情怀。后俄国形式主义时期，什克洛夫斯基诗学理念虽然发生了一些变化，但在对审美感受强调的问题上依旧坚持前期的观点，他指出在作品发展过程中，新的结构不断生成，但同时也深化了对作品结构的感受。

（二）形式方法与审美感受的“交响乐”

如上所述，形式学派不仅重文学手法，同时强调要引起读者强烈的感受才是真正优秀的作品。但什氏也表示过，对作品的把握就是对其形式及手法的获得。那么，读者在文本中要获得的到底是形式（手法）还是感受呢？学派主要代表人物对此有过论述，总体基调是两者相辅相成，同时被“发现”，塑造手法的成功与否以审美感受的获得为标志，审美感受的获得定要依托一定的手法。

艾亨鲍姆在分析俄国悲剧发展的文章中探讨了悲剧的审美效应，并反对亚里士多德在《诗学》中提出的悲剧效果的观点。亚里士多德的悲剧理论奠定了西方叙事理论的基调，其在《诗学》提出的一些观点直到20世纪才被新的理念冲击或取代。亚里士多德认为，悲剧作品往往借助于怜悯与恐惧来使这种情感得到陶冶。陶冶的原文是“卡塔西斯”，罗念生先生在译后记中总结了文艺复兴以来西方学者对它的三种较有代表性的解释，第一类认为悲剧净化的是怜悯与恐惧中令人痛苦的不好的因素，从而使读

---

① Шкловский В. Б. *Избранное в двух томах. Том первый*. М.：Художественная литература，1983. 528.

者的心理恢复健康；第二类认为净化的是怜悯与恐惧中利己的因素；第三类认为其作用在于净化作品中人物的凶杀行为的罪恶，他认为这三种解释都不准确，结合亚里士多德在《政治学》中的论述，应该将其理解为追求情感的适度。无论哪种解释都将其看作针对读者情感的某种作用，只是侧重点不同，但艾亨鲍姆认为“人类的一切情感，正象一切思想、一切观念一样，都可以成为艺术结构的素材”，情感并不是目的本身，但读者的欣赏活动又与情感有关，“这里的问题不单纯是怜悯感，而是怜悯感的享受”，而且“所享受的不是怜悯本身，而是怜悯借以出现在悲剧观众心中的那种形式”。[①] 也就是说，不管亚里士多德谈到的被净化的怜悯与恐惧感到底包含怎样的内容，它都属于形式结构的素材。对悲剧作品的欣赏其实就是对怜悯本身的享受，实质上读者获得的并不是某种情感本身，只是通过形式结构的构成要素的把握从而实现对形式结构的获得，因为，后者是前者的必要条件，这正是艺术活动不同于日常实践活动的特别之处。对于作家而言，作品要具有唤起观众对某种形式的怜悯感的魅力。这种怜悯感超越了一般哭泣或狂喜的夸张情绪，它“在观众中唤起的便不再是眼泪，而是掌声。‘艺术的成功’永远是一场骗局：观众要求的好像是怜悯，可实际上，艺术家引导他达到的却是享受；观众被请来接受‘内容’，而事实上，内容却被形式‘消灭了’。（正是消灭了，而不是象教科书喜欢说的那样达到‘和谐’！）”[②] 或者说这种怜悯感是一种激动之后的宁静状态，是沉思与回味，不同于日常生活中对某事某物的怜悯，是只有艺术活动中才能体验到的审美之境。不仅如此，“怜悯便不再是观众个人心灵的感

---

① ［俄］什克洛夫斯基等：《俄国形式主义文论选》，方珊等译，生活·读书·新知三联书店 1989 年版，第 34—35 页。

② ［俄］什克洛夫斯基等：《俄国形式主义文论选》，方珊等译，生活·读书·新知三联书店 1989 年版，第 35 页。

受和情感，而只是同望远镜一起拿在手里的一种普遍观念。观众不再是这种情感的所有者，而只是为了别的目的暂时利用一下它的承租人”。[①] 艾亨鲍姆在这里指出，这种怜悯已经超越了个人有限的认知，走向无限，将读者的心灵引向某种普遍理念，使其与世界连通。读者只有通过这种特别的怜悯感才能感知到作品的特别加工手法，两者相互依赖，相互促进，作品的艺术手法越有创造力，越精巧，读者越能感受到这种情感，而情感越强烈，读者才越能感受到叙事手法的存在。

其实，在文学接受过程中，读者对文学方法的获得与对美感的体验两者同时进行，并相互铺垫与映衬，所以，难以区分两者孰轻孰重。同时，能将审美感受的获得作为作品是否成功的标志，以及对于文学塑造手法的强调，不仅在当时的学术界具有强烈的冲击力，对我们今天而言也颇具生机与活力，观念并不过时。

总之，不论艺术家利用以往的创作资源重新加工，抑或独辟蹊径开拓新的疆土，只要能将读者阻滞于文本的言语层面而使其感觉到文本的独特性，被其深深吸引，这样，读者即可从日常生活的各种拖累中解脱，获得自由轻松之感，同时也就意味着艺术家的创作实现了创造性加工。因为日常生活中的人们，对周围的生活环境早已司空见惯，已无法真正感受到生活的存在，从而根本上也就失去了自身作为世界主体的存在感，都是“不在自己位置上的人”，唯有文艺作品能够通过“伟大的冲突……使人成为其本质上当之无愧的存在”[②]。所以只有通过对艺术的欣赏才能恢复对生活的感受，当然，这种自由感的生命必然是短暂的，因为艺

---

① ［俄］什克洛夫斯基等：《俄国形式主义文论选》，方珊等译，生活·读书·新知三联书店 1989 年版，第 36 页。

② Шкловский В. Б. *Избранное в двух томах. Том второй.* М.：Художественная литература，1983. 598.

术作品的生命一般会“从可视走向认知，从诗歌走向日常文字，从具体走向一般”①，这就要求艺术家继续用新的创造阻滞读者。

后俄国形式主义时期，什氏诗学虽发生了一些转变，不过，其理论内核中的人文主义因子却依旧一以贯之。诚如他在《散文理论》的引言中所说的那样——“词语使受压抑的心灵自由”②。这种对读者自由心灵、完整生命的珍视态度从未改变，反而由于理论视阈的不断拓宽，其关注的视野在不断扩大。

什氏在前期主要强调通过艺术的阻滞使读者从断裂的生活跃出，恢复自己完整的精神生命，到了后期，他不再拘泥于这种现实时空的羁绊，而是将理论视野放置整个人类的精神家园。但艺术作品不会提供现成答案，每位读者在作品中获得的成果千差万别，而在这种独特性中仍具有一般性的规律，这一般性的规律正是艺术的终极价值。什氏表示，文学艺术的终极目的就是给未来的人类、未来的子孙建造一个真正的家，这是一种期望。只有通过艺术的救赎，人类才能找到真正的精神家园，才能真正实现诗意地栖居于大地上的梦想。

由此可见，无论是俄国形式主义时期，还是后俄国形式主义时期，学派尤其是什氏对主体精神生命的尊重一以贯之，并且由前期强调受现实功利生活羁绊的个人的解放，到后期对全人类的普世救赎，表现出了越来越深沉的人文情怀。

五　批评的声音

针对传统文学批评的不合理性，俄国形式主义主张回到语言自身，将重点放在塑造手法上，甚至提出了“艺术即手法”的观点，虽然对于反驳传统陈旧理论具有一定价值，但对方法的极端

① Шкловский В. Б. *О теории прозы*. М. : Советский писатель, 1983. 15.

② Шкловский В. Б. *О теории прозы*. М. : Советский писатель, 1983. 5.

强调，反对作品与思想之间的关系，也迎来了不少批评。

（一）学派内部的反驳与反思

形式学派对方法的强调引来了学派内部褒贬不同的声音，有赞扬也有反对，或者有的开始表达赞同但随后又开始反对，这在日尔蒙斯基诗学中有较鲜明的表现。日氏对形式学派对形式技巧的专注主要表现为两种态度，一是针对其技巧本身的问题，由最初的赞赏到怀疑其合理性；二是对其忽视了思想内容的强烈不满。

日尔蒙斯基常被称为“准形式主义者”，形式主义学派建立后，日尔蒙斯基一直对其理念比较赞赏，他之所以同形式学派有着不解之缘，是因为其比较赞成什氏等奥波亚兹成员对于艺术手法的探讨，以及他们构建文学学科的学术理想，他的主要学术经历在比较诗学方面，虽对形式学派的关注相对少一些，但表现出了较清醒的理论头脑，但随着其自身理论不断成熟，从 1920 年开始，日氏与形式学派的分歧越来越大。一方面反对什氏的文学作品是方法的总和；另一方面，认为不能将形式与内容完全分离。利哈乔夫在 1977 年出版的日尔蒙斯基的专著《文学 · 诗学 · 风格理论》的“序言”中谈到，日尔蒙斯基后来回忆，他在大学期间就对传统文艺学感到强烈的不满，这也是他能与形式主义者走得较近的主要原因，俄国形式主义在还未开始学术之路的 1910 年末，日尔蒙斯基就与奥波亚兹的部分成员结下了友谊。什克洛夫斯基具有开创意义的文章《艺术即手法》一经发表，日尔蒙斯基和其他成员立刻送来了热烈的掌声，对该理论表示赞赏，并称其为“有趣的思想”。所以，他的诗学理论建构主要表现为两个研究任务，一是研究形式学派的问题，认为对形式全面而精细的研究十分必要；二是探求自己的学术发展之路。通过对形式学派的深入了解，越来越发现他们的不足，他并不赞同将文学作品的形式绝对化，批评他们是极端“教条的形式学派”，认为文学的形式研究与内容研究之间有着极为密切的关系，无法分离。同时，日尔蒙斯基还强调艺术作品是方法的统一（系统），不是方法的简单拼凑。

学派的形式观以否定为根本前提，否定之前陈旧的形式为己任，但这并不能规定否定之后的新生力量的方法和具体样式。认为什氏提出来的新的形式的出现不是为了表达新的内容，而是为了取代已经失去了活力的旧形式的观点，“这个原理仅仅适合于激烈而快速发展的艺术的批评时代，不适合保守传统的成熟的有机时代”。[①] 也就是说，这个激烈的观点更适合论战时期表达自己的见解。同时代的学者科恩（Кон И.）也说“我们能够在此不去解释对新事物的普遍追求、对陈旧事物厌弃的风格转变，因为类似的因素解释的永远只是风格变化的事实本身，但永远解释不了这种变化的方向”。[②] 而且，“‘陌生化’和‘难化’的感受发生在审美体验之前，并意味着无法建立不习惯的美学对象。在（审美）体验的时候，这种感觉消失了，取而代之的是简单而习惯的感觉”。[③] 其实，在文学风格发生变化的过程中，出现的不是各种求新求异的新形式，而是某种占主导地位的艺术倾向，而且这种艺术倾向的影响遍及同一时期的各个艺术领域，如古典主义和象征主义思潮的广泛影响。所以，文学形式的存在及演变绝不是独立的存在，相反“文学表现的方式或方法的统一即风格，其变化同时文艺心理的任务、审美兴趣和倾向，甚至同时代的处事原则的变化密切相关”，[④] 而且日尔蒙斯基强调，同一位作家在不同的作品中也会使用相同的方法，并非在每部作品中都实现了求新求异。如屠格涅夫的短篇小说《三次巧遇》与其他作品中的描

---

① Жирмунский В. М. *Теориялитературы. Поэтика. Стилистика.* Л.: Наука, 1977. 99.

② Жирмунский В. М. *Теориялитературы. Поэтика. Стилистика.* Л.: Наука, 1977. 99 – 100.

③ Жирмунский В. М. *Теориялитературы. Поэтика. Стилистика.* Л.: Наука, 1977. 101.

④ Жирмунский В. М. *Теориялитературы. Поэтика. Стилистика.* Л.: Наука, 1977. 100.

写就有诸多相近之处。

日氏进一步修正了什克洛夫斯基的陌生化诗学，他在谈到自己和什氏的区别时说，“什克洛夫斯基将艺术作品看做‘方法的总和’，我用‘系统’反对这种理解。什克洛夫斯基有将个别方法独立的趋势，将其看作独立于自己的系列的物质事实”。[①] 日氏认为“语言的组成要素包括：语音构成（语音学）、语法结构（语法学）、思想意义（语义学），句子中语言的通常的组合方法（句法学），它们平等地服务于艺术表现。语言中的任何一个要素在诗中都是不可分割和模糊的，一起服务于其独特的任务”。[②] 所以，什氏将作品仅仅理解为“方法的总和”，实质是将作品简单化了。日氏将什克洛夫斯基提出的“作为方法”的艺术称为“纯粹的艺术”，是文化发展的晚期分化的结果，此前的占统治地位的则是多元文化价值的混合，但即使是“纯粹的艺术”，“艺术创作也可以包含认识、道德和宗教等内容”。[③] 按照上述的标准所谓的“纯粹的艺术”如巴赫金的《上尉的女儿》、拉辛的悲剧中都有道德的成分。

“语言材料并不服从于形式结构规律（比较：被称为存在于一切语言中的韵律偏差），因为语言并不是为了艺术的目的而专门创造的，正如音乐完全按照艺术的原则利用的抽象声调材料，词语首先是服务于人们之间交流的实践任务。”[④] 也只有将主题的研究纳入思考的范围，才能真正完成从美学观点对文学作品的研究。如果仅仅从形式结构的角度去分析作品，而否定主题的存在，那么会致使结构相同的作品被混为一谈，是十分滑稽的。普希金的《叶甫根尼·奥涅金》和文艺复兴时期的骑士史诗《热恋的罗兰》两部作品有关爱情的叙事模式相近，如果不考虑主题，

---

① Жирмунский В. М. *Поэтика русской поэзии.* С.：Азбука-классика，2001. 17.

② Жирмунский В. М. *Поэтика русской поэзии.* С.：Азбука-классика，2001. 81.

③ Жирмунский В. М. *Теориялитературы. Поэтика. Стилистика.* Л.：Наука，1977. 98.

④ Жирмунский В. М. *Теориялитературы. Поэтика. Стилистика.* Л.：Наука，1977. 102.

仅就情节结构来分析作品，那么两部作品则容易被混为一谈。两部作品的叙事模式甚至可以用关于鹤与鹭的寓言的情节模式概括，“A 爱上了 B，B 不爱 A，当 B 爱上了 A 的时候，A 已经不爱 B 了”。[①] 如果照此模式来接受《叶甫根尼·奥涅金》和《热恋的罗兰》，两部作品的重要价值则似乎不复存在，甚至成了“雷同之作”。缺少了主题的研究，两部作品的深刻性和意义完全没有体现出来。

日氏对形式学派的立场从一开始的赞扬到逐渐对其展开批评，但并没有对其全盘否定。日氏将文学分为两种类型，一种是纯粹的抒情类作品，一种是现代小说、情节或心理小说等叙事类作品。两者在形式与主题这两个要素上的表现有所不同，好似跷跷板一般相互补充。

有的形式派成员的思想中，有关作品思想功能的认识发生过转向，不仅有什克洛夫斯基这样学派的旗帜性人物，也有做出重要贡献的艾亨鲍姆等。艾亨鲍姆在《“形式方法”的理论》中在十分肯定学派理论贡献的同时，也较客观地谈到了其理论的不足。他认为，形式主义者在和论敌论证的过程中提出了很多十分有建设性的理论原则，但他们是在十分复杂的理论环境中成长起来的，在论战中为了凸显自己的理论观点，提出了一些相互矛盾甚至不正确的原则。

艾亨鲍姆也坦言，否认作品中思想的存在是不合理的，他在谈到电影艺术时，就比较突出地强调电影艺术的思想功能，观众主要通过视听影像获得对思想的认知，但“观众不只是像个别地被拿起来的每一个新的图像中观看，但要将其与之前的和未来的相比较。每一个影像的含义在很大程度上，取决于同所连接的图像的联系。一个图像同其他图形的关系决定了其不同的思想色

① Жирмунский В. М. *Теориялитературы. Поэтика. Стилистика.* Л.: Наука, 1977. 104.

调。观众应该看透这些思想，应该对比图像，而导演为了这些对比和他们产生的思想的传达建构蒙太奇（有时是字面上的，有时是隐喻的）。因此，电影的观众应该按不同特点的图像做出复杂的脑力劳动，并探索思想色调。我将这个工作称为电影观众的本质作用。它终止了纯粹的图像的时刻，但没有它电影不能被理解”。[①] 观众在把握思想的时候不能孤立地关照每一个图像，应该将每一个图像放在故事链条中考察，而且导演为了更好地实现思想功能会巧借蒙太奇方法。对电影的欣赏于观众而言必然要有把握思想的阶段，否则欣赏即为无效，所以艾亨鲍姆将对作品思想的把握称为“电影观众的本质作用”，这里无疑将作品的思想功能看得极为重要，但不能就此认为艾亨鲍姆回到了将作品看作表达思想的工具，其文论中大部分内容依然是对文学乃至影视作品表现技巧的论述，可见艾亨鲍姆一方面反对形式学派一些极端的形式论，承认作品的思想价值；另一方面也较注重形式的独特价值，可以说，难说思想与形式孰轻孰重，甚至难以绝对地将形式与思想分开，可谓走向了形式与思想有机统一论。

同时学派成员如雅克布逊等人对此也表示不满，强调在研究形式方法的同时不能将思想内容的研究完全摒弃。雅克布逊也强调要对文学方法的研究，“文学科学若想成为一门科学，她就应承认‘方法’是自己唯一的主体”。[②] 但他并没有将这样的观点推向极端。“逐步探索诗学的内部规律，并没有把诗学与文化和社会实践其他领域的关系等复杂问题排除在调查研究计划之外……那些与‘形式方法’进行论战的人正是紧紧抓住这种一时心血来潮的想法不放。”[③]

---

① Эйхенбаум Б. М. *Литература*: *Теория. Критика. Полемика.* Chicago 80, Illinois, 1969. 299.

② Жирмунский В. М. *Теориялитературы. Поэтика. Стилистика.* Л.: Наука, 1977. 99.

③ ［法］茨维坦·托多罗夫编选：《俄苏形式主义文论选》，蔡鸿滨译，中国社会科学出版社 1989 年版，第 2 页。

蒂尼亚诺夫也十分重视作品“形式”的地位和价值，但并没有将其走向极端，没有单纯地强调形式，而否定形式以外的一些存在。在蒂尼亚诺夫代表作《诗歌语言问题》（1924）中，苏联著名学者斯捷潘诺夫（Степанов Н.）对此做过较为中肯的评价，他说“蒂尼亚诺夫捍卫有思想的词语，有内容的形式”。[①] 其实，蒂尼亚诺夫虽然对形式学派重视方法与形式的做法较认可，但并没有完全摒弃思想，他只是反对“像手套一样对待诗，像手一样对待思想”。[②] 所以，蒂尼亚诺夫反对的不仅是传统艺术形式工具论，同时也反对以什克洛夫斯基为代表的艺术即形式的极端理论，认为这无异于说酒杯等同于酒，从一个极端走向了另一个极端，荒谬至极。他没有将思想完全摒弃，比较理性与全面，只是将艺术形式因素及其组合规律作为研究的重点。蒂尼亚诺夫本人是极为优秀的小说家，创作了大量作品，这使他的叙事理论有着创作实践的支撑而更具说服力。蒂尼亚诺夫凭借其敏锐的理论洞察力和丰富的创作经验提出了一系列极具创建性的叙事理论，丰富了俄国形式主义乃至西方叙事理论的大厦。

学派的观点不断有来自学派内部的批评和修正，同时不可否认的是强调独尊方法的什克洛夫斯基本人对自身理论为在后俄国形式主义时期也做了反思和修正，认为自己前期虽然提出了一些很有价值的观点，但也犯了错误，如作品的思想功能问题上就是其一。由此可以看出，形式学派的成员在理论建构的过程中并非一成不变，不仅理论体系不断丰富与发展，同时也不断自我修正与反思，体现了其强大的理论包容力。

（二）学派外部的批评声音

不仅形式主义理论出现的同时期有不少研究者，当然其中也

① Тынянов Ю. Н. *Проблема стихотворного языка статья*. М.：Советскийписатель，1965. 5.

② Тынянов Ю. Н. *Поэтика · история литературы · кино*. М.：Наука，1977. 39.

包括对其理论的批评，而且由于其理论的前瞻性，20 世纪的俄罗斯及欧美学术界也不乏对其理论的探讨和关注。形式学派同时代的批评声音中最有代表性的就是马克思主义，正如托洛茨基清楚地看到，“如果不算革命前各种思想体系的微弱回声，那么，形式主义的艺术理论大概是这些年来在苏维埃的土壤上与马克思主义相对立的唯一理论”。[①] 最后也正因为马克思主义的批评，学派在 20 世纪 20 年代末解体。

托洛茨基写于 1922 年的文章《诗歌的形式主义学派与马克思主义》对学派的评价较中肯，总体上认为“形式主义的艺术理论尽管肤浅和反动，但形式主义者的相当一部分探索工作是完全有益的”。[②] 既肯定了学派的理论价值，同时又辩证地分析了其不足和局限。托洛茨基认为形式主义者能够强调一直被忽视的形式的艺术价值是十分可贵的，同时还论述了一些新的形式塑造手法，对于丰富文学的表现力很有必要。但学派试图纠正传统文论中弊端的同时又将理论推向了另一个“极端”。反对唯物主义艺术观，从根本上否定文艺与生活之间的有机联系，认为这是极其“荒谬绝伦”的，“从客观的历史进程的角度来看，艺术永远是服务于社会的，历史地功利的，因为它要为昏暗和朦胧的情绪寻找必要的词语节奏，使思想与感情接近或让两者彼此对立；它要丰富个人或集体的精神体验，使感情更加细腻，变得更灵活、反应更灵敏、更有反响；它要拓展思想的容量，但不依赖于个人积累的经验；它要对个人、社会团队、阶级、民族进行教育”。[③] 不仅如此，作品源于生活并服务于生活，就连作家本人也无法离开生

---

① ［苏联］托洛茨基：《文学与革命》，刘文飞、王景生、季耶译，外国文学出版社 1992 年版，第 150 页。

② 载［苏联］托洛茨基《文学与革命》，刘文飞、王景生、季耶译，外国文学出版社 1992 年版，第 151 页。

③ ［苏联］托洛茨基：《文学与革命》，刘文飞、王景生、季耶译，外国文学出版社 1992 年版，第 155—156 页。

活的影响，什克洛夫斯基本人就是特定时代语境的产物。

美国学者厄利希在其被称为西方文艺学的“圣经”的著作《俄国形式主义：历史与学说》中认为托洛茨基对形式学派的评价“并无敌意”，是较公正的。但低估了形式学派的新探索的实际意义。同时“马克思主义对奥波亚兹的批判在多数场合下是那么粗暴和不分青红皂白地怀有敌意（如柯甘、波良斯基、卢那察尔斯基），或太过分机械化（如阿尔瓦托夫），以致无法得出或暗示任何实实在在的解决办法。但对美学孤立主义的谴责和攻击的气势本身，刺激了重新估量奥波亚兹有关‘文学与社会’问题的原初立场的必要性”。[①] 厄利希针对托洛茨基及马克思主义对形式学派的评价较中肯，在西方产生了重要影响，也引起了研究形式学派的浪潮。

形式学派同时代的研究者除了托洛茨基，托名为梅德韦杰夫的著作《文艺学中的形式主义方法》中的分析也十分有参考价值，对于该著的真实作者是否为巴赫金现存争议，我们避开争议问题，仅从著作出发，谈其对俄国形式主义的具体评价。《文艺学中的形式主义方法》中将俄国形式主义看作欧洲形式主义的分支之一，进一步壮大了该思潮的理论体系。对学派与马克思主义批评关系的评价也较客观，不仅看到彼此的问题与矛盾，更从积极的角度谈了两者彼此成就的地方。该著认为学派坚持文学的独立自主问题，坚决否认其社会属性，这种极端的立场注定他们会走向消亡，但一个年轻的学派经历一些曲折也在所难免，虽没有向学界交出一份十分完美的答案，但他们的价值不容忽视，“它把文学科学的极其重要的问题提上日程，而且提得十分尖锐，以至于现在无法回避和忽视它们。尽管没有解决这些问题，但是他们的错误本身、这些错误的大胆和始终一贯，更使人们把注意力

① ［美］维克多·厄利希：《俄国形式主义：历史与学说》，张冰译，商务印书馆 2017 年版，第 168 页。

集中到提出的问题上”。[①] 与此同时，“马克思主义科学也应感谢形式主义者，感谢他们的理论能够成为严肃批判的对象，而马克思主义文艺学的基础能在批评过程中得到阐明，而变得更加坚实。”[②]

对形式学派的批评并没有因学派的解体而消失，俄国学者卡韦林 1977 年关于“艺术即方法”的评点较有代表性，他认为“不要沉醉于对形式主义基本观点的详细考察，可以用一个大家较熟知的公式来表达他们：艺术即方法的总和。方法把非文学材料变为艺术作品。那些方法的结果是出现了结构、系统。早期的形式主义感兴趣的主要是如何‘加工’文学作品，这句话成了奥波亚兹的常用语……有关内容的建构没被提出。因此，每一部真正的艺术作品的多重性被忽略，在所有天才的研究者的机智的观察中，‘方法之和’是机械论的理解，它偷换了艺术整体的真正存在”。[③] 应该说卡韦林的这段评价有些内容较为中肯，如仅局限于对方法及相关问题的思考，就会忽视思想内容方面的问题。但也有不妥之处，如对形式主义具体研究内容的理解。其实，形式学派虽然高举“方法”的大旗，但既没有将其简单化为对文学作品的“加工”，也没有止步于此，形式学派对作品的加工手法及作品内部结构的有机构成都有涉猎，同时，卡韦林所说的“方法之和”较为机械，是不妥当的。

由上观之，对文学手法的强调在形式学派中产生了重要影响，其中什克洛夫斯基提出的“文学即方法”的观点以及陌生化理论影响较大，同时也引来了不少批评的声音。在后俄国形式主义时期，什氏本人对此也做了修正，他说“我很久以前轻率地说

---

① ［苏］米・米・巴赫金：《文艺学中的形式主义方法》，李辉凡、张捷译，漓江出版社 1989 年版，第 234 页。

② ［苏］米・米・巴赫金：《文艺学中的形式主义方法》，李辉凡、张捷译，漓江出版社 1989 年版，第 234 页。

③ Тынянов Ю. Н. *Поэтика・история литературы・кино*. М.：Наука，1977. 7.

过，作品是‘方法的总和’。现在我认为，文学应该是系统”。[①]同时在系统内部的各要素之间交织着各种矛盾。应该说，什氏相较于形式主义时期观点的思考更加深入了，并且在前期也表露出了类似的观点。

同时学派叙事理论中有关方法的理论影响由苏俄进一步拓展到欧美，经由布拉格学派，最后直接影响了结构主义叙事学的产生。

① Шкловский В. Б. *Собрание сочинений в трёх томах. Том* 3. М.：Художественная литература，1974. 666.

第三章　俄国形式主义叙事理论的功能要素：人物论

在叙事类文本中，可以说人物具有十分特殊的作用，任何故事的展开都有人物发挥一定作用，有时其直接站出来为自己发声，有时作家成为其代言人。与此相应，在西方叙事理论漫长的发展历程中，对人物或主人公的论述一直占有十分重要的位置。传统叙事理论中虽然以情节为研究的中心，但有关人物的问题一直都是较重要的研究对象，尤其现实主义文学以来，以塑造典型环境中的典型人物观念为代表的人物观可以说改变了情节的核心地位，将人物推向文学大舞台的中心。20 世纪初，与俄国形式主义的人物论建构几乎同时诞生的福斯特的《小说面面观》中，福斯特表示："有时过于强调情节，也会使人物的性格难以表现，或者使人物在命运的安排下显得无所作为，从而令读者怀疑其真实性。"① 不仅否定了情节一直以来的中心地位，还进一步提高人物形象在作品中的地位，甚至超过了情节的重要性。并在理论分析中在人物形象问题上倾注了较多的注意力，提出了影响深远的"扁平人物"与"圆形人物"的区分问题。

---

① ［英］爱·摩·福斯特：《小说面面观》，苏炳文译，花城出版社 1984 年版，第 83 页。

俄国形式主义叙事理论中有关人物（герой）的论述具有十分特殊的意义，由于其叙事理论以情节为核心，所以，对人物的阐释也是围绕情节的塑造而展开，人物与时间、空间等要素成为“第二位”的存在，均是情节结构的功能性要素。俄国形式主义认为功能与人物的设置不可分离，它们始终处在相互依存的关系之中。尽管学派成员也十分关注人物的分类、塑造等问题，但最终并不是为了凸显人物自身的独立价值，而是为了情节的塑造更加成功。当然，在学派内部，关于人物的问题也有少数其他论调，认为人物除了作为情节构成要素外，还有其他的存在功能，如蒂尼亚诺夫就将其看作作家思想的传声筒。

在西方叙事理论发展史上亚里士多德的人物观较有代表性，在亚里士多德诗学理论中，虽然也强调人物的塑造对情节设计的重要影响，但人物是与情节并列的悲剧的构成要素之一。俄国形式主义叙事理论的人物观一改亚里士多德开创的人物观，人物成了情节的构成要素，凸显其功能性存在。如托马舍夫斯基从读者的角度出发，考虑到了“心理特征”，其作用在于强化情节的表现力以吸引读者的阅读兴趣。

在形式学派的理论著述中，对情节活动中主体的称谓有两种，一是主人公（герой），二是人物（персонаж），二者在有的学者（如托马舍夫斯基）的理论中有区别，并专门论证了这种区别；在其他大多学者（如什克洛夫斯基、蒂尼亚诺夫等学者）这里常常被混用。

第一节　功能性人物观

形式学派叙事理论体系中，人物的存在价值并不在其自身，而是获得情节形式的手段之一。作家对人物的巧妙设计不是为了凸显人物的某种特质或塑造某种类型的人物形象，而要通过对人物的描写达到阻滞与延宕叙事节奏的目的，使读者对人物及其行为予以关注，使其误以为自己抓住了作品的重点，但实质上只是作家的迷雾弹，这只是作家呈现某种叙事手法的重要一环。当然，作家创作中起延宕与阻滞作用的手段十分丰富，人物设置的相关问题只是其中之一。

在什克洛夫斯基看来，人物是情节的功能性要素，但文学史上人物的塑造手法并非一成不变，人物的性格与行动的关系、人物与情节的关系都在缓慢地变化。如在短篇小说演变的过程中，早期的短篇小说作品中还没有集中呈现主人公的性格，被突出呈现的是人物的行为，古罗马作家阿普列乌斯的作品就是如此，人物的出现还只是情节的功能性要素之一。但随着短篇小说的发展演变，其中人物的性格越来越被重视。在这条漫长的人物塑造史上，形式学派的人物观不仅续写了功能性人物观的历史，更进一步强化了人物自身的塑造手法。

一 作为叙事要素的人物

学派在陌生化理念的影响下，对作家的叙事手法十分关注，其中必然包括人物的塑造，当然，人物的塑造在形式学派这里并不是最终目的，其使命在于服务情节的塑造，是情节的功能性要素之一。

陌生化理论的本质在于对文学活动中创造性的强调，所以各理论家在人物塑造问题上的立场和观念不可能整齐划一。艾亨鲍姆将人物看作戴假面具的结构要素，在分析悲剧的文章中，他谈到了人物塑造的问题，有的作家在塑造人物形象的过程中使用了大量心理或性格描写，读者自然会投入大量注意力关注这些内容，所以吸引了大批批评家利用心理学、社会学或政治学等理论分析人物形象或者作家的心理。但需要注意的是，艾亨鲍姆认为这些心理描写并非目的本身，作家并非贪恋于从心理学角度展现人物，其实质是要服务于情节结构的塑造，是作品结构的有机组成部分，通过对人物的描写实现情节的延宕与阻滞才是其真正使命。所以，“毫无防备”的读者被骗了，这只不过是作家设定一个局，或者说，作家对人物心理及性格的描写其实是掩饰其叙事技巧的手段。相反，如果作家醉心于人物本身相关内容的凸显，那他就远离了艺术，所以作家笔下的人物只不过是一种戴了“理想的假面具”的功能性结构要素。

莎士比亚的《哈姆雷特》中，有几段主人公哈姆雷特的内心独白让读者见证了其心路历程与人格的成长变化，在作品中占有重要的位置，但如果你以为在这里耗费大量笔墨的目的仅是刻画哈姆雷特的形象，那就低估了这部分内容，这其实是作家要阻滞读者的一种手段，只是作家巧妙地“隐藏”了自己的手段和意图，当然，在阻滞的同时其实也推动了情节的发展，阻滞是为了更好地前进，这里体现了情节塑造的二律背反原理。

“现代戏剧中的各种脸谱性人物的角色系列相当于各种棋子，情节相当于棋手们运用经典棋谱中的各种棋步，而困难与突变则相当于对手走的棋步。”① 主人公在作品中的言行不是其性格的塑造，而是服务于情节的陌生化效果的塑造，有时为了在情节的发展中取得阻滞的效果，会在主人公命运的发展中引发停顿，使主人公的生命处于危机或极为紧张的时刻，同时作家还能在各个章节的转换中阻碍矛盾的解决，从而引发读者的焦虑。

为了更好地表现情节，对于其中活动的人物的设置也要精心设计，什克洛夫斯基较认同亚里士多德有关人物设置的理论，其在《散文理论》中大段引述亚里士多德《诗学》中关于人物设置的观点：“现在让我们研究一下，哪些行动是可怕的或可怜的。

① Шкловский В. Б. *О теории прозы*. М.: Советский писатель, 1983. 62.

这样的行动一定发生在亲属之间、仇敌之间或非亲属非仇敌的人们之间。如果是仇敌杀害仇敌，这个行动和企图，都不能引起我们的怜悯之情，只是被杀者的痛苦有些使人难受罢了；如果双方是非亲属非仇敌的关系，也不行；只有当亲属之间发生苦痛事件时才行，例如弟兄对弟兄、儿子对父亲、母亲对儿子或儿子对母亲施行杀害或企图杀害，或做这类的事——这些事件才是诗人所应追求的。”[1] 为了使情节表现取得更好的效果，引起读者更强烈的感受，亚里士多德要求悲剧的情节在亲人之间发生，例如，如果在双方都不知道对方是谁的情况下，最好的效果是一方将另一方杀害，最后却发现二者之间具有亲属关系，最糟糕的则是知道对方是谁，想杀对方但又没杀成，这样的结果令人厌恶，不会产生悲剧性效果。

托马舍夫斯基还将其放在本事与情节理论中进一步论述，在本事中，主人公的作用并不重要，“本事作为动机体系，可以不需要主人公及其个性”。[2] 或者说主人公只是本事中的一个组成部分，与其他成分无异，但在情节中，各种叙事动机的连接则离不开主人公，“主人公是材料质变为情节的结果，一方面，他是连接动机的工具，另一方面，又是连接动机的真正的理由”。[3] 主人公在情节中的重要性被凸显，成为重要的连接要素，即使在短篇幅的故事，或是民间故事中，其重要的连接功能也十分突出。利用近似二律背反的思维写的作品，两种相反的出发点和思维却可以得出同样的结论，交叉点就是作品中的主人公。例如一个英语小故事，主人公是一位机灵却又不善讲道的布道士。他来到了一个村子，这里有虔诚的信徒在等他讲道，他来到后就问信徒是否知道要给他们讲什么，如果回答知道，那么道士会说，既然都知

---

① ［古希腊］亚理斯多德：《诗学》，罗念生译，人民文学出版社 2002 年版，第 37 页。

② Томашевский Б. В. *Теория литературы поэтика*. М.：Аспект Пресс，1977. 202.

③ Томашевский Б. В. *Теория литературы поэтика*. М.：Аспект Пресс，1977. 202.

道就无须讲了；如果回答不知道，他会说，既然不清楚我就没有必要讲了，总之，信徒都没有听到布道士的讲道。在这个故事里，由布道士的一个问题出发，必然会产生两种答案，布道士对不同的答案有不同的应对策略，这样就构成了两条叙事动机，连接二者的正是作品的主人公布道士。不仅短小的故事中如此，在较长篇幅的作品中也有连接叙事动机的主人公。

虽然人物的塑造要服务于情节的构造，但不同时期人物的塑造手法不尽相同。蒂尼亚诺夫表示："现代材料与传统的可敬的长篇小说不相容，传统小说中的人物似乎是屠格涅夫的女儿们，关于他们有那么多高雅的和通俗的作品，有时是历史长篇小说中的黑胡子巨人，而在现代小说中则只漏半个头。"① 这说明不同时代作品中的人物有不同的呈现方式，在蒂尼亚诺夫同时期作品中的人物只有部分被呈现。

二 人物的特质

人物在形式学派叙事理论中虽然强调其对情节塑造的功能性存在，那么，人物自身的特质除了对于情节结构的贡献是否毫无价值了呢？其实不然，学派在强调人物对于情节塑造作用的同时也谈到了人物自身的一些特质，如独立性、动态性等。文学作品中的人物虽然是作家创造的产物，但并不是完全被动的存在，仍然具有相对独立的生命，什克洛夫斯基在这方面有较大篇幅的论证和分析。同时在不同时代或作家那里，文学形象的特质又表现为一定的动态性，是不断发展演变的。

（一）人物的"独立性"

情节是俄国形式主义叙事理论的核心内容，主人公是作品情

① Тынянов Ю. Н. *Поэтика · история литературы · кино.* М.: Наука, 1977. 153.

节结构的有机组成部分，其塑造根本上受制于结构的需要。但正如蒂尼亚诺夫所说："当情节展开并强有力地将我们吸引到活动范围内，主人公就变成了基点，你们会紧随其后，不会离开。"① 虽然情节是作品的核心，但读者被其吸引成功"陷入"情节关系中之后，就会被其中的人物所引领，进一步感受情节形式的变化和推进。但这并不意味着主人公取代了情节的中心地位，其发挥的依然是功能性人物的作用。学派认为，在阅读的过程中，读者虽然跟随主人公的脚步，与其一同前进，但其实读者并不真正认识作品的主人公，每个主人公也许都有自己的名字、爱好和兴趣，但在读者这里都是一样的。"主人公的描绘不是独立的，而是处于结构的个别部分的整体性影响之下，最终由整个结构管辖。有时主人公的描绘在作品中是矛盾的，因为在不同的时刻，结构需要不同的被描绘的主人公的特点。"② 所以，作家要考虑到情节结构的需要去安排人物的设置与呈现。但这并不意味着人物没有独立性，完全是被动的。

"当我们开始用相貌、裙子、俏皮话、传记刻画主人公，他就复活了……主人公复活，就和加工他的材料分开了。他超越了作家，卸下了他的责任，提出了某种诗学的大概有时在灵感中被寄予的模糊的东西。"③ 主人公虽由作家创作而来的，但从创作开始，主人公同时也获得了独立的生命，按自己的方式思考，并超越作家。

什克洛夫斯基认为作品中的主人公不完全听命于作家的安排，甚至有的时候作家在主人公面前也无能为力。所以，什氏十分强调主人公塑造的相对独立性，认为主人公在作家面前具有一

① Тынянов Ю. Н. *Поэтика · история литературы · кино.* М.：Наука，1977. 146.

② Шкловский В. Б. *Избранное в двух томах. Том первый.* М.：Художественная литература，1983. 258.

③ Шкловский В. Б. *Гамбургский счёт.* М.：Советский писатель，1990. 380.

定的自主性。作家在写作前可以描绘一个关于主人公的宏伟蓝图，但创作一旦开始，主人公就会成为和作家独立对话的主体，不是作家任意宰割的羔羊。那么，主人公的塑造最终受什么因素制约呢？不是作家个人的意志，而是受创造具有陌生化效果的作品的目标所指引。“如果需要改变主人公，那么改变就要在最初描绘的计划中出现。”① 每个主人公都是一个相对独立的生命，有自己的思想轨迹，所以不同的主人公之间会出现分歧或争论，“主人公相互争论，彼此不理解——是艺术最简单、最古老的特征。”② 这里的分歧或争论对作品而言十分必要。“文学作品中常被用到的不是最寻常的伟大人物，而是它们的矛盾冲突，如希腊戏剧中父权制与母权制的冲突”。③ 冲突和矛盾是情节塑造的必要条件。

“所有的主人公都应有自己在世界中的位置、自己的民族。”④ 但他们在作品中常常是“不在自己位置上的人”，这个观点什氏在后俄国形式主义时期依然没有改变。什氏认为像托尔斯泰这样的文学巨匠和它们作品中的主人公（如安娜、哈姆雷特等）都是这种类型的人。这里“自己的位置”指的是什么呢？它应该是主人公精神世界中理想的自己，但与作品中特定的角色必然具有某种不协调，这就是上述矛盾产生的根本原因。在这种对立冲突中，那些较有代表性的主人公往往能够超越自己的有限而走向无限，揭露人类本质。

什氏认为作品中主人公之间以及主人公与作家之间的关系是平等的，就像巴赫金“复调”理论所强调的，“陀思妥耶夫斯基的作品像被巴赫金所标注的那样，声音是平等的，没有被反

① Шкловский В. Б. *Гамбургский счёт*. М.: Советский писатель, 1990. 246.

② Шкловский В. Б. *Энергия заблуждения*. М.: Советский Писатель, 1981. 278.

③ Шкловский В. Б. *Гамбургский счёт*. М.: Советский писатель, 1990. 260.

④ Шкловский В. Б. *Гамбургский счёт*. М.: Советский писатель, 1990. 245.

对……陀思妥耶夫斯基表现出了对传统答案的反驳，所有他的试图在那个他描绘的争论内部找到答案的企图被反驳了”。[①] 不仅人物之间如此，同时每个人物的心理也是自相矛盾的。

（二）人物的动态性

人物不仅是独立的，同时也是不断发展变化的。蒂尼亚诺夫叙事理论的基本特征——动态性体现于其理论的方方面面，在他看来，作品中主人公的塑造也应遵循动态性规律。首先，蒂尼亚诺夫反对静态的人物观。所谓的静态的人物观并不是强调人物的静止不动，而是指不加改动，照搬生活中的人物。在《结构的概念》中，蒂尼亚诺夫说：“有一种批评把小说中的人物作为活着的人来研究和评判，不久前我们才放弃这类批评的做法。谁也不能保证，编写小说中人物的传记和根据这些传记恢复历史真实情况的企图已经彻底消失了。所有这些都是基于静态的主人公塑造的公式。”[②] 在文学作品中如实地呈现人物传记的做法行不通，文学中的人物或主人公相对于生活要发生一定变化，甚至可以虚构，就如同在莎士比亚的悲剧《麦克白》中，麦克白夫人的那句“我喂过婴儿的奶”与文中的事实完全不符，但却满足了情节设计的需要、符合语境的需要，所以具有存在的合法性，反而如实地阐述事实恰恰破坏了情节设计的张力。所以，蒂尼亚诺夫主张在人物塑造上也要坚持动态性的原则，在对一些经典作品、作家进行分析的时候他也常常阐释其中人物创造的动态性问题。

蒂尼亚诺夫认为：“没有静态的主人公，只有动态的主人公。我们只需知道主人公的符号、主人公的名字就够了，不用详细去探究主人公在每个具体情况下的具体细节。”[③] 对于主人公的认识

---

① Шкловский В. Б. *За и против*. М.: Советский писатель, 1957. 222.

② ［法］茨维坦·托多罗夫编选：《俄苏形式主义文论选》，蔡鸿滨译，中国社会科学出版社 1989 年版，第 96 页。

③ ［法］茨维坦·托多罗夫编选：《俄苏形式主义文论选》，蔡鸿滨译，中国社会科学出版社 1989 年版，第 97 页。

与研究不必纠结于其在现实生活中的某种经历或生活细节，在文学作品中他们已经做了诸多变形，或者相对于生活中的原型，其只是一个符号化的存在。当然，蒂尼亚诺夫上面的论述主要是针对那些人物传记型作品，那么其他非传记式作品中的动态主人公与静态主人公具体指的是什么呢?

在这个问题上，不得不提俄国形式主义的三元论情节观，蒂尼亚诺夫对于人物的认识与其关于本事与情节的理论是相统一的。在非传记类文学作品中，静态的主人公不是素材，而是按照生活的逻辑要求主人公的行为，具有完整的具体时空背景中发生的故事链条，属于本事之列；动态的主人公则是由于情节结构的需要而经过了作家的加工变形，改变了其原有的行为，属于情节之列，是文学作品的有机组成部分之一。对于读者，只能通过情节了解主人公，去感受作家的手法，无须去深究其个人在本事层面的种种琐碎细节，而且也只有在情节中才能真正认识作品的主人公，其价值在这里生成。

当然，蒂尼亚诺夫强调的动态的主人公不仅是从人物塑造角度探讨，在文学史上相关作家的影响与承继关系上，他同样主张从动态的角度去评价作家的创作。蒂尼亚诺夫按照这种动态性人物观，分析了大量的名家与名作，其在《陀思妥耶夫斯基与果戈理》这篇文章中就曾谈到，人物的塑造不能机械照搬、毫无变化，可以有对前辈经典的学习与模仿，但必须有新的创造与变化。陀思妥耶夫斯基就极力反对果戈理将人物类型化的做法，应该有所发展与变化，蒂尼亚诺夫将陀思妥耶夫斯基这种人物塑造的理念叫“对比”。当然，蒂尼亚诺夫所说的“对比”的范围较广，其中不仅包括戏拟与被戏拟的两个主人公之间的比较，还包括某作品中主人公自身在不同阶段或不同的情境中变化的对比。如陀思妥耶夫斯基的大量创作中，虽然有不少效仿果戈理的地方，但他并没有机械照搬，只是以果戈理为参照系，通过戏拟实现了质的变化，完成了“对比”之旅。陀思妥耶夫斯基在作品中塑造了全新的人物形象，甚至文学典型。人物的“对比”变化有多种表现形式，在同一部作品中，“如人物的语言开始时是平静的，结束时则是愤怒的，或者相反”。[①] 也可以是人物品行的变化，如人物在一个情境中是善良的，而在其他情境中则变成了邪恶的。不仅如此，“主题其实也像人一样会变老，表现为色调消失，复杂性消失”。[②] 陀思妥耶夫斯基在人物对话中也使用了这种方法，他常用笑话结束本来严肃的对话，反转叙事，人物的呈现更立体。其实，陀思妥耶夫斯基强调的“对比”实质依然是对动态性的强调，可以说，无论是人物的性格特点、精神面貌、思想品质，还是整个作品的情节设置等都处于不断变动之中。蒂氏认为不同时代的文学中人物的塑造变化较大，传统小说中人物的塑造较全面，屠格涅夫作品中的人物就像他的“儿女”，而现代小说中的人物则“只露半个头”，无论如何塑造，最终取决于情节加工的需要。

人物的特质除了上述两个方面，还有很多其他内容，如民族性、地域性等特征。在什克洛夫斯基看来，同一国家、民族文学作品中人物具有相似性，而不同国家、民族的人物形象往往存在一定差异。俄罗斯文学传统中的人物形象往往具有失败的爱情，普希金笔下的奥涅金、托尔斯泰笔下的安娜等都是如此，在情感生活上都是失败的。而法国文学就是另一种样子，作品的主人公往往是爱情的获得者，《战争与和平》的主人公就不是安德烈·博尔康斯基，而是安纳托尔·库拉金，而且他还会是娜塔莎，甚至是玛丽的拥有者。所以，什克洛夫斯基说：“俄罗斯知识分子的命运就是这样，俄罗斯小说中的主人公就是试情畜。”[③] 让公马

① Тынянов Ю. Н. *Поэтика · история литературы · кино.* М.：Наука，1977. 207.

② Тынянов Ю. Н. *Поэтика · история литературы · кино.* М.：Наука，1977. 174.

③ ［俄］什克洛夫斯基：《动物园·第三工厂》，赵晓彬、郑艳红译，四川人民出版社2016年版，第90页。

和母马交配前先选一匹个子矮小的公马，让其与母马“调情”，当“感情”不断升温越发浓烈时就会牵走这匹公马，牵来体格健壮的公马与母马交配。试情畜是动物界的悲情角色，爱而不得，与俄罗斯文学中的主人公十分相像。

第二节　人物的塑造

人物形象的重要性不言而喻，既服务于情节的塑造，同时自身又具备相对独立的价值。人物创造是否成功直接影响作品完成的质量，所以作家写作过程中必然十分重视人物的塑造。纵观中西方文学史，作家在人物塑造中探索总结的方法很多（如人名、语言、身份等）都是可以经过加工而成为人物的独特标志，成为其在情节中发挥作用的特殊推动力。根据人物在情节中发挥作用的大小能够进一步将人物进行区分，这种区分对于形象的研究具有一定的启示意义。

一　塑造手法

什氏认为艺术中没有偶然情况，任何事物的出现都具有必然性，就像人物身上的一些特点，如主人公的口吃，作家往往可以通过这一特点间接阐释主人公身上发生的在巨大压力下失去思想的故事。为了达到更好的艺术效果，作家们成功地使用了许多手法塑造人物。

（一）人名的选择

在人名的使用上，“巧使计谋”是许多作家常用的手段，艾亨鲍姆集中在果戈理的《外套》中分析了这一手法。《外套》对于艾亨鲍姆而言就是一场语言的游戏，游戏的结果是使读者获得幽默感，在这部作品中果戈理在语言的选择上耗费了大量精力，制造了多种能够凸显语言表现力的手法。果戈理十分重视作品中人名的设置，他认为作家“在选择与加工句子的时候往往不太考虑言语的逻辑规则，而较看重富有表现力的言语规律，在这种言语里，语音、模仿、有声音的动作起着特别的作用”。[①] 为了制造增强语言表现力的手法，甚至可惜牺牲逻辑规则，但其实这里遵循的是美学规则，具有更突出的美学意义。

首先，同音异义词的使用。果戈理十分善于利用同音异义词，在作品中的表现有多种形式，如相似的发音、相同的词源或意蕴的荒诞等，而且他不仅主动使用各种文字技巧，更对一些技巧进行“暴露”，会主动告诉读者他使用的手法。当然，也有故意隐藏的情况，无论“暴露”还是隐藏都是果戈理叙事手法的有机组成部分，让读者跟随他的叙事节奏前行。艾亨鲍姆对果戈理《外套》中人名的选择也做了大量分析，小说《外套》的写作经历了数次修改，出现了多个版本后才最后定型为我们今天看到的版本，在修改的过程中作家对人名、姓氏等多种内容做了修改与完善。如在主人公阿卡基·阿克基耶维奇的姓氏选择上，作家就曾拟定多个版本，最初将其定为 Тишкевич，后来果戈理感觉不太合适，又在 Башмакевич 和 Башмаков 之间犹豫，最后将其定为 Башмачкин（巴什马齐金），“最后使用了巴什马齐金这个姓氏，大概是因为果戈理对小后缀更感兴趣，这种形式具有强烈的发音表现力，它创造了自身独有的有声的动作”。[②] 果戈理在该姓氏上最终的选择取决于其增强作品表现力的程度，但这里的加工并没有止于此，在《外套》的开端，果戈理向读者引荐主人公巴什马齐金之后，随后又进一步介绍该姓氏的来历，甚至谈了一些

---

① Эйхенбаум Б. М. *О прозе О поэзии*: *Сборник статеи*. Л.: “Художественная литература” Лелиградское отделение, 1986. 48.

② Эйхенбаум Б. М. *О прозе О поэзии*: *Сборник статеи*. Л.: “Художественная литература” Лелиградское отделение, 1986. 51.

无关紧要的琐事：

> 这位官员姓巴什马齐金，仅从字面上，就知道原本是从巴什马克变来的，可是它是在哪一年，什么时候，如何从巴什马克变来的，这就无从考究了。父亲，爷爷，甚至妻舅和所有巴什马齐金家的人，都穿着长筒皮靴，一年只会换两三次鞋掌。他的名字是阿卡基·阿克基耶维奇。读者大概会觉得这个名字很古怪，别出心裁，不过请相信，它绝不是挖空心思想出来的，而是自然而然演变到这一步，无论如何也不可能为他起另外一个名字。①

在这里的巴什马克其实是译者直译的结果，单词 башмак 具有鞋子的含义，因而下文果戈理又无厘头地介绍了有关这个家族的鞋子的问题，他们几代人都穿长筒皮靴，还有关于鞋掌的问题，这些内容看似无聊又无用，其实它们也是作家创造手法的有机组成部分。艾亨鲍姆认为这是一种更为复杂的、双重的文字游戏，这里不仅在姓氏的选择上使用文字游戏，同时在严肃的外表下介绍荒诞的内容，两者之间的反差给作品带来了无限张力，同时也增强了作品的表现力，类似这样同音异义词手法的使用在作品《外套》中较多。

其次，毫无意义的人名或称谓的使用。有的作家自身或自己笔下的人物名字往往意蕴深厚，同其命运、个性等内容有着重要联系，但《外套》中还有一些人的姓氏、名字等不具备任何意义特征，纯粹是从语音层面为了增强效果而设置的。较典型的如阿卡基·阿克基耶维奇这个名字，艾亨鲍姆同样从作品的不同版本草稿和定稿的比较中进行分析。

---

① 《果戈理中短篇小说集》，刘淑梅译，北方文艺出版社 2012 年版，第 232 页。

除了人名，在叙事的过程中还有各种其他方面的称谓或表述也有这种无意义但表现力较强的情况，如《外套》的开头对主人公阿卡基·阿克基耶维奇的外貌有这样一段描写：总之，这个司里有一位很普通的官员任职，其矮小的身材，脸上有麻子，浅棕红色的头发，眼睛有点近视，头顶也有点秃，两颊布满皱纹，发黄的脸色让人怀疑他得过痔疮……这里的 геморроидальный（痔疮的）一词并不是现实主义的表现手法，没有任何逻辑价值，完全是从该词汇语言的表现力角度考虑。同时，由于作家奇特的联想，在描写主人公外貌的时候由其不好的脸色，想到痔疮，也颇具幽默滑稽的效果。

总之，在果戈理的《外套》乃至其他作品中，作家高超的写作能力展露无遗，除了上述同音异义词和无意义的人名与称谓还有很多其他手法。总之，表现形式种类繁多，其不变的原则是“作家十分善于使用最平常的词汇，忽视其逻辑意义或具体意义。相反，发音语义学被重视”。[①] 这里所说的最平常的词汇是指它们往往并不具有深厚的意蕴或象征暗示意义，但在发音表现功能方面则较突出，这是果戈理着力表现的内容。

（二）人物的语言

在情节展开的过程中，人物如何表达自己的所见所闻、所感十分重要，总体上可以分为两种类型。

一是人物在作品中“正常”的言语，表现形式较多样，有人物之间的对话、人物的内心独白、作家与人物之间的对话等，这些对话形式均是读者喜欢的呈现方式，也是作品中常见的表达方式，但为了取得更好的效果，作家往往在具体表达上要精心设计，如使用修辞手法、借助特殊语调等方式。

二是人物跳出作品的“正常”叙事，直接向读者喊话，这种

① Эйхенбаум Б. М. *О прозе О поэзии*：*Сборник статеи*. Л.：“Художественная литература” Лелиградское отделение，1986. 53.

表达方式能够给读者带来完全不同于前者的审美效果，强化了文本的叙事张力与空间。艾亨鲍姆在作品中直言，作家和主人公直接站出来和读者对话，或者向读者传达某种信息的情节依然属于作品的结构技法，如果将其理解为作家情感的直接表现就等于否认了艺术的存在。果戈理的《钦差大臣》中，邮政局长偷看了假钦差大臣的信件后得知真相，当他把这个消息告诉大家后，市长愤怒到极点，甚至跳出自己的角色向全世界人喊话："你们瞧哇，你们瞧哇，全世界的人们……这真是可气！不管什么职位，大家全要露牙大笑，拍掌欢呼。你们笑什么？笑你们自己！……你们这些人哪！……"[①] 还强调会有"弄破笔杆、乱涂纸张的人"将其写进喜剧里，这里市长不仅代表自己，更替作家在这里说话，模糊了文学与生活的界限。

形式学派多次强调这种人物语言表达的特殊形式，它能够打破读者阅读的一般惯性，即跟随作家的脚步，观察情节的发展以及人物的一举一动，上述这种变调给读者一种全新的感受，自己甚至也被纳入其中，成为被动与人物交流的对象，从而获得全新的艺术体验。

（三）人物的心理描写

什克洛夫斯基十分重视人物的心理描写，认为内心独白对于文学作品十分重要，整个抒情诗整体上其实就是内心独白，对于叙事类文本而言同样如此，它不仅是主人公（герой）讲述了什么，更是对故事的讲述，是对故事的展示方式，如托尔斯泰的《战争与和平》中对人物的心理描写就有很突出的作用。同时，作家对人物内心的描写使读者直逼其心灵深处，感受其精神的发展变化，更是向读者证明其自身的独立性，"在戏剧作品或小说

① ［俄罗斯］果戈理：《钦差大臣》，耿济之译，北方联合出版传媒（集团）股份有限公司、春风文艺出版社 2017 年版，第 103—104 页。

中有一些人，他们想的每一件事都是为了自己，而不是为了作家……"①有的替自己辩护，有的表达自己的真情实感，有的交代某种事实……总之，人物与作家之间并不是从属的关系。甚至什氏认为，在托尔斯泰的《安娜·卡列尼娜》中作家根本没有出场，作品的整个结构都是建构在人物内心独白的基础上，它构成了作品的基础。什氏还说过，"根本上展示的是战士——战士心理的研究，这个分析可能是关于交战的科学，意味着战争期间军事家的意志"。② 这里强调人物的心理描写依然体现了功能性人物观，对人物的各种塑造手法最终都服务于情节结构的建构。

（四）人物的出场

在对本事进行加工创造情节的过程中，关于主人公的出场问题，托马舍夫斯基提出了铺陈（экспозиция）的问题。有学者将 экспозиция 译为开端、交代。事实上，一般将 завязка 一词译为开端，是叙事的起点，但托马舍夫斯基使用 экспозиция 一词表示"对主人公及他们之间关系的最初状态背景的介绍"，③ 当然也有涉及中间部分的情况，不同于开端。我们也暂且称其为铺陈，用以区别于开端，铺陈更强调的是对一些引起情节发展的事实要素的交代。

托马舍夫斯基将铺陈分为几种情况：直接铺陈与延迟铺陈。当然，并不是所有的作品都进行铺陈，但大多数作品用其引出人物的出场。直接铺陈的情况较简单，是作者在开篇直接对于人物及人物间关系的介绍，是一种比较简单的叙事形式。延迟铺陈则较复杂，作者直接从人物的行为开始叙述，然后在叙述的过程中穿插有关人物背景的交代。穿插的方式比较多，或者说延迟的时间与方式比较丰富，可以延迟到故事发生的不同阶段，将前边没

① Шкловский В. Б. *Энергия заблуждения*. М.：Советский Писатель，1981. 169.

② Шкловский В. Б. *Энергия заблуждения*. М.：Советский Писатель，1981. 168.

③ Томашевский Б. В. *Теория литературы поэтика*. М.：Аспект Пресс，1977. 185.

有讲述给读者的关于人物的背景补叙出来，甚至可以延迟至结尾，这些后补充的内容往往对情节的发展或者读者理解情节有重要的影响作用。同时，可以直接地传达给读者，也可以间接地通过议论、暗示等手段向读者昭示各种信息，会增强叙事的神秘感，吸引读者。普希金的短篇小说《暴风雪》就是在小说的结尾作者才将关于人物的重要信息讲述出来，让读者恍然大悟，对此前的内容又有了新的理解。《暴风雪》的女主人公是家境殷实、美丽又对爱情充满理想的玛利亚·加夫里洛夫娜小姐，虽然周围不乏追求者，但她却爱上了穷酸的陆军准尉弗拉基米尔，玛利亚·加夫里洛夫娜的父母自然不能同意这一门不当户不对的婚姻，于是百般阻止，这对恋人只能偷偷地约会，通过书信互诉衷肠，最后约定私奔去教堂举行婚礼。在约好的日子，弗拉基米尔因为暴风雪而迷了路。没有等到弗拉基米尔的玛利亚·加夫里洛夫娜回到家后重病一场，父亲去世后随母亲离开了这个伤心之地，后来又爱上了一名军官，在结尾处军官向玛利亚·加夫里洛夫娜表白的时候，得知原来她在与弗拉基米尔相约的那个夜晚举行了一场婚礼，但在接吻的时候玛利亚·加夫里洛夫娜才发觉对方不是弗拉基米尔，那个人原来是眼前这名表白的军官。结尾的逆转，对人物身份信息进行明确交代，不论是故事的主人公还是读者为都为之一振，此前在教堂的那一幕幕重现，这样的结尾也显得更加厚重与令人回味。

需要强调的是，人物及其相互关系的背景如何介绍虽然是由作者掌控的，但主人公和读者的视野不是完全等同的。表现形式多样，有时读者了解而主人公不了解情况，有时主人公知道而读者不知道，甚至有时主人公一部分知道一部分不知道，等等。

二　人物的分类

每部叙事类文本往往都有大量人物，他们扮演着不同的角色，在情节中的作用不尽相同。叙事类文本中对故事主体的称谓主要有两种——人物（персонаж）和主人公（герой），在大多数成员的著述中二者并没有差别，常常混用。

托马舍夫斯基根据重要性的不同将作品中的主体做了人物和主人公的区分。“人物是各种动机的鲜活的载体，对人物的介绍是集中和连接这些动机的常见方法。将某个动机应用于某个人物身上有利于吸引读者的注意力。人物作为连接的纽带，可以引导寻找动机的方向，并且对把动机分类和排序起到辅助性的作用。另一方面，手法可以帮助我们理清人物及人物之间的关系。应该能够辨认出人物，他在某种程度上能引起读者的注意。”[①]

在托马舍夫斯基看来，人物只是作家创作方法的构成要素，是完成其写作使命的工具之一，并不是作品的主体。那么如何辨认在人物身上使用的方法呢？托马舍夫斯基认为这需要了解和认识人物的个性（характеристика），并“将与人物密切相关的动机的系统称为人物的个性。从狭义上讲，个性就是决定人物心理、性格的动机”。[②] 而且，托马舍夫斯基还看到了人物的个性并非一成不变，有的个性特征的确可以贯穿作品的始终，但有的个性则不断变化或被新的个性取代。如此重要的人物个性，如何向读者展示呢？托马舍夫斯基总结了两种策略，既可以直接显示人物个性，也可以间接显示。具体如何展示主要取决于作品的复杂程度。对人物个性的直接显示既可以来自作家或相关人物的直接介绍，也可以是人物独白，比较直接地将人物的某种个性呈现给读者。简单的作品可以在人物的名字上做文章，例如可以用一个专有的名字称呼人物便可彰显其个性。但一部作品人物的个性都由这样的方式传达给读者，必然不符合俄国形式主义的陌生化理

① Томашевский Б. В. *Теория литературы поэтика.* М.：Аспект Пресс，1977. 199.

② Томашевский Б. В. *Теория литературы поэтика.* М.：Аспект Пресс，1977. 199 – 200.

念。所以，还有间接显示的方法，这往往是较复杂的作品，它们主要通过人物行动的配合，当然，该行动还要和人物的心理相统一，方能使人物呈现为统一的整体。

托马舍夫斯基重点论述了其中的脸谱（маска）手法，关于маска一词的翻译问题存在争议，国内译者的意见未达成一致，还有学者将其译为“伪装”，本文遵从学者方珊的译法，将其译为“脸谱”。脸谱本是戏剧领域的一个术语，京剧是中国传统文化的重要代表，京剧脸谱源远流长，早在唐代文献中就有该现象的记录。脸谱是京剧在发展过程中孕育出来的一个较有特色的表达形式，是化妆技术演化的结果，具有鲜明的程式化特点，每个人物或每种类型的人往往有较固定的脸谱，观众比较好辨识，如白色脸谱往往代表奸诈多疑的人，典型代表如曹操。当然，我们这里并不是取脸谱的程式化表现形式，而是它的审美效果，读者看到作家的相关文字就能想到人物的某些特征。大多时候作者并不直接表现人物的个性，而是通过对人物的外貌、着装或姓名，甚至还包括人物自己的言语、谈话等手段，几乎一切描写都可以用伪装的手法，来达到侧面烘托的目的，作家的词汇表层与人物的真实存在形成了关系紧密的能指与所指关系。通过脸谱的形式来揭示人物的个性，增强了阅读的难度与乐趣。如果戈理《死魂灵》中对乞乞科夫拜访的最后一位地主普柳什金的精彩刻画，使这位典型的吝啬、腐朽没落的封建地主登上了世界文坛之巅。普柳什金的身份特性具有两面性，一方面是一位极为富有的地主，不仅死魂灵多，还有超多的物质储备，像干鱼、羊皮、粮食等堆满仓库，另一方面却又极端吝啬。他所代表的封建地主阶级已经走向了没落，但果戈理却突出他吝啬的性格特征，尤其富到极致与吝啬到极致的对比能够更形象地呈现作家的写作目的。果戈理对普柳什金的吝啬与没落的成功描写，绝对离不开对外貌及周围环境的精彩描写，在乞乞科夫去寻找普柳什金，但还未曾谋面就对其农庄的样貌做了细致的刻画，这农庄毫无生气，古老而荒凉，破败至极，难以想象这里生活着一为极为富有的庄园主，甚至乞乞科夫第一眼看见普柳什金的时候将其误认为一位老妈子，他的吝啬与腐朽已渗入骨髓，并由内而外地扩张。在房子的内部，其吝啬与腐朽更体现得淋漓尽致，阴暗、破旧、混乱、肮脏，难以想象这里会有人居住。其实果戈理还未开始对普柳什金的具体行动展开描写，但通过对其生活环境的描写，已经"脸谱"式地将其本质特征先入为主地呈献给读者，在人物的行动展开后，进一步强化读者对它的接受与理解，增强了表达效果。

与人物相对，托马舍夫斯基对主人公提出了更高的要求，将其看作给读者"印象最深刻，情感色彩最突出的故事主体，是读者较为关注的对象，能够引起读者的怜悯、同情、喜悦和悲伤的情绪"。[①] 该内容其实是在上述对人物的"脸谱"等方法阐释的基础上对作家进一步提出的要求，作家不能只考虑作品如何塑造，更要时刻关注其审美效果，只有引起预期的审美效果，作家的手法才具有价值。尤其作为叙事类作品中人物的更高级形态——主人公要成为读者注意的中心，所以，托马舍夫斯基还要求作品中的主人公要真正走进读者的心，要引起读者的情感共鸣，要引起相应的爱憎等情绪。为了突出其重要性，托马舍夫斯基甚至强调该"情感关系"也是作品的审美结构的重要组成部分。而且这种情感不同于日常生活中的情感，"在现实生活中，一个人可能引起大家的反感和厌恶，但在作品中却可以引起读者的好感"。[②] 由于有了审美的深化与升华，作家可以化腐朽为神奇。可见，他没有像什克洛夫斯基一样将美与善分离，而是在强调美的时候，也注意对善的把握，二者与真相统一，共同构成了其诗学理论的核心内容，在俄国形式主义诗学理论中可谓一道亮丽的风景线。也

① Томашевский Б. В. *Теория литературы поэтика.* М.：Аспект Пресс，1977. 201.

② Томашевский Б. В. *Теория литературы поэтика.* М.：Аспект Пресс，1977. 201.

就是说，在创作的过程中，作家不仅要专注于情节的设计，要尽可能地吸引读者，同时更要使读者做出真正的反应，要有所呼应，表现出相应的情感，这样才真正实现作品的价值。

所以，托马舍夫斯基自然会反对从现实生活的利害关系出发评价作品，这完全没有考虑到文学作品的特殊性，文学作品中尽管饱含情感，也能引起读者的情感共鸣，但它从根本上经受了审美的洗礼，已经脱胎换骨，焕发了新的生机和活力。这里托马舍夫斯基所暗指的自然是俄国形式主义学派所极力反对的19世纪较流行的各种传统批评理论，如心理批评、社会批评等方法。所以，他强调“必须遵照作家的指点，认认真真地读作品。作家的才能越突出，就越难以违背其情感指引，作品也就越令人信服。文学语言的这种说服力是进行教化和说教的手段，也是读者欣赏作品的根源所在”。[①] 真正优秀的文学作品必然引领读者逃离司空见惯的日常生活，感受作品的叙事之美，并对之有相应的内在回应，或者说在文本与读者之间要有双向的互动与交流，文本绝不是被动地存在。

托马舍夫斯基还在本事与情节的区分中阐释主人公，其在两种形式中的作用和表现形式完全不同。本事中主人公的作用并不突出，但在情节中主人公则成了连接叙事动机的重要纽带。前文已有论述，这里不再赘述。

托马舍夫斯基还对人物形象（主人公）进行了类型的划分，他认为陀思妥耶夫斯基笔下的人物倾向于变化和对比，而果戈理笔下的人物则是类型化的。陀氏在创作中使用了大量手法加强人物的变化，有名字的倒置，如 Петр Иван 和 Иван Петрович 两个名字的设计，还有字母的大量重复，如 Алексамдра Аделамда Аглая 三个单词有多个字母重复，十分相像，既有伪装又有对比，

① Томашевский Б. В. *Теория литературы поэтика*. М.：Аспект Пресс，1977. 201－202.

会让读者产生某种错觉与思考，似乎几个人之间会有一定关系。与之相应，果戈理笔下的人物名字则不会有这么多变化。

三　文学“典型”

学派在对主人公的阐释中也涉及了文学典型的问题，虽然没有直接谈到文学典型的称谓，但其对主人公的某些特征的概括与现实主义文学中典型的内涵“如出一辙”，在颇具革新性的俄国形式主义叙事理论体系中能够出现有关文学典型的论述难免令人惊奇。

主人公不仅仅是情节结构的构成要素，在蒂尼亚诺夫看来也是发挥作品思想功能的重要载体，作为由非文学的素材加工而来的主人公“可以是某个时代社会问题的缩影，较典型的如长篇小说《叶甫根尼·奥涅金》、《当代英雄》以及屠格涅夫的部分小说（如《罗亭》、《父与子》中的巴扎罗夫等）”。[①] 作品中展示的虽然是奥涅金、罗亭等人身上发生的故事，是个人的具体行为，但他们的所作所为在其所生活的时代又具有普遍性，代表了那个时代人们的思想、心理以及社会存在的普遍性特征，可谓个别性与一般性的统一。“长篇小说中的主人公在人们的语言中普遍地成为一定社会倾向和社会问题的代表”,[②] 所以透过主人公，读者可以感受到其所表征的深刻的社会问题，作品的内容也随之升华，成为具有普遍意义的存在。而且通过这种方式呈现比抽象的道德说教具有更直观、深刻的效果，就像冈察洛夫的作品《奥勃洛摩夫》，其中的主人公奥勃洛摩夫生活在一个因循守旧、愚昧落后的贵族庄园，虽然庄园很大，奴隶也很多，但整个庄园死气沉沉，主人不关心庄园外的任何事情。作为庄园主的奥勃洛摩夫辞去了工作，不与外界交流，整天就是躺在沙发上消磨时光，尽管

① Томашевский Б. В. *Теория литературы поэтика.* М.: Аспект Пресс, 1977. 254.

② Томашевский Б. В. *Теория литературы поэтика.* М.: Аспект Пресс, 1977. 254.

后来也恋爱结婚了，但依旧没有改变他的生活方式，没有从懒散的状态中觉醒，最后因长时间缺少运动体重过大中风而死。这里奥勃洛摩夫所代表的不仅仅是他自己，更是那个腐朽、没落、即将退出历史舞台的封建农奴制度，他身上的所有问题与症结都是该制度的缩影，作家这里通过典型人物奥勃洛摩夫为我们揭示了“多余人”所生活的那个即将退出历史舞台的“多余时代”。

蒂尼亚诺夫还认为，对主人公的塑造还要让读者感受到作家的态度，不能只做纯客观的描写，要有所倾向地投入一定情感态度，“对主人公的情感渲染可以引起人们对主人公及其思想的共鸣”。[①] 为了让读者更好地在主人公这里获得上述情感信息，作家需要在塑造主人公的时候引起读者的同情，进而也会顺理成章地接受他的思想，“这种转变可以通过本事来实现，让体现思想的动态原由在结尾处取得胜利”。[②] 当读者读到该结尾时，也会被这有意而为之的结尾影响，从而进一步形成对主人公的认识。当然仅仅在结尾处努力还不够，同时还要有手法的推波助澜，“还要强调，要通过特别的方法系统将读者的注意力引向不应该被平等看待的主题内容上来”。[③] 也就是说，在蒂尼亚诺夫这里，一部文学作品从来都不是单纯的故事，它还承载着思想功能，所以叙事手法之于蒂尼亚诺夫，与什克洛夫斯基有所不同，在俄国形式主义时期的什克洛夫斯基那里，陌生化方法不具有思想功能，只在情节结构的过程中成为吸引读者的重要手段，甚至决定着作品的成败。

什克洛夫斯基后俄国形式主义时期明确表示反对当时塑造典型环境中典型人物的观点，“读者认为，小说中的主人公——是典型环境中的典型人物，但对人而言是不幸福的典型。这在民俗小说中是正确的……典型环境中的典型人物——是诞生在生活方式断裂的

---

① Томашевский Б. В. *Теория литературы поэтика.* М. : Аспект Пресс, 1977. 255.

② Томашевский Б. В. *Теория литературы поэтика.* М. : Аспект Пресс, 1977. 255.

③ Томашевский Б. В. *Теория литературы поэтика.* М. : Аспект Пресс, 1977. 255.

时代的不幸的人，感觉失去了好像应该在其后的位置的人”。①

尽管学派叙事理论中出现有关文学典型的理念，但从根本上依然反对文学形象的生活原型问题。什克洛夫斯基认为原型就是作家创作中为加工作品中的人物所依据的日常生活中的存在，反对探寻人物原型的做法，“关于自己的主人公的讲述相比较现实存在的人物可以说的更多”。② 即使是传记文学或根据真实经历、历史创作的文学作品，其中的人物与真实生活中的人也有着质的区别。即使可以直观到人与物的电影作品亦如此，“电影中的‘主人公’不再是‘可见之人’和‘可见之物’，而是‘新’人和‘新’物，即经过艺术加工的人和物，即电影的‘人’和‘物’。可见之人的可见关系，被电影中‘人们’的关系所破坏和取代，而且是每时每刻、不知不觉、自然纯朴地被破坏和取代的，这便构成艺术的基础”。③ 这里的“可见之人”与“可见之物”对应的是日常生活中的人与物，它们与电影作品中的各种形象有着本质的差异，在电影中都被变形了，只有作为“意义的符号”出现，才真正成为电影的有机组成部分。

四 作家的“代言人”

文学作品中出现的主体不完全是主人公或人物，有时也是在传达作家的声音，这就是作品的讲述人。讲述人是作品中作家的代言人，完成作家的指令，支配各种叙事要素，俄国形式主义叙事理论虽没有大量阐释叙事类作品中讲述人（рассказчик）的问题，但由于学派对叙事手法的重视，在理论建构中必然十分看重

① Шкловский В. Б. *За и против*. М. : Советский писатель, 1957. 575.

② Шкловский В. Б. *Избранное в двух томах. Том первый*. М. : Художественная литература, 1983. 267.

③ ［俄］什克洛夫斯基等：《俄国形式主义文论选》，方珊等译，生活·读书·新知三联书店1989年版，第63页。

讲述人的功能，所以从学派的理论建构中我们能够感知到其对讲述人的态度与认识。

托马舍夫斯基的叙事理论对故事的讲述人进行了探究，他不同于生活中的作者本人，是在作品中出现并向读者讲故事的人，且在本事向情节转化的过程中起着关键的作用。"讲述人在本事材料的间接展开中发挥重要的作用，因为通常是用故事的特点来推进情节。"① 讲述人巧妙地利用本事的特点，将故事恰当地传达给读者，在不同的作品中讲述人的存在方式多种多样。托马舍夫斯基谈及了叙事视角与视域的问题，当然，二者的称谓是后来叙事理论的功绩了，但在托马舍夫斯基这里已经比较敏锐地意识到了它们的存在。

首先是讲述人切入作品的方式有所不同，"讲述方法多种多样，或者像普通的信息一样，不添加作者阐释的客观介绍（客观的讲述），或者以一位具体的主人公的名义讲述。有时讲述人是作为其他主人公讲述的倾听者的身份（如普希金的小说《射击》、《驿站长》中的讲述人），或者作为某种程度上的见证人，或者是所述事件的参与者之一（如普希金的《上尉的女儿》中的人物）。有时见证者或倾听者可以不是讲述者，在其客观的讲述中可以知道，他知道或听到的内容，虽然他不在故事中起任何作用（如马图林的《流浪汉梅尔莫特》）。有时采用的是复杂的讲述方法（如《卡拉马佐夫兄弟》中，讲述者是其见证者，但在作品中并不出现，通篇只是抽象的叙述）"。② 同时托马舍夫斯基又进一步将讲述分为两种基本类型，即抽象的讲述与具体的讲述，其实两者大致相当于全知视角与限知视角。抽象的讲述是"上帝式"的全能视角，叙述人无所不知，能够洞悉所有需要的叙事要素，包括故事在不同时空的发展变化，甚至每一个细节、人物内心的隐秘

① Томашевский Б. В. *Теория литературы поэтика*. М.：Аспект Пресс，1977. 187.

② Томашевский Б. В. *Теория литературы поэтика*. М.：Аспект Пресс，1977. 187.

等。具体的讲述强调的是讲述人只能讲述其真正知道的情况，与抽象的讲述相比，其视域变小了。当然，也有两种讲述方式混合在一起的情况，指的是叙述人在不放弃全能视角的情况下，叙述每个主人公的时候，只讲述这个人物能力所及的各种存在，视线转移到其他人物的时候，同样如此。我们前面谈到的托马舍夫斯基列举的德国作家威廉·豪夫的童话故事《仙鹤哈里发》中的叙事模式即是如此，作者分别立足于哈里发与变为猫头鹰的公主去讲述，最后在关键时刻两条线索合流。

艾亨鲍姆认为叙述本身也是作品的一个形式要素，可以分为两种类型：一是作家直接发声，讲述自己的所观所想；二是通过主人公的言语表达，此时作家往往通过评论来叙述。甚至有的时候作家也像某些主人公一样，跳出自己的身份，直接以真实的身份向读者揭露或交代某些事实，或提醒读者注意某些问题。第二种情况以人物语言为主，而且作家的描写取代了叙述，在艾亨鲍姆看来，有一些就比较接近戏剧文学了。艾亨鲍姆这里所说的两种叙述形式在古今中外的作家作品中，有的单独呈现，有的则是二者混合。如我国四大古典名著《红楼梦》《西游记》等作品中，不仅有作家的直接描写，还有大量人物直接对话的内容。至于艾亨鲍姆所说的接近于戏剧的情况是以人物语言为主的作品，但大多数情况下依然是以作家的叙述为主。

"作家通常把自己扮成主人公，通过主人公讲述。一点点的改变，也能很大地改变作品。"[①] 主人公在托马舍夫斯基这里还具有作家思想的传声筒的作用，尤其在戏剧与长篇小说中较突出。作家习惯于通过主人公来表达心声，无论是正面人物，还是负面人物都可以具有该功能。"作家常常借助正面人物（发表议论的角色）表达自己的观点，但也通过负面人物表达自己一些太出格

① Шкловский В. Б. *Гамбургский счёт*. М.: Советский писатель, 1990. 380.

的想法。”[①] 这里不仅表达了托马舍夫斯基对主人公功能的新看法，更体现了其对作家的重视。但作家往往不自己站出来表达观点，而是寻找一个代言人，有些可以直接借助于正面人物表达，有些不便的如容易受到批评的，则借助于负面人物呈现，这样就不会引起读者的反感和指责。当然，这也增加了读者阅读的难度，要对作家的真正意图进行准确辨析。总体而言，托马舍夫斯基相对于什克洛夫斯基、雅克布逊等人更重视作家在作品中的存在，不仅体现在艺术手法的创造上，更体现在思想的传达上。

同时，俄国主义叙事理论还关注了视点的问题。蒂尼亚诺夫在论述电影的原理时说过，“它有时从剧中人的视点，有时则从观众的视点表现细节；有时利用分割细节的效果，即非时空性，把它作为有独立意义的符号”。[②] 导演在安排布局的过程中，往往从不同的视点出发向观众讲述电影情节，有的是从剧中某个人物的视点，讲述他看到、听到或想到的细节，也可以从观众的角度表现。所以，叙述视角的选择也是俄国形式主义叙事理论在人物塑造方面比较重要的问题之一，什克洛夫斯基、托马舍夫斯基等都做过具体的论述。托马舍夫斯基就强调作家创作时一般会采用一些不同寻常的讲述视角，以此来给读者造成与众不同的陌生感。

当然，作家还会通过更加隐蔽的方式在作品中出现，蒂尼亚诺夫认为优秀的作家一般都有自己的创作个性，他（她）在作品中往往通过词汇、句子和句法等内容来彰显自己的独特性，所以蒂尼亚诺夫将文学作品看作作家的代言人，每一部作品就是其个性的具体化，所以有的时候我们读到一部作品就可以猜到其主人是谁。这种具体化是任何一部作品生成的必要程序，作家会在通

① Томашевский Б. В. *Теория литературы поэтика.* М.：Аспект Пресс，1977. 254.

② ［俄］什克洛夫斯基等：《俄国形式主义文论选》，方珊等译，生活·读书·新知三联书店 1989 年版，第 67 页。

过词汇和句子在文章的各个角落刻上自己的“名字”，其中较典型的是作家在作品中的“称谓”。蒂尼亚诺夫列举了19世纪的作家曾以“新乡村居民”的称谓作为其在作品中的署名，这里作家想告诉读者的绝不是其生活在新乡村、他的生活与这个地方有什么样的关系。作家的真正意图在于通过该现象背后承载的内容丰富文本，这些内容又不便直言，通过这种含蓄的方式呈现会起到事半功倍的效果。当然，作家除了对自己的称谓精心设计，其在作品中的姓名或笔名同样大有深意。如我国当代文学中有的作家在作品的最后署名——居士或隐者等，这里并非告诉读者自己作为居士或隐者的身份，更想交代给读者的是作家的心理状态，虽生于闹市，但心早已远离尘嚣，作品即是在这种心境下的创作，同时其中的内容与作家的心境存在某种深层关系，所以这样的笔名也是作家与读者间接沟通的有效途径。

形式学派的诗学理论近乎疯狂地彰显形式的本体地位，他们为了凸显情节塑造手法的重要性，不可避免地“降低”了人物形象、时间等内容的作用，提高了前者重要性的同时低估了后者的作用。但在有关主人公（人物）的有限概括中也在一定程度上体现了学派成员深刻的思想与整体学术理念。

第四章　俄国形式主义叙事理论的骨架：时空观

叙事学作为一门学科兴起于 20 世纪中期以后，发展十分迅速，很快便波及了人文社科的多个研究领域，产生了较大影响。叙事学在 20 世纪经历了经典叙事学与后经典叙事学两个重要发展阶段，在当下依然是一门显学，吸引了一大批学者纷纷著书立说。尽管如此，叙事学理论大厦内部的发展并不均衡，在时间与空间的问题上就有突出表现。

包括小说、电影、戏剧等各种类型文本在内的叙事作品中，只要涉及叙事就必然离不开时间与空间问题，二者支撑起了故事的框架。但纵观西方文学史漫长的发展脉络，一直较重视将故事设置于时间的逻辑框架中，同样，叙事理论的建构也将主要方向放在了时间维度上，与其相对的空间维度则处于被“悬置”或被忽视的尴尬境地。20 世纪随着小说、电影、戏剧等叙事类文本呈现出的新趋势，即现代主义、后现代主义思潮的出现，人们逐渐放弃了文学创作中依赖时间维度的叙事逻辑，同时在理论层面，也开始重视叙事类文本中空间问题的存在以及给叙事类作品带来的新的价值实现模式。这种转向越来越引起人们的重视，空间叙事理论的建构吸引大批研究者的关注，纷纷著书立说，成为叙事学当下的研究热点之一。

总体来看，由传统叙事理论中的“独尊”时间，发展到空间叙事理论的空间“至上”，可以说从一个“极端”走向了另一个“极端”。之所以在传统叙事理论中重视时间问题，并不是因为其中没有空间要素，而是因为空间在传统作品中的呈现方式有别于现代小说。在传统叙事文本漫长的发展过程中，空间因素虽不可或缺，但它一般指的是人物活动的具体地点、背景，是环境的代名词。同时，空间的呈现离不开时间，它常常被置于严密的时间逻辑及其变体的因果逻辑中，成为体现时间演变或转换的工具，是被动的存在；但在20世纪现代与后现代叙事文本中，时间与空间的存在方式、地位与功能都发生了反转，时间或因果逻辑已经不再是作家组织、安排叙事要素的根据，其功能被空间取代。事实上，这两个“极端”的发展过程中间并非没有过渡，在空间叙事理论的奠基人物弗兰克等提出具体理论之前，发轫于20世纪初的俄国形式主义叙事理论中就已经表现出对抗传统的勇气和决心，在叙事理论中表现出了关注空间叙事的倾向，走在了学术前沿。同时，学派在时间问题上也有所建树，分别分析了“断裂”的时间与“真实”的时间，丰富了叙事理论中有关时间问题的论述。

第一节　西方叙事理论中时间与空间维度的“失衡”

叙事可以超越国家与民族，可以贯通真实与虚无，但无法绕过时间与空间的“约束”。时间与空间是支撑叙事类作品的基本构架，时间既可以在空间中流淌，也可以在空间中停滞。反过来，空间既“阻断”了时间，也“延长”了时间。康德在《判断力批评》中谈到，时间、空间两个要素作为先验的感性形式，是事物最基本的存在方式，甚至有学者认为康德的表述“是哲学史上对空间和时间问题所做的最权威的解释”。[①] 但在西方叙事理论的漫长发展历程中，人们并没有将时间与空间“平等”对待，延续两千多年的传统叙事理论较注重时间维度，突出地强调时间因素在叙事类文本安排叙事要素中的决定性作用，20 世纪中后期出现了重空间维度的空间叙事理论，用空间取代了时间的霸主地位，总之，叙事理论对时空问题的探讨总体上呈现出极不平衡的两极现象。

一 “独尊”时间的传统叙事理论

西方延续了两千多年的传统叙事理论在漫长的发展建构过程中，有关情节、人物、主题、视角等理论不断丰富与演变，但在时间与空间的问题上，理论基调未发生大的变化。长久以来，空间往往是被动的，只是人物活动的背景和环境，与其他叙事要素共同服从时间维度的规范。相对于空间，时间成了叙事文本的显性要素，甚至直接“决定”着故事的走向与结局。

究其原因，这种重时间维度的叙事学研究滥觞于亚里士多德的诗学，亚里士多德在《诗学》中对悲剧做了这样的界定，认为“悲剧是对于一个严肃、完整、有一定长度的行动的摹仿”，[②] 正如有学者所说，“对‘具有一定长度的行动的摹仿’，就明显包含着时间的要素，一切事件都必须包含在时间中。在谈到悲剧与史诗的差别时……依然强调了时间的重要性”。[③] 同时，在对悲剧的存在要素的规范中，亚里士多德将在时间中展开的情节列为其最重要的因素。由此可见，亚里士多德在建构悲剧理论时突出地强

① 龙迪勇：《空间叙事学》，生活 · 读书 · 新知三联书店 2015 年版，第 1 页。

② ［古希腊］亚理斯多德：《诗学》，罗念生译，人民文学出版社 2002 年版，第 16 页。

③ 谭君强：《论小说的空间叙事》，《云南民族大学学报》（哲学社会科学版）2010 年第 5 期。

调了悲剧在时间链条中的存在，突出了故事存在的时间要素，而忽视了其空间维度。由亚里士多德奠定的重时间维度的叙事理论在西方延续了两千多年，直到空间叙事理论的出现，才对这种格局产生了巨大的冲击。

当然，文学理论的建构离不开人们对于文学作品的基本认识，亚里士多德的叙事理论有着较为鲜明的时代特征，一定程度上体现了当时人们对文艺作品的普遍认识，这较符合传统叙事性作品真实的发展状况。传统叙事性作品往往以故事在时间中的存在为骨架，强调其在时间维度上的延续性。如作为欧洲叙事诗标杆的“荷马史诗”，无论是《伊利亚特》，还是《奥德赛》都展现了诗人高超的语言技巧，将形象鲜明的英雄人物与恢宏的气势都融入时间的链条中，故事往往按照事件的起因、经过和结果的脉络呈现给读者，即使有倒叙、插叙等叙事手法，但它们依然是在时间链条上的错位，读者仍可以将其还原为完整的线性脉络。除此，在一些作品中，故事不仅在时间的流淌中展开，时间的错置更从根本上影响了故事的结局。如沈从文先生创作的《媚金·豹子·与那羊》，故事描写了发生在作者心中的理想之地——湘西的一个凄美而令人心碎的爱情故事，白脸族极美的女人媚金和凤凰族极美又有一切美德的男子豹子因唱歌而相爱了，于是相约晚上在宝石洞见面，按当地的风俗，豹子要带一只小白羊以象征自己的忠诚，夜晚来临的时候，豹子先去找羊，但并不顺利，找到小羊后又带它去治疗伤口，可与媚金相约的时间早就过了，当豹子抱着小羊来到洞口时却发现，媚金以为豹子辜负了她，早已将随身带来的刀子刺进了自己的胸膛，豹子看到奄奄一息的爱人后悲痛欲绝，说明了原委后，豹子将自己的胸口袒出来，将插在媚金胸口的刀拔出来刺进了自己的胸膛，天亮后，族人来到山洞，看到的是这对恋人冰冷的尸体和敷过药的半死的小羊。导致悲剧的并不是背信弃义和不忠诚，而是豹子为了不在爱人面前失信而错过了相见的时间，在这里时间对故事的发展、结局起着决定性的作用。

即使有学者如莱辛，虽然强调“一切物体不仅在空间中存在，而且也在时间中存在”，[①] 但在划分艺术门类时，仍然对各艺术门类在表现事物时有不同的侧重，并专门对诗和绘画的区别做了详尽的分析，“既然绘画用来摹仿的媒介符号和诗所用的确实完全不同，这就是说，绘画用空间中的形体和颜色而诗却用在时间中发出的声音；既然符号无可争辩地应该和符号所代表的事物互相协调；那么，在空间中并列的符号就只宜于表现那些全体或部分本来也是在空间中并列的事物，而在时间中先后承续的符号也就只宜于表现那些全体或部分未来也是在时间中先后承续的事物”。[②] 所以，莱辛将绘画与诗分别定性为空间的艺术和时间的艺术。当然，莱辛这里的空间不完全等同于空间叙事理论中空间的内涵，还局限在突出强调地理位置上的存在，但对以诗为代表的、以文字为传播媒介的文学作品则突出强调其时间维度。

20 世纪初，英国学者爱·摩·福斯特在《小说面面观》中论述情节时，列举了两个命题：“国王死了，不久王后也死去”和“国王死了，不久王后也因伤心而死”，前者是故事，后者则是情节，并且认为“虽然情节中也有时间顺序，但却被因果关系所掩盖”。所以，“我们曾给故事下过这样的定义：它是按照时间顺序来叙述事件的。情节同样要叙述事件，只不过特别强调因果关系罢了……虽然情节中也有时间顺序，但却被因果关系所掩盖”。[③] 福斯特试图用因果关系取代西方叙事理论中影响深远的时间维度，然而其叙事理论中因果关系的实质依然是时间性的，依旧没

① ［德］莱辛：《拉奥孔》，朱光潜译，人民文学出版社 1982 年版，第 83 页。

② ［德］莱辛：《拉奥孔》，朱光潜译，人民文学出版社 1982 年版，第 82 页。

③ ［英］爱·摩·福斯特：《小说面面观》，苏炳文译，花城出版社 1984 年版，第 75 页。

有跳出叙事理论重时间维度的传统。事实上，如果将故事的因果关系作为文本的内在逻辑和根据，那么，我们追问的虽不再是“什么”之后发生“什么”，而是由于“什么”，能导致“什么”结果。其实，二者在本质上并无区别，原因与结果在时间链条上依然是先与后的存在，可以说，因果关系是时间关系的一种变体。

由此可见，一方面由于传统叙事类作品讲述故事时往往将其放在时间的框架内，故事在时间的链条中流淌；另一方面，奠定西方叙事理论基调的亚里士多德叙事理论尤为注重时间在情节发展中的作用。两者相互影响，使西方叙事理论在漫长的发展过程中更突出地强调时间维度的存在，将空间置于被动的境地。当然，在 20 世纪中后期的空间叙事理论出现之前，兴起于 20 世纪初的俄国形式主义叙事理论已经在时空问题上做了探索，开始有意削弱时间在安排、组织叙事要素中的作用，有意凸显空间的存在，但这里的空间还不能完全等同于空间叙事理论中空间的内涵。

二　空间“至上”的空间叙事理论

西方延续两千多年的传统叙事理论时空观基本格局的彻底改变应归功于 20 世纪中后期的空间叙事理论，它从根本上打破了传统叙事理论中叙事时间的延展性，用空间维度取代了传统时间维度的“霸主”地位。面对如此强大的叙事传统，空间叙事理论的崛起离不开文学创作领域的巨大变化。现代主义以及后现代主义艺术的出现，完全颠覆了传统文艺观，在文学创作领域，原来在时间维度中展开的线性结构被打乱，叙事要素被“粗暴”地置于不同的空间碎片中，完整而连贯的情节不复存在，取而代之的是淡化情节，甚至是无情节，当然，也可以说，从现代主义文学开始，传统的情节已不复存在，取而代之的是全新的、由空间的“并置”来维系的文学作品。与此同时，文学理论研究者也及时捕捉到了这种变化，空间叙事的出现势不可当，成了20世纪中后期以来叙事理论的重要发展方向之一。

伴随着现代主义和后现代主义文学艺术的蓬勃发展，它们区别于传统文学的特征越来越引起人们的注意，在叙事的时空问题上，美国著名文学批评家约瑟夫·弗兰克在1945年提出了小说叙事中的空间问题，这引起了学界的关注。弗兰克认为，读者如果依赖传统时间的线性结构模式来理解现代小说的新变化已经行不通了，“正如在《荒原》里一样，如果读者假定：因为语言究竟是在时间中进行的，所以，《夜间的丛林》必须当作一个叙述顺序来理解，那么，他就会感到非常困惑”①。所以，现代小说破坏的不仅是传统的时间链条，更是传统叙事类作品的文本价值实现模式。为了应对20世纪以来文学发生的新变化，读者应该改变接受文本的策略。文本变化的根本在于作家用空间维度取代了传统叙事理论中时间维度的“统治”地位，而空间则变为安排叙事要素的基本逻辑和规范。美国叙事理论家杰罗姆·科林柯维支说过：“理想的空间小说大概是符合这个样式的纯粹的小说。这样的作品大概是必须被彻底解除再现某一情节的责任；而且，它大概也根本没有必要去表现其他间接的现实，确切地说，它应该成为它自己的现实，在那儿，读者的愉悦并不在于辨认出对一个熟悉世界的巧妙描写，而在于欣赏它的组成要素，正如在一幅绘画中，这些因素可能成为一个空间叙事”。② 这也正是读者面对现代文学出现以来叙事类文本的新变化不得不做的调整，否则便对其

① ［美］约瑟夫·弗兰克等：《现代小说中的空间形式》，秦林芳编译，北京大学出版社1991年版，第49页。

② ［美］约瑟夫·弗兰克等：《现代小说中的空间形式》，秦林芳编译，北京大学出版社1991年版，第53页。

无能为力。

当然，叙事作品中的时间与空间的二维存在不能绝对地分开，只是二者在传统与现代叙事类作品中的表现方式有着本质的差别。在传统叙事类作品中，时间维度是安排叙事要素的根本原则，空间只是其中的一个要素，是主人公行动的背景与场所，是环境的代名词。但在现代叙事类作品中，时间与空间的作用与地位发生了反转，时间维度的“统治”地位被空间维度取代，空间的“并置”成了文本的叙事伦理，时间成了被空间“安排”的叙事要素之一。“并置”一词是由空间叙事学的重要奠基人约瑟夫·弗兰克提出：“它是指在文本中并列地置放那些游离于叙述过程之外的各种意象和暗示、象征和联系，使它们在文本中取得联系的参照与前后参照，从而结成一个整体；换言之，并置就是‘词的组合’，就是‘对意象和短语的空间编织’。”[①] 空间之于弗兰克等空间叙事理论家而言，更是一种意义体或意义单元，艺术作品就是由这些意义单元的“并置”而成，各意义单元之间相对独立，又相互联系，共同构成文学作品的意义世界。而读者对作品的接受也一改对线性流动的时间中发生的情节的梳理，而是跟随作者在其所加工的各空间穿梭。所以，读者只有在整合完所有的意义单元，即空间意义体，才能在头脑中有机加工出艺术作品的完整世界。

其实，由空间“并置”起来的作品并不是 20 世纪文学的专利，在现代文学出现之前的 19 世纪就有部分文学作品表现了空间化的倾向。法国作家福楼拜的《包法利夫人》在总体上依然是在传统叙事套路中展开叙事，但在写到举办州农业展览会一段内容时，采取的叙事手段令当时的读者耳目一新。福楼拜意欲将展览会上同时发生于不同角落的丑态都呈现出来，时间的线性结构在这里失去了其神圣的效用，取而代之的是将同一时间里不同角落

① ［美］约瑟夫·弗兰克等:《现代小说中的空间形式》，秦林芳编译，北京大学出版社 1991 年版，第 3 页。

的空间“并置”。为了避免混乱，福楼拜采取分层描写的方法，这里有处于最高位置的罗多尔夫和爱玛两人的虚假而含情脉脉的聊天，罗多尔夫为了得到爱玛的怜爱和关注而将自己编造成一个可怜而值得同情的角色；俯视时，首先能看到的是站在讲台上发表演说的省府参事，他在那里夸夸其谈，对“美丽的祖国的现状”进行了毫不掩饰的歌功颂德；主席台下的“整个广场直到居民住宅前面都挤满了人。所有窗口都趴满人，门口也站满了人……后面会冷不防传来长长的一声牛哞，或者羊在街角处咩咩叫唤”。[①]对展览会丝毫不感兴趣只顾调情的罗多尔夫和爱玛被设置在了较安静的镇公所二楼，社会地位较高的“领导们”在主席台上，台下是混杂的人群和牛羊。可以说，关于农业展览会的这段描写，将丑态百出的人们划分出不同的空间，它不仅仅是物理意义上的背景，更是复杂的意义体，作者的视线在三者之间游走，能及时地将最新境况展示给读者。弗兰克表示：“这个场景小规模地说明了我所说的小说中的形式空间化。就场景的持续来说，叙述的时间流至少是被终止了：注意力在有限的时间范围内被固定在诸种联系的相互作用之中。”[②]

事实上，弗兰克的空间叙事理论在强化空间维度重要性的同时并没有绝对否定时间因素的存在，他将其中的时间称为“纯粹的时间”，这种时间不同于传统叙事理论中所说的时间，或者可以说，“‘纯粹的时间’根本就不是时间——它是瞬间的感觉，也就是说，它是空间”。[③] 就其实质而言，“纯粹的时间”乃另一个形式的空间，传统的时间观念在这里失去了效用，它被整合为空

① ［法］福楼拜：《包法利夫人》，罗国林译，中国友谊出版公司 2014 年版，第 150 页。

② ［美］约瑟夫·弗兰克等：《现代小说中的空间形式》，秦林芳编译，北京大学出版社 1991 年版，第 3 页。

③ ［美］约瑟夫·弗兰克等：《现代小说中的空间形式》，秦林芳编译，北京大学出版社 1991 年版，第 15 页。

间的组成要素了。

一方面，文学创作的转向为理论的发展与创新提供了丰厚的文学滋养，另一方面，理论的建构又反过来促进此类文学的创作。正如杰罗姆·科林柯维支所说：“自从弗兰克论述空间形式的由三部分组成的论文于 1945 年发表以来，甚至从 1963 年再版以来，一种全新的小说形式得到了发展（这种小说在形式上基本上是空间的）。”[①] 此后，一些美国小说家如科特·冯古内特、唐纳德·巴塞尔姆、耶齐·科辛斯基等创作了大量凸显文学叙事空间维度的作品。“这种作品最显著的特征就是：为了有利于一种完全自觉的创作形式，它抛弃了人物、情节、主题发展、叙述顺序、最终是幻想本身（‘暂停怀疑’）这些传统观念。”[②] 同时，空间叙事理论的发展也“迎合”了 20 世纪出现的读者中心论。“从空间艺术家提供的那些结构因素中，读者在其心目中形成了被创作出来的小说；读者不再被束缚在由纸页上记录下来的事件的时间连续之中，而是要求读者从作品本身的对象中得出它自己的连续结果。”[③] 这类作品对读者提出了更高的要求，读者曾深深信赖的时间链条和因果逻辑已经无能为力，它要求读者清晰“并置”在一起的每一个要素之间的内在逻辑，在读完整个作品时对其进行整合，“空间”乃至叙事本身的真面目才能完全显现。

综上所述，时间与空间尽管是叙事类作品中不可或缺的要素，但传统及现代以来的叙事类作品分别表现出了重时间维度与重空间维度的不同倾向，这也直接导致传统叙事理论与 20 世纪中后期形成的空间叙事理论分别重时间与空间的两极现象。

---

① ［美］约瑟夫·弗兰克等：《现代小说中的空间形式》，秦林芳编译，北京大学出版社 1991 年版，第 54 页。

② ［美］约瑟夫·弗兰克等：《现代小说中的空间形式》，秦林芳编译，北京大学出版社 1991 年版，第 55 页。

③ ［美］约瑟夫·弗兰克等：《现代小说中的空间形式》，秦林芳编译，北京大学出版社 1991 年版，第 64 页。

第二节　俄国形式主义叙事理论的时间观

时间问题是所有叙事理论体系无法绕过的重要范畴，但在不同体系中对它的认知与定位有所不同。俄国形式主义在西方叙事理论发展脉络中扮演了承前启后的特殊角色，在时间的问题上也较有见地。“形式主义者将主要的注意力分给了诗歌语义的主要问题了，就像诗学中的时间与空间，他们把主要的精力放在上面，时间和空间在这里也被列入诗学形式了，对话的进行不仅仅是单纯的时间和空间范畴，就像将它们看作诗学，而是关于他们在语言中，诗学方法中转换。就像时间在语法中不是抽象的智力概念，首先是语言要素，诗学意义上的时间只能作为诗学形式的组成部分被理解。如果我们将一个艺术样式中的作品理解为另一个，例如，我们将小说理解为舞台艺术、电影、或将其理解为绘画或音乐作品，那么我们就能看到，一个系统的有特征的公约一定能变成另一个有特征的系统的另一个公约。我们发现，如，在文学、戏剧、电影、形象艺术等作品中区分时间或空间范畴。那么我们弄清了比较符号学的问题了，即……”① 由此可见，时间与空间在形式学派这里与人物形象一样都是作品形式的重要组成部分。

一　“断裂”的时间

形式学派在探讨时间问题的过程中，首先将文学作品中的时间与日常生活中的物理时间相区别，认为文学作品中的时间不同于现实生活中不受任何主观因素影响的物理意义上的时间。文学作品中的时间具有假定性，它的运行只遵循艺术规律，表现形式多样，可

---

① Якобсон Р. О. *Формальная школа и современное русское литературоведение.* М.: Языки славяских культур, 2011. 67.

以加速、减速。尽管什克洛夫斯基也表示过，文学作品中的时间也可以表现出物理时间的精准，托尔斯泰和陀思妥耶夫斯基的作品中就有这种精准的时间，如《砍树》的主人公身上发生的故事。其实这里强调的精准的时间也绝不是客观的物理时间，但什氏之所以称其精准，是因为看起来是按照时间发生的正常秩序呈现，没有作家的任何主观因素的渗入。其实，这只是什氏的理想而已，或者什氏的真正意图并不是强调时间的精准，而在于强调情节表现的顺序性特征。实际上无论作家是否有意而为之，纯客观再现现实的过程都是不可能实现的。它只是如时间自然流淌地表现事件，没有前面所说的较明显的加快或变慢的情况。

文学作品中的时间之所以不同于物理时间，是由于作品是作家虚构的产物，人物的活动、事物的变化系主体加工的结果，同时即使作家想再现生活，由于语言的“苍白无力”，也是难以实现的。对于俄国形式主义而言，文学作品中的时间与物理意义上的时间存在差异更具有必然性，学派对陌生化手法的强调决定了时间的非线性体现。陌生化手法发挥作用的前提是将读者阻滞于某处，这首先就是时间流的断裂，打破叙事时间的正常流淌，所以，一部作品中的时间往往是“断裂”的。当然，这里所说的“断裂”并非真正的切断时间，而是强调叙事手法的使用形成的心理效应，阅读的时间并未改变，但某些内容在读者心理的时间被放大，有些内容存在的时间则不变或被缩小。所以，时间的断裂直接催生的是心理时间的生成。

这种“断裂”不仅体现于上述连续的故事过程，同时还表现在不同章节之间。什氏认为章节的划分同小说的时间相联系，“每一章都是统一的，其中的时间被封闭，章与章之间的时间好像是缺席的。当然，这一切对于作家而言都能成为有意识地破坏的例子”。[①] 虽然

① Шкловский В. Б. *Избранное в двух томах. Том первый.* М.：Художественная литература，1983. 148.

读者在阅读的过程中可以通过想象将各章节之间的“空白”补充完整，但“断裂”的时间却无法真正修补，也无须填补。作家设置这种章节之间的“断裂”，给读者提供了较大的思考空间与自由，每位读者可以根据自己的理解丰富作品的世界，同时也增强了自己的阅读体验。

文学作品中的时间系统不止一套，艺术作品有自己的时间、开头和结尾。在同一部作品中，可以存在不同的时间系列，或者说在同一个作品中可以并存着按照不同的时间逻辑运行的故事。这既可以理解为不同故事脉络的并存，也可以理解为不同主人公身上发生的故事内容。什克洛夫斯基认为，“时间是悲剧的，它把战争的时间和罪恶的时间分别放在不同的地方，因为人们按不同的方式生活，但都在同一个世界内”。[①] 同时，主人公则有自己另外的时间系列，“叙事文学中的主人公有固定的年龄……主人公的老年只是换装而已。艺术作品的时间不能通过主人公一个接一个的步伐的坚持来呈现”。[②] 多条时间脉络，可以相平行或交叉，可长可短，分别从不同的角度吸引读者的注意。

二 真实的时间

虽然文学作品中的时间不同于物理时间，但不能因此称其为虚假的时间。相反，什克洛夫斯基认为，这种虚构出来的时间更加真实，“托尔斯泰小说中的时间是真正的时间，比钟表的时间更真实”。[③] 在俄国形式主义叙事理论中美与真的范畴合而为一，实现了艺术层面的真，同时也必然具有美学性质。在时间问题上

---

① Шкловский В. Б. *Энергия заблуждения*. М.: Советский Писатель, 1981. 166.

② Шкловский В. Б. *Избранное в двух томах. Том первый*. М.: Художественная литература, 1983. 255 – 256.

③ Шкловский В. Б. *Энергия заблуждения*. М.: Советский Писатель, 1981. 165.

亦如此，作品在陌生化手法的作用下，使其时间变成了最为真实的时间，具有美学性质的时间。正如什氏所言，“分析本身像使行动的时间变为美学的事实——小说时间的阻滞方法”。①

这种真实的时间也是情节的时间，它与本事时间相区别。托马舍夫斯基认为，“在文学作品中，应该区分开本事时间与叙事时间。本事时间是所叙事件预计占用的时间，叙事时间是阅读作品占用的时间（相当于戏剧持续的时间）。叙事时间就是作品的容量”。② 对于本事时间的把握常常依靠故事中的一些时间性标识，如某年某月某日某时、在秋天、谈了三十分钟等时间长度比较明显的表述，还有一些需要读者在阅读之后根据情节的发展去预估本事发展所需要的时间。相反，情节的时间则无法靠上述的标识获得，本事层面的几年或几十年在情节中可能只是转瞬即逝，情节中的时间要在读者的心理生成。随着陌生化手法的使用，读者的心理随之变化，当读者沉浸于某一手法时，情节时间无限延长，难以用具体的长度单位标识。

情节时间的复杂性还体现在不同的体裁中，不同文本类型中时间的呈现方式差异较大，各自具有不同的美学特征。蒂尼亚诺夫对此做过专门论述，他在不同的著述中分别谈过电影、诗歌与散文等文本中的时间问题。在《论电影的原理》中谈过电影叙事中的时间呈现，电影中的时间不是物理世界中的时间，是电影情节设计出来的时间，其情节发展进程与方式直接影响电影中时间的长短，有的镜头多次重复，甚至有意拉长或加速某动作是电影情节中常见的重塑时间的方式。诗歌和散文的时间是按不同的方式进行的，“诗歌的时间是不明确的，它出现在现在的白天，散

---

① Шкловский В. Б. *Избранное в двух томах. Том первый.* М.: Художественная литература, 1983. 149.

② Томашевский Б. В. *Теория литературы поэтика.* М.: Аспект Пресс, 1977. 190.

文的时间是预先确定的”。[①] 诗歌中的时间常常较模糊、不明确，而散文则对时间较依赖，虽然有的时期相对于空间而言，时间并不是决定性因素，但它依然是不可或缺的，但情节如何在时间的河流中流淌，这并不取决于作家，而是某种“惯性”的力量在推动情节的前进，进而形成时间的轨迹，所以散文中的时间似乎是“预先”确定的。

第三节　俄国形式主义的空间叙事理论

俄国形式主义叙事理论较敏锐地嗅到了时空关系在20世纪初文学中的变化，较早地表现出了对空间叙事理论的探讨。学派对于空间问题的建构主要有两方面的贡献，一是丰富了传统作为地理空间、故事发生背景的空间问题。“至于行为的地点主要有两种类型：静态型，即所有的主人公都聚集在同一个地方（这也是为何旅馆及类似的地方经常成为不期而遇地会面之地的原因）；流动型，即主人公为了必要的会面而从一个地点移到另一个地点（‘游记’型的叙事）。”[②] 同时，托马舍夫斯基强调文学作品中出现的地点不能是可有可无的，每一个地点的出现对于故事的发展都应该是必要的存在，是主人公相遇的情节中必不可少的。二是作为空间叙事理论的重要源头，颠覆了传统空间观。目前学界对俄国形式主义叙事理论的关注，主要涉及其在情节理论、功能研究与文学史研究等方面的理论探索，而对形式学派在叙事理论其他方面功绩的挖掘不足。如在叙事时空的问题上，人们尚普遍沉醉于叙事文本的时间维度之时，俄国形式主义叙事理论就先人一步，表现出了对叙事理论中空间维度的关注。虽未从整体上全面抛弃时间要素，但也表现出了对传统叙事类作品中具有“霸主”

---

① Тынянов Ю. Н. *Поэтика · история литературы · кино.* М.：Наука，1977. 169.

② Томашевский Б. В. *Теория литературы поэтика.* М.：Аспект Пресс，1977. 190.

地位的时间维度的破坏，并进一步凸显空间维度的存在。可以说，俄国形式主义叙事理论敏锐的理论眼光使其成为空间叙事理论研究的领航者，成为西方空间叙事理论发展的先驱，具有奠基性作用。

一　空间意识的形成：向内转的必然结果

在西方叙事理论漫长的发展过程中，在研究对象、基本观点等方面，两千多年来延续的主要是由亚里士多德奠定的理论传统。时间与空间的问题，在20世纪初的俄国形式主义叙事理论体系中发生了逆转，这一现象的出现绝非偶然。在强大的叙事理论传统面前，形式学派表现出了前所未有的革新精神，究其原因，一方面离不开20世纪初期俄罗斯文坛出现的白银时代，作家在表现技法上多维度地突破了传统，表现出了一系列新的探索与实验；另一方面，学派受到了当时影响较大的普通语言学的影响，语言学理论向内转的观念对学派理论建构有重要的启发。回归文本自身的内在结构，关注其结构内部空间的性质与特点，在空间理论的建构中，离不开上述理论的影响。

首先，语言学重心的转向削弱了时间的存在。语言学的转向深刻地影响了20世纪西方诗学的发展，俄国形式主义系这股浪潮的领头羊。索绪尔的语言学无疑成为这种转向的最大功臣，但俄国形式主义者在接受索绪尔的《普通语言学纲要》之前，就已深谙波兰籍学者博杜恩·德·库尔德内普通语言学的理论精髓。两位语言学家在19世纪80年代就已相识，彼此之间也有大量的书信往来，有许多语言学理论观点较相似，库尔德内甚至在索绪尔之前提出，只是理论体系不够成熟，同时由于政治、语言、语言观等因素的限制，库尔德内的语言学理论并未在欧洲产生较大的影响，但由于库尔德内有长时间的俄国教学经历，俄国形式主义理论家们大都是其学生，有幸追随他学习语言学。所以，库尔德内和索绪尔的普通语言学共同影响了俄国形式主义诗学的发展。

库尔德内和索绪尔的普通语言学均是在反对以史为纲的新语法学派的基础上建构的，在基本问题上的认识较一致。新语法学派总体上属于历史比较语言学，将历史主义原则推向极致，以期从不同时代的个人语言事实中总结语言自身的一般规律。库尔德内在《有关语言学与语言的若干一般性见解》（1871）中表示，"比较意味着比较亲属语言，比较它们之间的相似和差异，但并不是比较语言事实本身，因为这最后一点是任何科学分析语言的必要条件"。[①] 所以，他认为静态语言学研究相对历史比较的方法更合理，且比索绪尔更早地提出了语言与言语的区分，将语言学的研究分为将语言作为系统与将语言作为活动两部分，"两位伟大学者的观点的最大不同之处，在于博杜恩·德·库尔德内承认静态和动态之间的区别，但并不否认两者之间辩证关系的存在，并不把共时态和历时态机械地对立起来；而索绪尔却将共时态与历时态视为完全对立、完全不相容的两个方面"。[②] 事实上，无论是前者对语言系统的研究还是后者对语言的阐释，都是对语言活动的普遍规律的探究。这种转向及库尔德内对历时性研究的兼顾从根本上影响了俄国形式主义的学术走向。

如果说20世纪以前语言学对人文社科——尤其是诗学、美学等领域的影响还不够明显，那么20世纪初的语言学转向发生以后，语言学与人文社科诸领域的关系则异常紧密起来，甚至直接

---

① ［波兰］博杜恩·德·库尔德内：《普通语言学论文选集》（上），杨衍春译，广西师范大学出版社2012年版，第15页。

② ［波兰］博杜恩·德·库尔德内：《普通语言学论文选集》（上），杨衍春译，广西师范大学出版社2012年版，第11页。

影响着后者的发展走向，叙事理论中时间与空间的问题亦如此。库尔德内与索绪尔的普通语言学是在对新语法学派反驳的过程中提出来的，虽没有直接强调空间问题，但对历史主义研究的否定其实已经间接为空间的凸显提供了可能。在语言学家库尔德内和索绪尔的影响下，他们以前所未有的勇气向传统文艺学、文学批评宣战，举起了向内转的大旗，开始关注文学自身，俄国形式主义的奠基性人物什克洛夫斯基在《散文理论》中举了个十分形象的例子："文学理论中我所从事的是其内部规律的研究，若用工厂生产来类比，那么我关心的，不是世界棉纱市场行情，不是各托拉斯的政策，而是棉纱的标号及其纺织方式。"① 俄国形式主义者不再将文艺作品看作各种思想、观念的资源库，而将其视为独立自主的存在，将每部作品看作独立的整体、封闭的形式（结构），即独立的空间体。

其次，向内转影响下的空间伦理。俄国形式主义者的使命并不仅仅是对抗传统的象征主义、心理批评、人物传记批评等方法，而是旨在建立一门真正的文学学科。文学作品具有独立的品格，那么赋予这样一个前无古人的独立空间什么名字更准确呢？俄国形式主义者并没有满意的答案，当然，这里的形式并非通常人们所认为的与内容相对的形式，而指代的是作为文学整体存在的形式（结构）。"形式主义"一词是当时评论界强加给他们的，形式主义者觉得这个名称不恰当，最初并不接受，但也没有更好的选择，最后只好无奈被动地接受了。随着理论的建构，学派逐渐用"结构"取代了"形式"。俄国形式主义的形式（结构）通过布拉格学派的传播，最终影响了法国结构主义理论的形成，甚至影响了其"系统"理论的提出。俄国形式主义者的主要任务即是探求文艺作品，即作为独立存在的空间形式（结构）各要素的

① Шкловский В. Б. *О теории прозы*. М.：Советский писатель，1983. 8.

组合规律。

叙事离不开情节，俄国形式主义叙事理论对传统情节理论进行了创造性的改造，传统素材与情节二分法被本事与情节这对关系取代，俄国形式主义提出的本事不等于传统叙事理论的素材，它是读者阅读完作品后在头脑中借助于想象力还原出来的在具体时空本然发生的具体事件，而其对应的情节则是对包括具体的时间、空间以及人物各种言行在内的叙事要素进行加工改造的结果，目的在于使其呈现出“文学性”。所以，在俄国形式主义叙事理论中，传统叙事理论中的时间要素已不再是安排、推动情节发展的基本规范，其本身也成了文本的叙事要素之一。当然，尽管学派的理论家们的大部分理论著述都在探讨文学作品这个独立空间的形式（结构）要素的组合规律，但学派也有对时间脉络的阐释，如对文学史、情节塑造方法演变的大量论证，这与传统叙事理论突出强调的时间因素有着本质区别，这里强调的是方法的演变，从根本上说依然是空间的演变。所以，俄国形式主义者作为关注空间这股浪潮的先锋，总体上依然承认所叙之事离不开时间要素，但他们在理论建构中所表现出来的革新精神，不仅从根本上扭转了传统叙事理论关注的方向，更在切断叙事时间链条的同时表现出了空间化的倾向。

值得关注的是，俄国形式主义由以维克多·鲍里索维奇·什克洛夫斯基为核心的诗语研究会（ОПОЯЗ）和以罗曼·奥西波维奇·雅克布逊为核心的“莫斯科语言学小组”（МЛК）构成。学派并不像其他学派那样“统一”，其建立虽有共同的理论宗旨，但各成员的理论建构涉猎范围较广，理论重心往往“各有所好”，观点态度不尽相同，甚至有相互冲突的情况。本文以学派的两位奠基人物为主要研究对象，重点挖掘他们的时空观，形式学派的主要代表人物大多亦是文学批评家和作家，他们不仅有理论建构，更有实践应用，这也使其理论建构更具说服力。

二　什克洛夫斯基陌生化的空间叙事

什克洛夫斯基的陌生化理论与雅克布逊的文学性理论共同奠定了俄国形式主义诗学理论的基调，雅克布逊的文学性理论往往作为灵魂性的存在影响其他成员的理论建构，而什氏的陌生化理论则更具影响力和可操作性，学派的大部分成员的论述中都有谈及。什克洛夫斯基陌生化理论中的时空观主要体现为以下两个逻辑轨迹。

首先，通过陌生化手法阻断时间流。传统叙事类作品中，时间因素固然不是表现的重点，但情节的设置往往以时间为依据，其思想主题的表现离不开时间的流淌，虽然有倒叙、插叙等，但都是阶段性地倒置或穿插，总体上仍然可以将其归位于完整的时间链条中。对空间的凸显首要的前提必然是时间流的断裂或虚无，俄国形式主义叙事理论正是要阻断叙事时间的正常流转，什克洛夫斯基提出的陌生化理论旨在将读者从司空见惯了的日常生活中拉出来，进入审美之境。在文学活动中，其通过陌生化方法强调通过创造与众不同的艺术手法阻断读者欣赏作品的过程，将其阻滞于某个手法，延长了其心理体验时间的同时，将读者的注意力停留在某处，空间即在此刻生成，空间叙事成了叙事作品中陌生化手法的必然结果。

俄国形式主义者不仅利用陌生化理论建构了影响深远的诗歌理论，同时在包括叙事理论在内的散文理论的建构也成绩斐然。美国学者埃里克·S. 雷比肯曾谈到，“我们应该注意到（什克洛夫斯基则没有注意到的），他为陌生化所例示的特殊手段在某种意义上阻碍了叙述的向前的历史发展；这里，使石头显出石头的质感依靠的是阅读时间和所述特质的共时增长”。[①] 雷比肯同时列

① ［美］约瑟夫·弗兰克等：《现代小说中的空间形式》，秦林芳编译，北京大学出版社 1991 年版，第 105 页。

举了因纽特人的民间故事《鹤是怎样得到它的蓝眼睛的》，其中在描写浆果的时候，突出了它的甜而多汁，“正如时间节奏上的变换使石头显出石头的质感一样，为了突出强调浆果的多汁而让实际时间中止下来，这使浆果陌生化了，并且使我们更加清楚地感觉到了它们的吸引力”。[①] 而且，甜而多汁的描写，让读者在头脑中生成的绝不仅仅是眼前的浆果，还有他所有看到的、所能想象到的具有该特征的所有景象和体验都呈现在眼前。所以，作者通过陌生化手法阻滞读者的绝不是当下的浆果，应是由上述所有相关的景象组成的“巨大”空间。

同时，埃里克·S. 雷比肯还强调，“空间形式对于把我们的注意力集中在叙述技巧的发展上来说是一个有用的隐喻”。[②] 也就是说，空间维度出现在叙事作品中更有利于我们对其叙述技巧的感知，如艾略特、福克纳等人的作品，打破了以往按照故事发展的时间脉络安排情节结构，福克纳的《喧哗与骚动》将四个彼此相对独立的章节“并置”在一起，“这个并列结构在二十世纪文学中是共有的，因为现代作家感觉到了可以由它来满足两种需要：首先，维持空间化的趋向使司空见惯的文学形式产生了新的活力；其次，为了给那些有足够理由感觉到自己处于一个不协调的世界里的读者恢复一个协调的价值系统，并列结构（包括破碎）这些特殊的空间化技巧在阅读的共时方面和历时方面这两者之间，使用了这个必要的辩证法”。[③]

其次，强化空间的存在对美感的生成作用。陌生化方法的基本原则是将读者“阻滞”于某处，至此叙事的时间流断裂，“扩

① ［美］约瑟夫·弗兰克等：《现代小说中的空间形式》，秦林芳编译，北京大学出版社 1991 年版，第 111 页。

② ［美］约瑟夫·弗兰克等：《现代小说中的空间形式》，秦林芳编译，北京大学出版社 1991 年版，第 105 页。

③ ［美］约瑟夫·弗兰克等：《现代小说中的空间形式》，秦林芳编译，北京大学出版社 1991 年版，第 137—138 页。

大”了叙事形式，空间随即生成，正如蒂尼亚诺夫在谈到电影叙事时所说：“‘大的形式’的概念，是能量的概念。”[①] 其实，作品可能“按规模……不算大，但它是大型的，‘因为插叙’远离了本事材料极大地拓展了作品的‘空间’”。[②] 这里的空间具有极大的延展性，小到某一物体存在的空间，大到整个宇宙空间，读者遨游其中，尽享其带来的美妙的审美体验。其实，读者阅读的过程也是从一个审美空间跳到另一个审美空间的过程，作为反对传统批评的形式学派的先锋，什克洛夫斯基甚至强调，艺术即手法，或者可以说，艺术就是由这些手法所营造的空间构成，叙事作品这个独立的空间就是由多个陌生化手法所营造的审美空间构成。对手法的强调获得了大部分成员的认可，日尔蒙斯基的阐释更细腻，认为“诗学方法不是一些独立的、自足的，像天然有机的因素：方法变成为了方法而方法的话，那就不是艺术手法，而是焦点。方法是有明确目的的，确定的事实，在这些任务中，在艺术作品的风格统一体中，它获得了自己的美学证明”。[③] 他在这里特别强调，艺术作品不是手法简单相加的结果，而是它们之间有机结合而形成的统一体。

什克洛夫斯基不仅在理论建构上表现出了有意切断时间链条、重空间维度的倾向，其自身就是文学家，有大量的文学创作实践，这些作品必然成为什克洛夫斯基具有革新性质的叙事理论的试验品，这也使其文学作品在当时别具一格。例如什克洛夫斯基具有自传性质的作品《感伤的旅行》（1923），其中包含着作家的自传性回忆录、批评家的文学论见等。[④] 这部作品不仅在叙事策略上充分体现了陌生化手法的应用，更将叙事活动中时间与空

---

① Тынянов. Ю. Н. *Поэтика · история литературы · кино.* М.：Наука，1977. 341.

② Тынянов. Ю. Н. *Поэтика · история литературы · кино.* М.：Наука，1977. 342.

③ Жирмунский. В. М. *Теориялитературы. Поэтика. Стилистика.* Л.：Наука，1977. 35.

④ 赵晓彬等：《什克洛夫斯基形式主义小说创作研究》，中国社会科学出版社 2021 年版，第 53 页。

间存在关系的新变化呈现其中。作品主要讲述的是什克洛夫斯基1917年至1923年间的生活经历，但读起来并没有我们接触的其他传记类作品那样的“顺畅”，时间的推移被淡化，空间的建构及拼接则被强化。《感伤的旅行》这部作品有着十分鲜明的时代背景，什克洛夫斯基本人也是社会活动的积极参与者，但他更是文学观念的革新者，其为了打破以往文学创作的基本模式，有意淡化时间的连贯性，这也是其陌生化手段之一。所以，在具体叙述的过程中我们很难看到这些时间的直接讲述，而是将其隐退在情节的背后。如在第一部分《革命与前线》的开头，什克洛夫斯基没有交代具体的时间、背景，而是从城市开始介绍，并解释说“当时的城市变成了军人的兵营”,① 然后以“混乱的兵营”为切入点“平铺”了大量信息，首先围绕电车，介绍了一系列事件，士兵乘电车拒缴车费而被抓捕有怨气，同时加上长久无聊地待在营房而无所事事的苦闷，诸种原因使驻军走上了革命的道路；又继续讲了一个有关电车的民间故事，接下来是不确定发生在华沙，还是在彼得堡的将军被一位哥萨克人在电车上杀死的事件；随后聚焦于这个城市中部队的混乱、无序的情况，没有做宣传工作的人，部队军官构成、管理混乱；接下来写的是普通民众的精神状况，通过拉斯普京这样一位特别的民族英雄的故事能够广泛流传的情况，深刻体验到了民众的精神存在严重的扭曲；食品供应也出现了问题，无论民众，还是士兵情绪都很激动；后备营人员像“牲畜”一样被驱赶；等等。这里不仅介绍了革命之前包括兵营在内的整个城市的混乱情况，同时还拓展了叙事空间，更重要的是与什克洛夫斯基写作的现实背景对话，解释了他们的军事行动并非某种“反叛”或“叛变”，更多的是被逼无奈，是现实所迫。在该作品中，时间被淡化，空间的所指被夸张式放大，空

① Шкловский. В. Б. *Сентиментальное путешествие*. М.：Геликон，1923. 9.

间的转换和延展在推动故事进程中发挥了巨大的作用。

由于什克洛夫斯基陌生化理论的巨大影响，其中所体现的时空观也体现在受其影响的其他成员中，以与什克洛夫斯基同为“诗语研究会”的“三驾马车”的蒂尼亚诺夫和艾亨鲍姆的叙事理论为代表。

三　雅克布逊时间与空间平等对待的时空观

雅克布逊是一位著作等身、学术经历较丰富的学者，主要经历了俄罗斯、捷克和美国三个阶段。雅克布逊不仅是一位著名的文学理论家，更是一名成就斐然的语言学家，诗学理论是在其语言学理论的直接影响下建构的，或者可以说，雅克布逊诗学理论的建构在一定程度上是其语言学理论的实践与应用，所以探讨其叙事理论的时空观，首先要从其在库尔德内和索绪尔影响下的语言观谈起。

雅克布逊认为语言符号在实现信息交流的过程中，同时包含着信息的“垂直”和“平面”两种运动，也即所谓的语言的纵聚合关系和横组合关系，这其中所使用的正是隐喻与转喻两种思维模式。隐喻与转喻本是两个重要的传统修辞学范畴，雅克布逊赋予它们全新的内涵，分别用相似性（或对比）和相邻性概括二者的本质特征。隐喻与转喻是雅克布逊在对失语症患者进行观察的过程中得出的重要结论，失语症之所以出现是因为这两种语言关系发生了紊乱，相反，一个语言表达正常的人则能自由运用两种思维。更为重要的是，雅克布逊将隐喻与转喻由两种修辞手法提升为文本的组成原则，成为文本抒情或叙事的基本逻辑。当然，我们在表达不同的内容时倾向于使用不同的语言逻辑，雅克布逊认为，诗歌等抒情类作品对应的是具有相似性特征或对比特征的隐喻，长于叙事的散文对应的是转喻。雅克布逊还有针对性地区分了马雅可夫斯基的诗歌与帕斯捷尔纳克的叙事文本。“在隐喻的诗中，外在世界的形象应该与最初的冲动产生共鸣，并将其转移到其他结构，还要明确多维宇宙中的相应和命令相似性的网络。抒情主人公贯穿于时间的所有维度，而这所有的维度也要在主人公这里合为一体。总之，隐喻通过类比或对比来建立生产联系。”① 诗歌以抒情为主，全诗内容的设置均由诗人的情感基调所决定，为了突出、渲染情感，诗人会“一唱三叹”地多次用相类似或对比的意象符号阐释，如马雅可夫斯基的《战争与世界》有这样一段：“……在狂吠声中，在怪叫声中，今天我要让唯一的人的声音飞上高空……”② 这段诗句里，我们能够感受到由残酷的战争所带来的各种阴霾笼罩在周围，比如具有相似性的由听觉感知的狂吠声和怪叫声，它们与下文唯一的人的声音形成了鲜明的对比，诗篇利用了许许多多这样的类比与对比的手法，将诗人控诉战争并祈祷和平的主题渲染得淋漓尽致。

与此相应，散文遵守的是转喻的方法。转喻依照的是相邻性原则，是所需内容的线性延展，如由某个人写到与其直接相关的某种活动，进而延伸到活动的空间、具体内容、结果等要素。“相邻性原则的基本形式是捕捉相邻的对象，作家知道很多种转喻关系：从整体到部分，反之亦然；从原因到结果和从结果到原因；从空间到时间，反之亦然，等等。”③ 相邻性原则是叙事类文本情节发展的基本推动力，打破了传统叙事类作品根据时间逻辑安排叙事要素的重要原则，“时间与空间的关系错综复杂，时间的连续性失去了强制性”。④ 可以看出，按照雅克布逊的转喻理

① Якобсон Р. О. *Работа по поэтике*: *Переводы. Сост. иобщ. ред. М. Л. Гаспарова.* М.: Прогресс, 1987. 329.

② 郑体武:《俄国现代主义诗歌》，上海外语教育出版社 2001 年版，第 474 页。

③ Якобсон Р. О. *Работа по поэтике*: *Переводы. Сост. иобщ. ред. М. Л. Гаспарова.* М.: Прогресс, 1987. 330.

④ Якобсон Р. О. *Работа по поэтике*: *Переводы. Сост. иобщ. ред. М. Л. Гаспарова.* М.: Прогресс, 1987. 332.

论，叙事类文本应从空间、时间和因果逻辑等多维度安排叙事要素，当然，因果逻辑也是时间逻辑的变体之一，打破了时间的一维存在，将空间的设置提高到了与时间同等重要的地位。

除此，雅克布逊在论述散文的叙事原则时谈到了平行原则、二项对立原则和标记原则，它们均借鉴于诗歌理论。其中的平行原则对叙事活动中空间维度的强调具有突出的作用，什克洛夫斯基和托马舍夫斯基等人对平行结构也有论述。雅克布逊认为，“平行法的作用远非局限于诗歌语言，一些艺术散文中的平行法也是以连贯的方式构建起来的，许多潜在的有效平行法达到了令人震惊的程度，甚至存在于结构相对自由的散文作品中，平行结构获得了十分奇妙的风格，并且不再遵循绝对地服从于时间连续性这一基本原则”。[①] 这种平行法不仅表现在叙事类作品中不同空间发生的事件交叉叙述中，还呈现为将不同的叙事要素“并置”于同一空间的叙事策略之中。

雅克布逊语言学中对时间与空间的关注贯穿其理论建构的始终，在 1980 年与泼沫斯卡合著的文章中依然强调“把时间和空间问题从语言系统的研究当中排除出去，过去和现在所有这种企图都会使语言系统极其重要的原则枯竭而且遭到破坏，而语言系统极其重要的原则不可避免地包含时间和空间的宏大课题”。[②]

由上观之，俄国形式主义的两个奠基性人物什克洛夫斯基和雅克布逊叙事理论在建构中虽没有完全放弃时间在叙事文本中的作用，但在事件展开的过程中，什克洛夫斯基强调陌生化手法对时间链条的有意破坏，在时间断裂的同时强化空间维度，而且这是艺术之为艺术的根本所在，史无前例地提高了空间维度在叙事活动中的作用，成为时代之先锋。雅克布逊同样将叙事作品中空间

① 赵晓彬等:《雅克布逊的诗学研究》，人民文学出版社 2014 年版，第 320 页。

② ［美］罗曼·雅柯布森:《雅柯布森文集》，钱军选编、译注，商务印书馆 2012 年版，第 154 页。

的存在提高到与传统叙事理论“独尊”的时间平等的地位，与时间共同成为安排、设置叙事各要素的基本原则。除此，俄国形式主义其他重要成员艾亨鲍姆、蒂尼亚诺夫等在对文艺作品这个自足的封闭空间研究时，主要精力大都放在了对叙事要素的设置技巧的研究上，同样跳出了传统批评逻辑，以陌生化为基本原则，以“文学性”为目标，建构自己的理论体系，在时间与空间问题上，与什克洛夫斯基和雅克布逊保持一致的基调，都有对空间的凸显。

不仅俄国形式主义叙事理论的建构表现出明显的空间化倾向，其理论追求者们如普洛普、巴赫金和穆卡洛夫斯基等人叙事理论的建构同样表现出了对空间问题的关注。俄国形式主义与后形式主义之间在研究方法、研究对象等问题上存在着某种承继性，甚至有人说，“巴赫金和穆卡洛夫斯基对散文的研究成果，其实都是在同雅克布逊及其形式主义语言艺术理论的对话，即批评和合作中取得的”。[①] 在时空问题上，二者也表现出了对空间问题的特别关注。如巴赫金在探讨小说理论时提出了“时空体”的问题，将“空间”要素纳入思考的范围，“文学中已经艺术地把握了的时间关系和空间关系相互间的重要联系，我们称之为时空体（хронотоп——直译为‘时空’）”。[②] 此前的传统叙事理论以及文学创作中，时间与空间往往是两个相互分离的叙事要素，它们各自存在并发挥功能，空间是被动的，是故事展开的背景或环境。尽管学界对巴赫金“时空体”的阐释有不同的论调，但中外的学者们在时间与空间关系上的意见较一致，认为巴赫金诗学里将时间与空间的关系史无前例地紧密结合起来了，它们是不可分割的整体。巴赫金的“时空体”实质上是一种分析文本的新角度，为人们提供了新的批评方法，其在不同时期、不同流派和作

① 赵晓彬等：《雅克布逊的诗学研究》，人民文学出版社 2014 年版，第 314 页。

② ［苏］米·米·巴赫金：《巴赫金全集》（第三卷），白春仁、晓河译，钱中文主编，河北教育出版社 1998 年版，第 269 页。

家那里有不同的表现。同时,“巴赫金将作者和读者也当作两个时空体,详述了作者的创作视角和他所创作的时空体的关系,以及读者或听众和他们所处的时空对作品本身的影响”。①

当然,俄国形式主义叙事理论中呈现出来的空间观念还不完全等同于弗兰克等人建立的空间理论,一方面,俄国形式主义者及其追随者最大的功绩在于将叙事作品中的空间提高到与时间维度同等重要的水平;另一方面,二者的内涵也不尽相同,俄国形式主义叙事理论中涉及的空间凸显了其美学功能,这与俄国形式主义诗学强调文本自足、独尊其美学价值是一脉相承的。而弗兰克等极力推崇的空间不是故事发生的背景、环境,即客观、中性的物理空间,而是倾注了情感、能传达思想、阐释美学观的心理空间。曾作为故事发生的背景的空间,其地位被空间的“并置”取代。“并置”由空间叙事学的奠基人弗兰克提出,“它是指在文本中并列地置放那些游离于叙述过程之外的各种意象和暗示、象征和联系,使它们在文本中取得联系的参照与前后参照,从而结成一个整体;换言之,并置就是‘词的组合’,就是‘对意象和短语的空间编织’”。② 如弗吉尼亚·伍尔夫的《墙上的斑点》就是由一个墙上的斑点引发的一连串意识的流动,由多个毫无关联的空间“并置”而成。读者需要对文本有整体的了解之后,才能在头脑中构创出其空间结构模式,文本的意义才能真正呈现,这里的时间因素已经无关紧要了。弗兰克在强调空间维度的同时,并不否认时间的合理存在,只是将这里的时间称为“纯粹的时间”,并且认为“‘纯粹的时间’根本就不是时间——它是瞬间的感觉,也就是说,它是空间”③,即空间的另一种存在形式而已。

---

① 薛亘华:《巴赫金时空体理论的内涵》,《俄罗斯文艺》2018 年第 2 期。

② [美] 约瑟夫·弗兰克等:《现代小说中的空间形式》,秦林芳编译,北京大学出版社 1991 年版,第 3 页。

③ [美] 约瑟夫·弗兰克等:《现代小说中的空间形式》,秦林芳编译,北京大学出版社 1991 年版,第 15 页。

综上所述，西方叙事理论对时间维度与空间维度的关注中，传统叙事理论和20世纪中后期形成的空间叙事理论形成了重要的两极，传统叙事理论在时间逻辑框架下安排叙事要素，而空间叙事理论则将空间的“并置”作为推动情节发展的主要动力。其实对空间要素的关注并非始于弗兰克等对空间叙事理论，俄国形式主义的叙事理论在20世纪初期就已初露端倪，在空间叙事理论建构中表现出了极其敏锐的感知力。“理论的价值依它们预示现象、评判现象的能力而定；因而，这一小说创作现象也已证明了弗兰克理论的活力和价值。它继承了什克洛夫斯基和巴赫金散文理论的革新成就，并把它们发展到了一个新的阶段。”① 但是，俄国形式主义叙事理论对空间维度的强调并不彻底，还没有完全用空间表现时间，安排叙事性作品的结构，并推动其情节发展。其实，空间叙事理论也并没有完全否认叙事类作品中时间性因素的存在，且这也是不可能实现的，正如有学者所言，“就像试图在小说中实现‘纯粹的时间性’是不可能的一样，试图在小说中实现某种‘纯粹的空间性’也是不可能的”。② 但在根深蒂固的传统叙事理论的背景下，能够开空间理论之先河是难能可贵的，在这一理论浪潮出现之前，已经为他们做了重要的铺垫，在叙事理论发展史上留下了宝贵的一页。但在后来的西方空间叙事理论的阐释中，却很少听到有关俄国形式主义的声音，因而，对俄国形式主义空间叙事理论的探究，不仅有利于学界对俄国形式主义诗学的全面、深刻的认识，更有助于人们对空间叙事理论发展路径、全貌的把握。

---

① ［美］约瑟夫·弗兰克等：《现代小说中的空间形式》，秦林芳编译，北京大学出版社1991年版，第4—5页。

② 龙迪勇：《空间叙事学》，生活·读书·新知三联书店2015年版，第131页。

第五章　俄国形式主义叙事理论的文学史观

俄国形式主义对文学理论的探讨不仅包括单个作品、作家、读者以及相关的问题，文学史也是形式学派的学者关注的重要问题，甚至他们的文学史观直接决定着对上述问题的理论建构和阐释，同时上述问题的分析和把握又反过来影响文学史观的形成。其实，现代学者也越来越意识到，文学观与文学史之间的重要关系，在我国 20 世纪 80 年代就有人喊出重写文学史的问题，这给学术界敲响了警钟，也引起了审视文学史的浪潮。其实，俄国形式主义作为 20 世纪西方文论发展的“领头羊”，诸多理论的研究和观点都走在了前沿，在文学史问题的研究中，也给后来的研究者不少启发与影响。

俄国形式主义对独立的文学学科建构的使命贯穿其理论的始终，不仅体现于上述章节中涉及的微观考察，如对文学创作中的人物、技巧、时间、空间等叙事要素的深入探究，更有宏观上对文学史的考查，且后者是前者发展的必然结果，正如艾亨鲍姆所说：“向文学史过渡不是研究的简单扩充，而是形式概念演变的结果。”①

形式学派文学史观的建构始于其对传统文学史观的批评与反

① Эйхенбаум Б. М. *О литературе*: *Работы разных лет*. М.：Советскийписатель，1987. 390.

驳，其的目在于推翻普遍流行于文坛的“伪文学史”，建立真正的具有科学性的文学史。但学派并非统一的理论团体，在许多问题上都存在多种声音，文学史的建构亦如此，但在总体的理念上具有一致性。

艾亨鲍姆的这段表述可以作为形式学派文学史观的宣言，他说：

> 我们将文学的演变理解为形式的辩证转换时，自然不会依赖在传统的文学史研究中占统治地位的材料。我们所研究的是文学的演变，具有一种特征，是独立且不直接依赖其他系列的范围内进行研究的。换种说法，为了不在毫无边界且不能彻底解释文学自身演变的诸多关联中迷失，考虑的因素应加以限制。我们没有将人物传记与创作心理放入研究范围，并且认为这些问题在其他领域中是非常重要而复杂的问题。对我们而言，重要的是探索文学演变中历史规律的特点，因此，从这样的立场出发，我们把所有与该规律无关的偶然性因素搁置。我们感兴趣的是演变过程本身，是文学形式本身的动态，因此可以根据过去的事实考查它们。对我们而言，文学史的核心问题是不依赖于个性因素影响的演变问题，是将文学作为独特的社会现象的研究。对我们而言有重大意义的是体裁（жанр）的形成与转换，因此非主流的大众文学也在考察之列。大众文学的重要性在于为新体裁的出现做了铺垫，新的体裁出现于其解体过程中，且是研究历史运动惯性的素材。①

形式学派整个诗学体系的建构在反对强大的传统的基础上，在论战的背景中提出来的，所以在其提出新理论的同时往往伴随

① Эйхенбаум Б. М. *О литературе*: *Работы разных лет*. М.: Советскийписатель, 1987. 405.

着对某些传统理论的批驳，这里艾亨鲍姆的理论宣言恰恰包含了这样两个层面的内容，一方面表达了形式学派极力批评的传统文学批评中影响较大的各种社会学批评，这种忽视文学自身独特规律的做法最终会导致文学沦为社会学等其他学科的附庸；另一方面阐释了其所代表的学派自身的基本文学史观，为了使文学真正“回归”，学派成员专注于文学自身的发展演变，并将其归结为形式的更迭，同时学派的研究对象不仅包括主流文学，还包括大众文学，涵盖较广。纵观中西方诗学理论发展史，形式学派提供了一条全新的文学史研究思路，并对后世文论的发展具有一定参考价值。

第一节　“迷失”的文学史

俄国形式主义有关文学史问题的研究是在与强大的传统的论战过程中提出的，所以在其论的同时，“战”的意义也不容忽视。在文学史观的呈现中鲜明地体现了这种论战背景下的理论特色。俄国形式主义流派对传统文学史的批评与反驳主要围绕两个方面，一方面是就文学史与其他学科的关系而言，批评其失去了文学史的独立性，将文学史“降格”为人类思想史，最终也将导致文学的陨落、文学史的不复存在；另一方面是对文学史自身内部的建构与表现的不满。在寻找传统文学史症结的过程中，俄国形式学派表现出了对传统文学发展演变的独特认识。

一　文学史的附属地位

在俄国形式主义成立之前乃至与其同时并存的传统批评理论突出强调文学外部诸因素对文学发展的影响，常常借助于历史学、心理学、社会学、经济学等理论研究文学的演变，甚至会忽视文学自身的独特规律，虽然有唯美主义强调文学的美学特征，但前者为19世纪文学批评的主流，以别林斯基、车尔尼雪夫斯基和杜勃罗留波夫为代表。“在20世纪开端，也不像我们以前所了解的，好像只有马克思主义的文学批评，实际上也有俄国形式主义的文学批评，而且这两种诗学流派和文学批评流派都深刻地潜在地影响了20世纪俄罗斯乃至世界文论和文学批评的发展。”①作为俄国传统文论之集大成者的维谢洛夫斯基虽然也看到了文学史自身的问题，并喊出了要建构科学的文学史的口号，但他所谓的文学史依然没有从根本上解决问题，“他遵循俄国革命民主主义者的唯物主义美学观和历史的、审美的批评方法，批判地吸取西欧和俄国神话学派和文化历史学派学说中的合理因素，肯定艺术是人类历史地变化着的社会文化生活的反映，因此，必须到社会文化史中去寻找理解文学史的钥匙”。②

当然，这两种文论在整个20世纪不仅经历了斗争，相互排斥，同时也有相互融合的情况。但俄国形式主义关注文本自身、摒弃所有外在批评视角的倾向更加突出。在文学史的研究中，形式主义者十分坚决地批判传统批评中侧重从外在历史、心理、社会等角度阐释文学，甚至取而代之忽视了文学自身独特规律与价值的做法。在《现代俄罗斯诗歌》中，雅克布逊将这种在文学史的研究中，囊括日常生活、哲学或政治学等内容而建立起来的学科称为“一些不够格的学科的大杂烩”。艾亨鲍姆也认为文学社会学方法研究文学史的结果是使其回到了文学史的“印象主义”道路上去了。

维诺库尔强调任何一门科学都要有自己的特定研究对象，否则会迷失自我，而其同时期的文学史研究没有真正抓住这个要点，最后也使文学史研究变成了各种“传记”“文化史”“社会学”等堆积废料的垃圾场，所以，真正的文学史研究应该首先确

① 程正民：《俄罗斯文学批评史研究》，中国社会科学出版社2017年版，第3—4页。

② ［俄］维谢洛夫斯基：《历史诗学》，刘宁译，百花文艺出版社2003年版，第7页。

定自己的研究对象。

当然，形式学派对传统文学史观的反驳并不限于上述对文学史陷于心理学、社会学、历史学等学科的研究，同时还包括人种志说的遗传理论等学说。如俄国形式主义反对维谢洛夫斯基的人种志说用遗传的观点解释文学的发展、演变的做法，人种志说的观点从侧面折射了文学史的附属地位，认为文学形式的演变是为了表现新的内容。

二　文学史内部的“问题”

文学史的问题不仅存在于其与人文学科其他分支的关系上，还表现为其内部自身的发展中。在俄国形式主义时代，文学史内部的问题不仅仅存在于个别细节，其遍布在理论建构的方方面面。具体而言，理论的建构偏离了正常轨道已经十分明显，甚至作为其理论大厦基石的理论术语就没有做到精准，何谈整个文学史的正确呢？形式学派在对现有文学史研究内部问题的反驳中，较有代表性的是雅克布逊、蒂尼亚诺夫和艾亨鲍姆的观点。

雅克布逊认为，“过去艺术史没有科学的术语，它使用日常语言的词汇，而不经过批评的筛选，不加明确的限制，也不考虑一词多义的问题”。①因而，连术语都不能做到“真实”的研究必然无法阐释真理。雅克布逊在1921年写的文章《论艺术的现实主义》中以“现实主义”这一文学史中具有显赫地位的重要范畴为例，详细探讨了各种“混乱”的理解，并分析了造成“现实主义”被误读的真正原因。只有找到问题的根源，才能真正解决问题，才能探索出新的出路，科学的文学史才能扑面而来。

在雅克布逊看来，作为影响深远的文学现象——现实主义，

---

①［法］茨维坦·托多罗夫编选：《俄苏形式主义文论选》，蔡鸿滨译，中国社会科学出版社1989年版，第79页。

一般被界定为“其目的是尽可能如实地再现现实，并且渴望最大限度的真实性。人们把那些看来是真实的、忠实于现实的作品称为现实主义的”。[①] 雅克布逊认为这个概念的含混之处十分明显，对于真实性的理解有多种可能性，因而也导致了现实主义的概念出现了多种变体，并总结了其中几个较有代表性的界定。

定义 A：这是一种愿望，一种倾向，也就是说，把有关作者提出的他认为是真实的作品称为现实主义的。

定义 B：凡是评论作品的人感觉是真实的作品，就称为现实主义的。

定义 C：现实主义是 19 世纪一种艺术流派的特征和总和。换句话说，文学史家认为最真实的作品是 18 世纪的现实主义作品。

定义 D：按照非主要特征来描述其特点的作品。

定义 E：体现为始终一贯的动机要求。

仅仅现实主义一词就有上述这么多种理解，且都有大批追随者，可见其影响之大，但这正是其令人担忧之处，因为雅克布逊分别对这些所谓的定义进行深入探究，均发现了其中的不合理之处。

在这五个定义中，A 和 B 是相对应存在的，定义 A 是从作者角度考虑的，也就是说，作品中的真实性是由作者决定的，相反，定义 B 源于读者角度的思考。在一个完整的文学活动中，文学作品作为中间环节而存在，其重要的两端——作者与读者，可以说缺一不可，因而，单独立足于哪一个角度去考虑问题都行不通。

不仅如此，就其内容本身而言也有许多不合理之处，对于定义 A，雅克布逊认为在具体应用的过程中又有两种变体：其一，使现在的艺术标准变形的倾向，把这种倾向解释为接近现实；其二，局限在一种艺术传统内部的保守倾向，把这种倾向解释为忠实于现实。与定义 A 相对，定义 B 在具体应用中也有两种变体：

---

① ［法］茨维坦·托多罗夫编选：《俄苏形式主义文论选》，蔡鸿滨译，中国社会科学出版社 1989 年版，第 79—80 页。

其一，我是现在时的艺术习惯的变革者，我感觉艺术习惯的变形是向现实靠拢；其二，我是保守的，我感觉把现在的艺术习惯变形是一种对现实的歪曲。定义A与定义B的第一个变体都侧重于变，强调艺术创作的动态性，而两个定义的第二个变体则与前者相对，是典型的保守主义者，主张对传统的坚守。同一部作品按这两个定义的两种变体则会得出完全相反的结论，变革者认为是现实主义的，保守者则会相反，反之亦然。

定义D是定义C的一种变体，定义C是一个影响较广的19世纪的文学流派，具有革新精神的新的现实主义者强调自己是不同于它的新的现实主义，“陀思妥耶夫斯基就曾宣称，‘我是高度意义上的现实主义者’。意大利和俄国的象征派、未来派，德国的表现主义者等等，差不多都重复同样的说法”。[1]

定义E所涉及的现实主义是对于一贯动机的强调，其内涵更笼统、模糊，没有对现实主义做具体、可行的阐释，反而将其泛化而至虚无。

那么，现实主义到底应该如何界定呢？雅克布逊将其看作“变革的现实主义”[2]。理解现实主义的核心在于确定真实性的问题，随着时间的流逝，真实性的具体内涵与表现也在变化着。

首先，雅克布逊否定了纯粹客观的真实性的合法性，其指涉的不仅包括文学，还包括绘画、形象艺术等整个艺术领域。且不谈以语言文字为媒介的文学作品中纯粹的真实性是否存在，就连绘画以及形象艺术中也只能是一种幻想，欣赏者在绘画作品中找不到与现实完全相像的对象，那么如何接受、欣赏绘画作品呢？雅克布逊强调的是对这个艺术门类的表现传统的了解，画家一般

---

① ［法］茨维坦·托多罗夫编选：《俄苏形式主义文论选》，蔡鸿滨译，中国社会科学出版社1989年版，第82页。

② ［法］茨维坦·托多罗夫编选：《俄苏形式主义文论选》，蔡鸿滨译，中国社会科学出版社1989年版，第82页。

有一些习惯性的表现方法。“绘画外表的习惯性、传统性在很大程度上决定视觉的行为。随着传统的积累，图画的形象变成一种表意符号，变成一种我们会马上按照接近的组合与物体联系起来的公式。这样便立即形成认识。”[①] 也就是说，观赏者对绘画的认识并非其描述的东西与日常生活的事物的相像，而是由于对绘画的内在表现习惯与规律的了解与认识。绘画以及形象作品尚且如此，用语言文字呈现出来的文学作品中，追求那种纯粹的客观图像更是天方夜谭。在文学作品中，所谓的现实要不断推陈出新，不断创造出新的表现形式，所以，雅克布逊将这样的现实主义称为变革的现实主义，可以说，变是其永远不变的特征。

与此同时，蒂尼亚诺夫在《文学的演变》一文中总结了文学史发展中的问题，认为其真实的处境如殖民地，已经被非文学史的内容占领，具体表现为三个较突出的问题。第一，特别是在西方，文学史在很大程度上受到个人心理主义的影响和控制，这种研究往往用作家个人心理取代作品本身的问题，也就消解了文学事实本身。除此，还有人用文学的起源问题取代文学的发展演变问题，不在文学自身内部谈发展，而是将其置于与非文学的复杂关系中。第二，“用模式化的因果方法论将文学系列与观察者的出发点隔离，这样的出发点既可存在于主要的社会系列中，也可以存在次要的系列之中”。[②] 这种在隔离出来的文学现象中研究文学史的问题必定失败，无法获得全面而深刻的本质认识，就像在广阔的社会生活中将某一现象孤立出来进行本质研究，必然无法达到目的。第三，将文学史与当下的文学现象相联系，这对于科学研究是有必要的，但对于发展中的文学则不是必要的和有益的。这种研究混淆了文学现象中的“史实性”和“历史主义”的问题。

---

① ［法］茨维坦·托多罗夫编选：《俄苏形式主义文论选》，蔡鸿滨译，中国社会科学出版社 1989 年版，第 81 页。

② Тынянов Ю. Н. *Поэтика · история литературы · кино*. М. : Наука, 1977. 270.

所以，蒂尼亚诺夫认为要想确立真正的文学史体系，研究方法与思路必然要重新调整。首先要对“文学史”的范畴进行科学的界定，因为现有的“‘文学史’一词内容十分含混，既包括文学艺术的素材史，也包括语言文字的历史。这个词还很自命不凡，因为将文学史看做将要进入已经具有科学编目的文化史学科”。[①]如此泛泛地理解文学史这一术语会带来十分严重的后果，最终文学史也将失去其独立价值与存在意义。

文学史的研究应该包括两个方面，“一是文学现象起源的研究，二是文学系列的变化，即演变的研究”。[②] 在对一个现象进行研究时，需要考虑的方面很多，不仅包括现象的意义，还包括它的特点，要考虑到研究对象的独特性。所以在对文学现象起源问题的研究中要充分考虑文学现象的特质。同时在对文学系列的演变进行研究的过程中还应注意，不能带有任何主观色彩，要尊重文学发展的客观事实，且研究方法与范围等问题不能固化，应从发展、演变的角度去阐释。

当然，除了上述被形式主义学者用大量笔墨批驳的两种文学史观，艾亨鲍姆认为还有如不完善说、用孤立的眼光看待文学史中的作品等都是不正确的。不完善说认为文学的演变就是文学不断克服之前的缺陷，走向完善之路，如从浪漫主义到现实主义的变化即是文学的不断进步与完善，这种文学史观“将文学的演变理解为平静的世代相传，而文学本身则是缺失的。它被社会运动史、人物传记及其他内容取代了”。[③] 这种自然传承式的文学史观自然不符合形式派学者的立场，同时为其护驾的社会运动史及人物传记等内容同样应被打入囚笼。与此同时，艾亨鲍姆认为，与

---

① Тынянов Ю. Н. *Поэтика · история литературы · кино*. М.: Наука, 1977. 271.

② Тынянов Ю. Н. *Поэтика · история литературы · кино*. М.: Наука, 1977. 271.

③ Эйхенбаум Б. М. *О литературе: Работы разных лет*. М.: Советскийписатель, 1987. 402.

他们同时期的学院派在研究文学史的过程中表现出了将作品孤立的研究倾向，曾将整部俄国文学史为研究对象并试图将大量史料系统化的态度也不见踪影，取而代之的是孤立的研究某个作家的生平记事及心理，专注于个案研究。

艾亨鲍姆认为要用动态的眼光看待文学作品，“被理解为真正内容的形式随着过去的作品不间断地变化，我们自然不能依靠一劳永逸地建立抽象的分类法对待它，而要考虑其具体的历史的思想和意义”。① 尤其在谈论文学演变的问题时，更应该关注文学自身的演变，以及文学与非文学的关系，二者处于不断变动与转化的复杂关系中，“文学系列的事实和非文学系列的事实之间的关系，不可能单纯的是因果关系，而只可能是互相适应、互相影响、依赖或互相制约的各种关系。以上这些关系由于文学事实本身的改变而改变……在一些时代，杂志和编辑生活本身就具有文学事实的意义，而在其他一些时代，社会、集团、沙龙也具有文学事实的意义。因此选择文学生活材料本身和其编入刊物的原因，应当由其联系和相互关系的特点来确定，在这些联系和相互关系的影响下完成该时代的文学演变”。②

第二节 “回归”的文学史

“就在不久之前，艺术史尤其是文学史还不是一门科学，而是一种 causerie（漫谈）……文学史家肆无忌惮地把哲学世界观的唯心主义和大公无私、不屈从于纯物质动机的理想主义混为一谈。”③

---

① Эйхенбаум Б. М. *О литературе*: *Работы разных лет*. М.: Советскийписатель, 1987. 401.

② ［爱沙尼亚］扎娜·明茨、伊·切尔诺夫：《俄国形式主义文论选》，王薇生译，郑州大学出版社 2005 年版，第 276 页。

③ ［法］茨维坦·托多罗夫编选：《俄苏形式主义文论选》，蔡鸿滨译，中国社会科学出版社 1989 年版，第 79 页。

这种漫谈的随意性较大，随意转换话题，甚至理论大厦建构的基石——术语本身即存在致命的问题，所以全新的、科学的文学史体系的建构势在必行。形式学派的主要人物都有关于文学史的论述，较有代表性的文章如什克洛夫斯基的《罗扎诺夫》、蒂尼亚诺夫的《陀斯妥耶夫斯基与果戈理》以及艾亨鲍姆的《“形式方法”的理论》等。

形式学派如何研究文学史呢？蒂尼亚诺夫将文学的发展看作一个不断变化的动态过程，“我们只有在进化中才能阐释文学‘事实’，这样我们会发现，基本的原始的文学特性在无休止地演变，文学就其本身而言不再被描述。‘美好的’事物中的‘美学’范畴也是如此”。[①] 相反，如果用静止的观点替代进化观，很多有意义和价值的文学现象就会被忽视，甚至受到指责。同时，形式学派对文学史的关注，一般从具体问题出发，在论证阐述的过程中往往又能发展成为普遍性的问题，这样就完成了理论与历史相结合的蜕变。这其中体现了形式学派既注重个别作品，同时又注重历史的研究策略。

形式主义者对文学史的研究，之所以令人耳目一新，且颇具学术价值，原因在于其两方面的特质，一是研究范围广泛。正如艾亨鲍姆所强调的，文学史研究所关涉的对象范围要广泛，不仅包括被大多数文学史研究者关注的流行或经典文学，还包括大众文学或处于次要位置、模仿的作品等，许多不被关注或忽视已久的作品都受到了关注。二是不受已有观点的束缚。形式学派成员能够彻底摒弃已有观点，重建自己的理论大厦。

一 文学演变的本质

关于文学的演变或文学史的发展问题，蒂尼亚诺夫提出了几

① Тынянов Ю. Н. *Поэтика · история литературы · кино.* М.: Наука, 1977. 260 – 261.

点总体原则，也代表了学派文学史研究的总体规则。一是将每部文学作品看作一个完整的系统，整个文学类型看作一个更大的体系或系列，无论是一部作品，还是某个体裁，乃至整个文学类型分别是大小不同的整体。“应该首先承认文学作品是一个系统，文学就是系统。只有在这个约定的基础上才能建立文学学科，这种科学不满足于堆砌各种现象和系列，而应该研究它们。”① 不能孤立地研究一部作品。二是将文学系列与社会生活系列有机结合并进行研究，不能孤立文学的存在。虽然形式学派成员都反对将文学艺术沦为文化史的工具，主张彰显文学艺术自身的价值，强调文学作品的自足性。但学派并没有将文学与社会生活完全割裂，什克洛夫斯基的诗学理论中认为日常生活可以进入作品，但应经过陌生化手法的加工，成为文学的有机组成部分。蒂尼亚诺夫在 1928 年同雅克布逊合写的文章《文学和语言学的研究问题》中，特别强调文学史或艺术史的研究同其他历史系列之间的密切关系，甚至说在探讨二者密切关系之前还要先搞清楚历史系统中的每一个系列特有的复杂规律，否则也无法真正把握文学史或艺术史。

形式学派的文学史观开辟了文学史研究的新思路，既然将文学看作某种形式的存在，那么文学史的发展其实就是文学形式的演变，同时伴随功能的变化。不仅丰富了学界对于文学史的探索，同时对捷克结构主义、法国结构主义对功能理论的探索具有重要影响。

（一）文学的演变是形式的变化

形式学派认为文学演变与发展是为了替代旧的形式，什克洛夫斯基、雅克布逊、蒂尼亚诺夫等人做了大量论述。雅克布逊在论述艺术史中对现实主义这一范畴的各种误解的过程中，提到了

---

① Тынянов Ю. Н. *Поэтика · история литературы · кино*. М.: Наука, 1977. 272.

绘画中的表意符号也在不断变形，画家也应该不断革新，在表现中要创造此前未曾出现的新的形式。“所谓的俄国现实主义绘画的奠基人之一克拉姆斯科伊在他的回忆录中谈到，他是怎么最大限度地使学院式的构图变形的，而这种‘不规则’是出于接近现实的考虑。这是新艺术流派的 Sturm und Drang（狂飙突进运动）的一种特有的理由，也就是说是一种表意符号变形的理由。”① 而且，雅克布逊认为艺术表现的这种变形原则在日常生活中依然适用，我们若想使话语更具表现力，往往要打破习惯性的表述方式以及用词，使用与此相反的呈现方式。如当说话者要提高讲话的表现力以引起对方注意的时候，往往去掉平时常用的一些客套和修饰性的词语，而直呼其名，但当听者习惯于用本名来称呼人或物的时候，就要用到一些暗示、隐喻、象征等表现手段，或者使用一些违反常规、不太常用的词，这样会帮助听者理解、接受所谈内容。总之，不变的原则是不断地推陈出新才能增强表现力，才能保持艺术的魅力。这势必要遭到保守主义者的反对，但却是现实主义，甚至是文学发展的根本。当然，雅克布逊这里强调的并非作家要全盘否定之前的所有创作成果，他区分出了主要特征与次要或非主要特征：主要特征是此前被读者关注的特征，次要或非主要特征则是此前没有或存在着但未被关注的、未引起读者注意的特征。雅克布逊这里的主要特征与次要或非主要特征的区分，其最重要的参考依然是读者的感受，与什克洛夫斯基陌生化方法的审美效果可谓异曲同工。

当然，形式的演变与更迭并非按部就班，形式学派不同意“完善说”的自然延续的进化模式，“由于冲突与周期性变革的存在，文学演变的状态变得愈发复杂，也就不会具有平静发展的意义。从该背景出发，陀思妥耶夫斯基和果戈理之间的文学关系即

① ［法］茨维坦·托多罗夫编选：《俄苏形式主义文论选》，蔡鸿滨译，中国社会科学出版社 1989 年版，第 81 页。

具有复杂矛盾的形式”。[①]

既然形式学派的文学史观诉诸形式的演变，那么对不同阶段文学发展的梳理自然要依赖不同的形式呈现。艾亨鲍姆在《论散文理论》中总结了散文从13世纪到19世纪的不同表现形式，带给我们一种考查文学发展的全新思路。他指出，13、14世纪意大利的短篇小说由于刚从各种民间故事以及奇闻逸事中发展起来，所以它的形式还有很浓厚的上述故事的形式特征，依然保留了口头叙述的原则和特点，与今天的长篇小说差别较大，还没有人物之间的对话，没有对自然以及人物的过多描写，甚至没有与情节保持一定距离的抒情或哲学话语。从18世纪中期开始，尤其到了19世纪的长篇小说具有了更丰富的形式，如游记、回忆录、书信、札记等，开始大量使用心理、对话等描写手法，是一种混合的表现形式，在19世纪70年代达到顶峰。俄国形式主义时期这类文学开始瓦解，出现了微小形式的叙事，进一步丰富了叙事类作品的表现形式，当然，此前的通信和游记等文学形式依然存在。

文学的发展并不是封闭的，而是在不断吸收非文学性因素的情况下的复杂发展过程。如叙事类文本中情节的发展就是辩证的，它们互相排斥，同时又伴随着互相戏仿。在这个过程中，“艺术作品的改变是可以发生的。且是参照非审美因素的……这样一来，在艺术作品中，就会无意识地、不考虑审美地产生新的形式。只有在此之后，这种新的形式才能得到评价，同时它也会失去最初的意义，失去审美之前的意义。与此同时，之前存在过的审美结构不再继续被感知，也就是说，失去了自己的骨架，被凝结到统一的成分当中”。[②] 也就是说，在情节发展的过程中，各构成要素一方面相互

---

① Эйхенбаум Б. М. *О литературе*: *Работы разных лет*. М.: Советскийписатель, 1987. 403.

② ［俄］什克洛夫斯基：《动物园 · 第三工厂》，赵晓彬、郑艳红译，四川人民出版社2016年版，第219页。

冲突的同时又相互戏拟，情节在这种协调统一中向前推进，但不是平静地前进；另一方面各要素中不仅有此前就存在的审美因素，还包括非审美的因素，经过上述的复杂演变后，共同成为具有美学特质的新的文学作品的有机组成部分。

由于文学作品的构成要素不断更新，使用的手法不断得到突破，所以什克洛夫斯基坚信，文学的概念是不断变化的，在这一点上与雅克布逊达成了共识。具体而言，文学在演变的过程不断“吸收非审美因素”，将其质变为审美因素，它同时也改变着文学的格局与本质。而且，非文学因素的引入是文学发展的强劲动力，“当文学被扩充进了非文学因素的时候，它就变得极富生命力”。①

需要注意的是，非文学材料进入文学之后，性质就发生了根本改变，“材料不再辨识自己的主人，它通过艺术规范被加工，并有可能在自己的发生之外得到接受……艺术为了创造被感受的形式而运用有品质的对象”。②

形式的演变并没有现成的模式和套路，什克洛夫斯基认为每种文学现象的出现往往早于其名称的出现，每种新形式的出现均是各种因素综合作用的结果。所以蒂氏说：“我们研究的不是文学的演变，而是它的变形，不是文学在同其他系列的相关性中如何变化、演化，而是它如何使相邻系列变形。”③

（二）文学的演变也是功能的变化

文学的发展演变不仅是形式的变化，同时也是其功能的变化，当某一文学要素“自动化”了，在作品中失去了意义，也就意味着“它的功能改变了。自动化就是某个文学要素的‘衰退’，

---

① ［俄］什克洛夫斯基：《动物园·第三工厂》，赵晓彬、郑艳红译，四川人民出版社 2016 年版，第 223 页。

② ［俄］什克洛夫斯基：《动物园·第三工厂》，赵晓彬、郑艳红译，四川人民出版社 2016 年版，第 223 页。

③ Тынянов Ю. Н. *Поэтика · история литературы · кино.* М.：Наука，1977. 280.

也是同样的情况。它不会消失，只是其功能发生了变化，变成了辅助性的存在”。[①] 不仅作品的要素不断演变，并伴随功能的演变，而且当某种文学要素的变化较多时，就会引发整个文学系列功能的改变，但这个过程较漫长，“文学功能从一个时期到另一个时期的演变着，而整个文学系列功能的演变与邻近系列相比，则需要几个世纪”。[②] 此前的研究，“无法令人真正理解文学的演变，因为演变的问题被一些偶然出现的与该体系无关的问题遮蔽，而这些问题则属于文学的起源（文学的‘影响’）和非文学的起源。我们只能从功能的角度来研究文学中使用的，包括文学的与非文学的素材，才能将这些素材引进科学研究的领域”。[③]

蒂尼亚诺夫将文学的发展演变看作功能的发展，并在他提出的两个原则基础上研究文学功能问题。蒂尼亚诺夫侧重于从功能角度研究文学史的相关问题，既包括各种文学类型之间的转化，也包括文学与非文学之间的转换。在系统内部以及系统之间各要素的多重互动关系中，文学要素的功能不断发生变化。

蒂尼亚诺夫将作品中各要素的功能分为三种类型：积极功能、自主功能和共主功能。蒂尼亚诺夫将“每一个要素与作为系统的文学作品的同一体系内，甚至体系内的要素的相类比的可能性，我们称之为作为体系的文学作品中该要素的积极功能”。[④] 同时认为，“功能是个较复杂的问题，一个要素会同时与其他作品体系，甚至其他系列的类似要素发生关系，另一方面，还与同一系列的其他要素发生关系（这就是自主功能和共主功能）”。[⑤] 文学作品中这种要素之间关系较复杂，不仅在同一作品内部，甚至

---

① Тынянов Ю. Н. *Поэтика · история литературы · кино*. М. : Наука, 1977. 272.
② Тынянов Ю. Н. *Поэтика · история литературы · кино*. М. : Наука, 1977. 277.
③ Тынянов Ю. Н. *Поэтика · история литературы · кино*. М. : Наука, 1977. 282.
④ Тынянов Ю. Н. *Поэтика · история литературы · кино*. М. : Наука, 1977. 272
⑤ Тынянов Ю. Н. *Поэтика · история литературы · кино*. М. : Наука, 1977. 272.

不同作品或体裁之间同样存在这样的交流与关系。如叙事类作品中情节、句法和风格等问题都不能被孤立地研究，同一要素如情节可以在一部作品中有多种呈现，同样的一种情节模式在不同的叙事类作品中可以相互借鉴学习，但其所发挥的功能往往发生了变化。不仅如此，有些要素的使用可以跨越体裁，如古语的使用，不仅不限于诗歌与叙事文本，而且在不同的历史时期发生着重要作用，在罗蒙诺索夫的作品体系中，具有高雅的风格，在丘特切夫的作品中则表现为抽象的概念，但在18、19世纪及以后又在滑稽作品中发挥了滑稽的模仿功能。还有我们熟悉的诗歌和小说，格律一般是诗歌的必要因素，但随着“诗歌的演变，一种体系的变化，总会引起与其类比的另一种体系的变化，或者更准确地说与另一体系的变化相联系。后来便出现了有格律的散文”。[①]不能独享格律的诗歌，其作为体系的特征性开始由节奏、句法等要素体现。当然，这个演变过程十分缓慢。

既然功能在文学史的发展中如此重要，那么在演变的过程中，是形式的变化引起了功能的变化，还是功能的变化引起了形式的变化呢？对这个问题不能做简单的回答，蒂尼亚诺夫列举了一个两种情况结合在一起的例子。

“在20年代仿古的文学思潮使功能既高雅又大众化的史诗得以流行。文学和社会系列的类比使其成为大的诗歌形式。但还没有形式因素，社会系列的‘定制’不同于文学系列的‘定制’，没有找到答案。于是开始进行形式的探索。卡捷宁在1922年用八行诗作为史诗的形式要素，随后展开了关于八行诗的热烈讨论，这比较符合没有形式的功能的情况，它像一座悲惨的孤儿院。仿古者的史诗命运不济，8年后，舍维廖夫和普希金使形式具有了另外的功能——通过对四音步抑扬格的使用，改变了史

① Тынянов Ю. Н. *Поэтика · история литературы · кино.* М.: Наука, 1977. 276.

诗，并创造了一种通俗的（不是高雅的）散文史诗（《科洛姆纳的小屋》）。"①

通过蒂尼亚诺夫上述的举例可以看出，形式与功能的关系较复杂，既有卡捷宁这样为功能探求表现形式的情况，也有舍维廖夫和普希金这样为形式寻找新功能的例子。那么影响两种关系的具体因素有哪些，蒂尼亚诺夫并没有直接论述，结合他以及形式学派理论家的阐释可以发现，作家的创造性活动是其中的重要因素，但也不是作家随心所欲的结果，还要受到外在文化语境、文学思潮以及文学自身发展规律等因素的影响和制约。

与雅克布逊的主导理论相似，蒂尼亚诺夫提出了构成文学作品的主要因素，在前文已有论述。它从根本上决定了作品的类型或体裁，且随着时代的发展，主要因素也在不断变化。在这个演变过程中，"我们完全无需把时间尺度引进演变的概念。我们可以把脱离开时间的演变、动态的本身看作是纯粹的运动。艺术就是靠这种相互作用和冲突而存在的"。② 文学艺术的演变并非按照时间尺度，有序前进，而是以各种因素的相互斗争和超越为准则。

当然，除了上述关注形式及其功能的文学观，还有其他声音存在，如内容与形式相统一的文学史观，但不是回到传统批评的老路，而是在承认文化史的前提下突出强调"审美统一体"。日尔蒙斯基认为各种体裁与门类文学艺术的发展并不是杂乱无章的，不是纯粹艺术家个人的行为。什克洛夫斯基、艾亨鲍姆等人在文学史的发展问题上，总体上寻求独立于文化史的文学内在的演变，主要集中于文学创作手法的规律性探讨。但他们只能看到

---

① Тынянов Ю. Н. *Поэтика · история литературы · кино*. М.: Наука, 1977. 276 – 277.

② ［法］茨维坦·托多罗夫编选：《俄苏形式主义文论选》，蔡鸿滨译，中国社会科学出版社 1989 年版，第 98 页。

艺术的发展要改变旧的形式，但对于具体的发展方向的确定则无能为力，这无异于没有解决问题。日尔蒙斯基认为每个审美流派内部或整个时代存在着“审美统一体”，它在根本上制约着文学的演变与发展，它能解释“手法相近、一致反对占统治地位的文坛传统的诗歌作品能够同时、独立地出现的原因”。①在世界艺术发展史中，不同的国家和民族，甚至不同的艺术样式、文学体裁中，常常有大量的手法相近的作品“同时”出现，根本原因在于“审美统一体”的存在，它是一种制约文学艺术发展的强大力量。那么，“审美统一体”是由哪些因素构成，并如何发挥作用的呢？日氏认为，首先这种变化源于“精神文化”，每个时代的道德、哲学、法律和习惯等都不是孤立存在的，相反，它们紧密地统一在一起，并积极地影响着各种文化成果的发展。“艺术中新方法的出现不像各种离经叛道的‘经验’那样偶然、零散，而是立刻统一于作为相互制约的方法封闭统一体的风格的整个系统中，且它的出现在某种程度上被这种统一体决定着。”②其次，艺术演化往往同时进行。“艺术中巨大而普遍的进步（如文艺复兴、巴洛克、古典主义和浪漫主义）同时涉及了所有艺术门类，并与精神文化的一般进步有联系。”③那么，艺术的发展变化如何区别于人文社科的其他领域呢？其独特性如何彰显呢？正如日氏所说，“文学表现的方式或方法的统一即风格，其变化与文艺心理的任务、审美兴趣和倾向，甚至同时代的处事原则的变化密切相关”。④包括文学在内的艺术的发展不仅受到普遍的精神文化的制约，同时要通过美学原则的过滤方才能成其为艺术。“现代小说中的艺术构思，对主题的加工要在审美的组织语言材料中实现。”⑤

---

① Жирмунский В. М. *Теориялитературы. Поэтика. Стилистика*. Л.: Наука, 1977. 37.
② Жирмунский В. М. *Теориялитературы. Поэтика. Стилистика*. Л.: Наука, 1977. 38.
③ Жирмунский В. М. *Теориялитературы. Поэтика. Стилистика*. Л.: Наука, 1977. 38.
④ Жирмунский В. М. *Теориялитературы. Поэтика. Стилистика*. Л.: Наука, 1977. 100.
⑤ Жирмунский В. М. *Теориялитературы. Поэтика. Стилистика*. Л.: Наука, 1977. 47.

二 文学发展的推动力

蒂尼亚诺夫在谈到普希金对18世纪的大形式的继承时说，“他们之所以能继承自己的前辈，只是因为改变了他们的风格，改变了他们的体裁”。[①] 什氏也认为新的文学创作并不意味着传统的绝对消失，其价值将通过另一种方式呈现，无论在基本的词汇，还是文学经验方面均如此。如在词汇方面，作家创作固然不能重新制造从未出现过的新词语，要利用人类的现有语言，但什氏认为优秀的作家往往不会使用一种语言的词典或语言系统，他往往利用多个词典或语言系统。在文学经验方面，传统文学中的手法在自动化的同时又转而成为新的文学加工创造的重要素材，它可以参与新的文学创作，但“传统文学在新的文学中的存在好像没有户口，她就像地球上某种大事件后，磁场的改变。该处发生了地理现象，它对于地球而言是新的”。[②] 进入了新的文学作品后就发生了根本性的变化，获得了新的生命。

大到各种文学流派、思潮，小到每位作家的作品之间是如何承继发展的呢？形式学派的学者对此的理解较一致，它们之间不仅存在着承继关系，同时还伴有“斗争”，蒂尼亚诺夫在《陀思妥耶夫斯基与果戈理》一文中，就高度概括过这种承继与“斗争”相伴的文学现象的转换，即文学史的发展，他说：“任何文学承继都首先是斗争：老的流派的整体破坏和老的因素获得新结构。”[③] 艾亨鲍姆认为，蒂尼亚诺夫在《陀思妥耶夫斯基与果戈理》中极力强调的作品发展过程中的创造性模仿是十分必要的，尤其对于文学史理论的建构，这里涉及了传统与创新的问题。

---

① Тынянов Ю. Н. *Поэтика · история литературы · кино.* М.：Наука，1977. 258.

② Шкловский В. Б. *Энергия заблуждения.* М.：Советский Писатель，1981. 190.

③ Тынянов Ю. Н. *Поэтика · история литературы · кино.* М.：Наука，1977. 198.

纵观古今中外文学的发展，从萌芽期到现在经历了许许多多、大大小小的变化，可以说从未停息发展演变的脚步。那么，文学发展的动力何在，或者说是什么推动文学自身的发展演变？其根本原因是作家，还是外在因素，或是多种因素的混合呢？形式学派成员的论调并不统一，较有代表性的是什克洛夫斯基和蒂尼亚诺夫。什克洛夫斯基较倾向于文学发展的推动力来自包括作家在内的多种因素综合作用。蒂尼亚诺夫则较倾向于将其归为文学自身的发展规律。

什克洛夫斯基虽不断强调陌生化手法的使用从根本上改变了文本的存在状态，但陌生化手法尽管来自作家的创造，但影响陌生化手法加工结果的因素并非只有作家，通过前文的论述可以知道，还包括文学自身的发展规律和读者等因素。

在这一问题上蒂尼亚诺夫则是另一种论调。他认为作家的意图、个性及心理等因素对创造的影响微乎其微，作用最突出的当属文学自身的发展规律。蒂尼亚诺夫首先谈到了作家的创作意图，他认为一部作品的创作并不完全是由作家的创作意图决定的，他“把‘作家的意图’浓缩为一种要素，并仅此而已。‘创作自由’只是一句乐观的口号，但口号与实际情况并不吻合，且要服从于‘创作的需要’”。[①] 创作意图仅是文学创作中需要的一个因素，它的作用的发挥受制于许多其他因素，所以所谓的“创作自由”完全是空谈。在各文学要素的制约下，作家的意图常常“被迫”发生改变，或者被取代，“作家在运用特殊的文学材料时，受它的制约，会改变原来的意图……《叶甫根尼·奥涅金》最初大概是‘讽刺诗’，作家在其中‘发泄了愤怒’。但写到第四章时，普希金这样说，‘我的讽刺那里去了呢？《叶甫根尼·奥涅金》中看不到它的痕迹’”。[②] 所以想通过作品去了解作家较难找

---

① Тынянов Ю. Н. *Поэтика · история литературы · кино*. М.: Наука, 1977. 278.

② Тынянов Ю. Н. *Поэтика · история литературы · кино*. М.: Наука, 1977. 278.

到正确答案，作品中呈现出来的作家的个性和风格往往由作品的特殊语境决定，与生活中的作家本人往往并不一致。“海涅的文学个性与其本人就相距甚远，在某些时期，传记也是令人将信将疑的口头文学。”① 尤其有一些作家生活中做了很多令人难以接受的事情，像徐志摩为了追求所谓的爱情而抛弃结发妻子，更有涉嫌杀害妻子的顾城，但他们的文学创作则表现出了过人的才华，古今中外这样的例子不胜枚举。

不仅如此，蒂尼亚诺夫甚至断言，文学的发展演变不仅不依赖于作家的创作个性，甚至其心理、生活环境、所属的阶级等因素对作品产生的影响也十分有限，往往不能在作品中产生直接的影响，与作品中表现出的特征并不能形成因果关系。蒂尼亚诺夫认为，即使没有这种影响，某种功能也能够引导我们找到类似的形式要素。

那么作品的发展演变受制于哪些因素呢？蒂尼亚诺夫认为，“问题在于客观条件，不在于作家个人的和心理的条件，因为文学系统的功能同相邻的社会系列相比有了发展变化”。② 这里的客观条件具体内容是什么，蒂尼亚诺夫并未再直接论述，我们认为，它应该是非人为的文学发展的内在规律，强调的是文学艺术发展的相对独立性。

当然，文学史绝不是直线式发展演变，而是按断断续续的路线前进，而文学的发展或文学流派之间的承继关系也不是父与子之间的具有必然性的关系，而是叔叔与侄儿之间的间接关系。就像流派的发展演变，每一个时代同时存在的流派可以有一个或多个，其中的某些流派往往是典型代表。每个流派的出现都是一次革命，当然“被战胜的线路不会消失，不会停止存在，只是从巅峰状态跌下来，在休闲体系下散步，并能重新复活……新的领导

① Тынянов Ю. Н. *Поэтика · история литературы · кино.* М. : Наука, 1977. 279.

② Тынянов Ю. Н. *Поэтика · история литературы · кино.* М. : Наука, 1977. 280.

者也不是之前形式的简单重复，而是之前的小流派的特点的复杂化，继承的是已经处于辅助地位的曾经主位的特点”。[①] 文学史就在这个过程中“跌跌撞撞”地前进。

第三节 文学体裁

在文学发展史上，出现过各种文学体裁，每种体裁也在不断发展演变。那么，体裁到底指的是什么呢？形式学派对其做了限定，“有各种类型的文学统一，它们存在于部分的自我组合及组合的论证之中。我们将挑选相似的组合称为体裁——文学作品的种类。但体裁处于永恒的矛盾之中，内容及形式都在更迭”。[②] 这里强调每种体裁的作品共有的相似性特征。同时，体裁的内涵及特征也在不同发展，它“连贯地发展，似乎永不间断，但这种不间断是阶段式的……体裁存在于自我否定，存在于已经老生常谈的冲突中，但不在现有冲突的否定中被忘记”。[③] 新体裁的出现会带有旧体裁的特征。什克洛夫斯基将这种彼此之间发生了矛盾的体裁称为流冰期的冰，它们会积成冰群，形成由此前存在的体裁的部分特征组成的新组合，这是重新被认识、被感受的结果。所以体裁的断裂并非其发展的停滞，而是在酝酿新的体裁形式。

一 体裁的特征

每种体裁的存在与发展固然离不开一定的文学手法，所以由于方法的发展变化以及规律存在不确定性和随机性等特征，托马

---

① Шкловский В. Б. *Гамбургский счёт.* М.：Советский писатель，1990. 121.

② Шкловский В. Б. *Избранное в двух томах. Том первый.* М.：Художественная литература，1983. 105.

③ Шкловский В. Б. *Избранное в двух томах. Том первый.* М.：Художественная литература，1983. 492.

舍夫斯基据此总结了体裁的特征，但又难以从体裁内部挖掘具体又精准的答案，所以托马舍夫斯基采取了迂回的策略，从体裁的外在表现特征入手，一方面强调体裁发展变化的必然性，另一方面又强调其也会不断消亡的过程，二者又是紧密相伴、密不可分的关系。

（一）体裁具有不断发展的特性

体裁总体上是螺旋式向前发展的，其特征并非一成不变，而是在变化中缓慢前进、发展。总体上，体裁的发展变化分为两种类型，一是量变，二是质变。量变一直伴随着体裁的存在，但量变达到一定程度就会引起质变，出现新的体裁。每种体裁都在不断缓慢地向前发展，自身在不断演变。而新出现的作品往往会给体裁带来新的气息，通过新的方法使其不断丰富，所以，尽管体裁都有一些标识性的“主导方法”，但其表现形态则处于不断变化、丰富的过程中。19、20 世纪影响力较大的现实主义文学发展的漫长历程中，不同国家、地域、时期的作家不断地用自己的作品探索新的表现手法，同时也丰富着现实主义文学的大厦，其中苏俄现实主义文学的成绩同样令人瞩目，如在心理描写上，许多文学大师通过自己的智慧使其不断丰富，高尔基、托尔斯泰和陀思妥耶夫斯基等作家都是俄罗斯文学发展史上难以攀登的高峰，在现实主义文学发展史上都取得了较有影响力的成绩，但在运用心理描写刻画人物时又有所不同，高尔基在《母亲》中鲜有大篇幅的心理描写，多是通过行动的描写来刻画人物的心理，《安娜·卡列尼娜》与《罪与罚》中心理描写的分量则大大增加了，但如果说《安娜·卡列尼娜》中人物的心理活动完全可以被读者理解、接受，是符合理性逻辑的，那么在《罪与罚》中，作家陀思妥耶夫斯基在前者的基础上进一步增加了梦境、变态心理、无意识活动等内容，给读者带来新的阅读体验的同时，也丰富了小说的心理描写手法。虽然表现方式不断丰富，但依旧坚持现实主义原则未变。

但当这种量变达到一定程度，就会改变作为体裁标识性特征的“主导方法”，这样体裁的名称虽然未变，但其表现特征则已经完全不同。“中世纪的骑士小说和安德烈·别雷、皮利尼亚克的当代小说毫无共同特征，但当代小说依然是古代小说经历多个世纪缓慢发展的结果。”再如“茹科夫斯基和吉洪诺夫的叙事诗完全不同，但在二者之间存在着起源上的联系，可以通过从一种形式逐渐过渡到另一种形式的过渡环节将其联系起来”。[1]

艾亨鲍姆对体裁的演变也有类似的观点，体裁并不是静止的，而是处于不断演变的过程中，且其演变并不是按照既定的路线，在演变的过程中，路线常常发生转向，“在每种情节的演变史中都会出现这样的时刻：作为完全严肃的、快速的被利用的体裁重新变样了，在喜剧或戏拟的形式中显现出来。这样伴随了叙事诗、冒险小说和传记小说等”。[2] 这里谈到的原本严肃的体裁经过演变可能会成为充满戏剧色彩或戏拟意味的作品。

艾亨鲍姆认为文学为了实现自己的“存在”，所以会不断地奋斗，改变呈现形态，体裁的演变往往就发生在这个过程中，当文学作品的变化较大，积累了一定的量时，往往就会有体裁类型的变化了。

托马舍夫斯基在论述体裁的特征时还将作家区分为天才（гений）和模仿者（эпигон），他认为体裁的发展就是不断通过处于弱势但却富有生命力的手法颠覆正如火如荼、蓬勃发展的体裁的过程，具有这种能力的就是天才，而大多数作家则是普通的模仿者，他们主要的精力都放在了如何模仿别人上，最终不仅自

---

① Томашевский Б. В. *Теория литературы поэтика*. М.：Аспект Пресс，1977. 207－208.

② Эйхенбаум Б. М. *Литература*：*Теория. Критика. Полемика*. Chicago 80，Illinois，1969. 175.

已难以创作出优秀的作品，甚至还会影响读者对他们所模仿的对象的评价，原本颇具价值的手法经过他们的机械模仿也变得令人厌烦，难以获得美的感受。“我们可以看到19世纪对拉辛戏剧的指责，原因就在于那些后期的作家对他的拙劣模仿，导致读者对拉辛的剧作也感到厌倦了。”①

（二）体裁具有“消亡”的特性

除了上述以方法为根基的体裁发展演变中的延续性存在，与之相应的，还有断裂性的行为，表现为某种体裁的消亡。在体裁发展的过程中，随着各种方法的裂变，当“主导方法”消失时也就意味着一种体裁要么被新的体裁取代，要么消亡。当然，体裁的消亡并不意味着文学发展的衰落，它更是文学内部的新陈代谢，与此同时，一种新的体裁也会随之崛起，“没有形成体系的游离的方法也能找到‘中心’，新的方法若能将它们聚集在一起，也能使其成为一个体系，这种起统一作用的手法也可以成为可感觉的特征，并在其周围形成一个新的体裁”。② 所以，与其说体裁具有消亡的特征，更不如说具有新生的特性。所以托马舍夫斯基在该问题这里重点论证的也是新体裁的出现。

如果按照体裁类别的高雅程度将其分为高雅文学与通俗文学的话，那么高雅体裁的消亡往往带来的就是通俗体裁的出现，或被通俗体裁取代，每个时代一般都有自己的高雅与通俗体裁。这里的高雅与通俗是按照该体裁在文学与文化中的重要性而判定的，时代的主流文学往往被称为高雅体裁，与之相反则是通俗体裁。托马舍夫斯基认为，文学体裁的发展规律就像时代的演变，具有领导地位的阶级最终往往被底层的阶级取代，体裁的变化亦如此。

托马舍夫斯基列举了高雅体裁被通俗体裁取代的两种方式。

---

① Томашевский Б. В. Теория литературы поэтика. М.: Аспект Пресс，1977. 209.

② Томашевский Б. В. *Теория литературы поэтика.* М.: Аспект Пресс，1977. 208.

一是高雅体裁的消失。如“颂歌在19世纪消失了，英雄史诗在18世纪消失了”。[①] 二是通俗体裁渗入高雅体裁中，改变它的存在性质。当通俗体裁的手法渗入高雅体裁中的时候，其功能发生了根本性变化，完全不同于在通俗体裁中的审美效果，所以在高雅体裁中获得了新的生命，同时能够整合高雅体裁原有的手法而使作品呈现为新的体裁，不仅在叙事作品中，甚至抒情类作品同样如此。“19世纪20年代的法国，通俗的手法渗透到了高雅的古典主义悲剧中，产生了浪漫主义悲剧。”[②] 诗歌中这样的情况也比比皆是，如20世纪初的未来主义手法中，具有幽默特点的通俗抒情诗的手法渗入高雅的抒情诗里，就产生了像马雅可夫斯基的作品一样高雅的颂诗和史诗。但当高雅的体裁生成后，通俗的体裁所具有的幽默风格也消失不见了，手法的功能发生了根本转变。

托马舍夫斯基探究的不仅是叙事文学中的高雅与通俗体裁，更是所有类型的文学作品的演变规律。所以强调类似高雅体裁与通俗体裁之间的生成与消亡的问题，在每种文学蓬勃发展的时期，“民间”就开始孕育日后将颠覆该文学的手法，能够完成这种使命的作家注定是“天才”。托马舍夫斯基十分赞赏这种“天才”，他们真正推动了文学的发展与革新。

当然，体裁的发展演变并不局限于相关类型之间的发展与取代，什氏认为区别较大的作品体裁之间在需要的情况下可以相互借鉴、学习，俄国作家谢尔文斯基就将散文的材料放入诗歌中。

蒂尼亚诺夫于1927写的文章《论文学的演变》是其理论体系成熟的重要代表，这里不仅仔细分析了文学史的发展演变问题，还对文学要素的功能、体裁等问题有比较成熟的论证。他认为文学体裁的研究最难，也是研究最不充分的问题。蒂尼亚诺夫认为，在研究体裁的过程中应该注意这样的问题，一是“体裁的

① Томашевский Б. В. *Теория литературы поэтика.* М. : Аспект Пресс, 1977. 208.

② Томашевский Б. В. *Теория литературы поэтика.* М. : Аспект Пресс, 1977. 208.

特点自身也在变化。如20年代至40年代的体裁中，'故事'和'短篇小说'的特征就与当代体裁的特征不同"。[①] 这里承袭了蒂尼亚诺夫一贯的动态性观点。二是对单个文学作品的研究不能脱离其同时期所处的体裁类别，也就是说，考查某部作品，要将其放在作品所处时代的该体裁的体系中思考。其实这里的要求与上述强调体裁特点的动态性是一脉相承的，"托尔斯泰的历史小说不仅与扎各斯金的历史小说相比较，还要与同时代的散文进行类比"。[②] 他强调对某部作品的研究也要将其放在整个体裁的背景下加以思考，不仅要考虑同时代的体裁，还要考虑不同时代的体裁特点。同时，不同体裁的文学类型之间也可以相互借鉴，如诗歌体裁对小说的借鉴，存在有格律的散文，也有相反的情况。

二 体裁的类型

古今中外的文学作品数量十分庞大，所表现出来的特征也是多种多样，文学史上人们从不同的角度对作品做过分类，或者区分作品的体裁，有的注重作家的出生地，有的注重作品的思想，等等。俄国形式主义者对叙事手法的重视不仅体现在著述中有大量篇幅对其论证、分析，同时还表现为以叙事手法为标准对作品进行归类、划分，尤其表现在体裁的问题上。

（一）体裁的分类

蒂尼亚诺夫也论述过作品体裁的划分，他认为文学作品是由各要素构成，但它们之间的地位并不平等，可分为主要因素与次要因素，其中主要因素对作品的体裁起着决定性作用，并决定着次要因素的存在形态，甚至对其加以变形。如我们根据诗句某些手法的特点，就可以将某作品归为诗歌的行列。作品的主要因素

① Тынянов Ю. Н. *Поэтика · история литературы · кино*. М.: Наука, 1977. 275.

② Тынянов Ю. Н. *Поэтика · история литературы · кино*. М.: Наука, 1977. 276.

并非恒定，它也随着时代的发展而不断变化，“现在，一部长篇小说是否归于长篇小说，要看其篇幅长短和情节的发展，曾经则以作品中是否有曲折的爱情情节来判定”。[①] 当然，也有一些作家具有独创性的作品不符合其同时期流行的主要因素，出现难以界定体裁的情况，出现这样的情况要么是极其失败的作品，要么像普希金的作品一样具有时代的引领性，有开拓之功，能引起一股新的创作潮流。

托马舍夫斯基对体裁问题也有研究，无论是对体裁特征还是分类的认识，都是在表现手法的基础上进行界定与区分。在他看来，作品的体裁是通过作品所使用的各种艺术手法体现出来的，但各种手法并非同等重要，那些能够被读者感知的方法更重要，所以在他看来，“体裁的特质在于围绕着可以被感受的手法的组合”。[②] 也就是说，体裁是由作品中能够被感受到的方法的组合构成，根据表现手法的不同，区分了作品的体裁，他认为，“在一定程度上可以根据作品中所使用手法的不同对其进行分类”。[③] 虽然依据方法对体裁进行划分也是十分复杂的问题，但托马舍夫斯基没有做过于细致的区分，而是笼统地区分了三者基本的类型：戏剧体裁、抒情体裁和叙事体裁，三者尽管略有交叉，但各自的区别性特征较明显。可以说，无论是前面谈到的体裁的内在特征、其中的“主导手法”，还是体裁的分类都是相对的，只是在某个特定历史时期适用，体裁的分类亦如此，托马舍夫斯基认为，“我们可以看到，无法建立任何逻辑的、精准的体裁分类。各种体裁的分类永远具有历史性，也就是说，只在一定历史阶段具有合法性”。[④]

戏剧体裁相对于抒情体裁和叙事体裁较特殊，要通过舞台的

① Тынянов Ю. Н. *Поэтика · история литературы · кино.* М.：Наука，1977. 277.
② Томашевский Б. В. *Теория литературы поэтика.* М.：Аспект Пресс，1977. 206.
③ Томашевский Б. В. *Теория литературы поэтика.* М.：Аспект Пресс，1977. 207.
④ Томашевский Б. В. *Теория литературы поэтика.* М.：Аспект Пресс，1977. 210.

表演方能呈现于读者面前，所以其创作的过程中要充分考虑舞台因素，无论是情节的设计、人物的表现，还是时间、地点的设置等都要满足舞台表演的特殊性。托马舍夫斯基重点论述了剧本的语言（包括独白与对话）、情节构成和主人公等问题。与之相对，抒情体裁的规模较小，由于没有舞台的限制，诗人主要通过语言作用于读者的情感，所以，托马舍夫斯基重点分析了诗语的写作技巧及主题，写作技巧包括排偶、修辞等。

当然，体裁之间的界限并非绝对，在不同的时代会发生从中心到边缘或从边缘到中心的此消彼长以及相互转化的情况。蒂尼亚诺夫在谈到文学作品的位移问题时曾涉及过该问题，他认为体裁的流转与演变不仅有中心与边缘的转换，有文学与非文学的跃升与衰落，还有不同类型之间的转换，如“曾经长篇冒险小说变成了庸俗作品，而今天的中篇心理小说则变成了庸俗的”。[①]

（二）叙事体裁

由于篇幅不同，作家进行情节设计和主题选择的方式存在较大差别。文学史中对小说的划分，常常通过篇幅的长短，将其分为短篇小说、中篇小说和长篇小说。俄国形式主义在独特的情节观的影响下，对小说篇幅的长篇划分有独到的理解。

首先，托马舍夫斯基根据篇幅的大小将叙事类作品（这里主要指小说）分为三种类型——长篇小说、中篇小说和短篇小说，但主要探讨的是长篇小说与短篇小说。

“短篇小说的本事一般较简单，线索较单一（但本事结构的简单并不影响具体情境的复杂），情境转换的链条较短，或者更准确地说，只有一次情境的更迭。”[②] 短篇小说由于容量较小，文字有限，所以本事必然会比较简单，线索（нить）较单一，但情境依然可以复杂。托马舍夫斯基重点从短篇小说的叙述、结尾和

① Тынянов Ю. Н. *Поэтика · история литературы · кино.* М. : Наука, 1977. 258.

② Томашевский Б. В. *Теория литературы поэтика.* М. : Аспект Пресс, 1977. 243.

框架等问题展开。

不同于戏剧文学，短篇小说对对话的依赖较少，主要以叙述为主，所以叙述主体［即讲述人（рассказчик）］的作用异常突出，如何讲成为关键。“讲述人的出场伴随着两个问题，一是讲述人的框架动机的引入，二是语言和结构的加工方式方法。”① 托马舍夫斯基分别就短篇小说创作中讲述人的上述两个功能展开了论述。托马舍夫斯基也强调过短篇小说除了有讲述人的，也有没有讲述人的情况，而且后者居多。事实上，这里所谓的没有讲述人的情况只是没有一个身份较明显的主体，但在故事的背后依然存在着一种声音，将故事传达给读者。托马舍夫斯基认为讲述人在作品中的主要任务宏观上可分为叙事（повествование）与描写（описание），两者相互补充，共同构成作品的有机整体，其中的叙事是讲述人的动态行为，介绍的是人物的具体行动，描写则是讲述人的静态行为，是连接不同的人物行动的内容，如景物描写、与人物行动相关的信息的介绍等。

除了从是否有讲述人的角度对短篇小说进行分类，托马舍夫斯基还依据本事的不同特征将其分为有本事的短篇小说和无本事的短篇小说。这里所谓有无本事其实是对情节的连贯性的强调，本事既然是读者阅读情节后在心里重构的故事的完整链条，所以有本事的短篇小说就是有连贯情节的短篇小说，而无本事的短篇小说则是情节不连贯、断裂的短篇小说。读者较熟悉具有连贯情节的小说，而不连贯的作品数量也不少，各叙事要素之间给读者一种“支离破碎”的感觉，彼此之间较松散，因果关系或时间关系已经荡然无存，甚至叙事要素之间摆脱了一般的递进关系，而变成了并列关系，即使调换顺序也不影响作品的表达。托马舍夫斯基列举了契诃夫的作品《意见簿》，该作品沿袭了作家一直的

① Томашевский Б. В. *Теория литературы поэтика.* М.：Аспект Пресс，1977. 244.

讽刺风格，作品文字虽不多，但通篇除了开头作家介绍火车站的写字台上为旅客准备的一个意见簿，以及文中“我”在车站看到了站长那张丑陋的嘴脸，都是对意见簿上面大家留言的摘录，这些毫不相干的内容都是独立存在的，有的揭露丑陋的隐私，有的骂人，有的是日常琐事，还有寻物启事，等等，如果我们把它的顺序打乱，重新设置依然不会影响作品的呈现。

对于短篇小说的情节塑造规律，托马舍夫斯基在后面长篇小说中有较深入的论述，所以在短篇小说这里他主要集中精力分析了短篇小说的情节结构中作用较独特的结尾（концовка、развязка）问题。托马舍夫斯基分别用单词 концовка 和 развязка 来表示结尾，虽都有结尾、结局的意思，但在他的行文中强调 концовка 是较意外或不寻常的结尾，而 развязка 当然就是比较正常的情况。托马舍夫斯基之所以在关于结尾的问题上区分如此之细，说明他较注重结尾的作用，尤其是 концовка 这种不按常理演绎的较突然和意外的情况，“这种结尾所表现出来的创新性正是短篇小说的主要方法。其基本特征是引入不同于短篇小说本事的新的叙事动机。例如，短篇小说的结尾可以是道德说教或其他情况”。[①] 在古今中外的叙事类作品中，短篇小说的这种结尾除了道德说教还有很多其他情况，如莫里哀的《悭吝人》结尾处突然的亲人相认，前边的情节完全没有这方面的铺垫，让读者觉得十分意外，但又在可接受的范围之内；再如裸露叙事结构的契诃夫作品《诽谤》的结尾：“‘究竟是谁呢？’我们也不禁要问读者诸君……”[②]《意见簿》的结尾讲述人失语了，并没有出场，完全是在引述例证，重复前面的内容。托马舍夫斯基认为这样的结尾不仅能给读者带来新意，更能赋予作品以新的内涵，甚至使其思想得到进一步升

---

① Томашевский Б. В. *Теория литературы поэтика.* М.: Аспект Пресс, 1977. 245.

② ［俄］契诃夫：《契诃夫短篇小说精选》，王建夫、路工译，漓江出版社 2003 年版，第 55 页。

华。就像契诃夫的《意见簿》，本是比较严肃的行为，车站希望乘客在意见簿上提意见，似乎是为了提高服务水平，但人们在上面写的却是各种谩骂、碎碎念、抱怨、谎言等内容，作家在最后没有站出来交代结尾，就以这无尽的“意见”作结，留给读者的是无穷的想象和思考，还会有许许多多类似这样的荒唐的“意见”，增强了文本的批判力度。

托马舍夫斯基尽管将小说分为长篇、中篇和短篇，中篇小说似乎是长篇小说和短篇小说之间的过渡。但在具体的发展中，短篇小说经过组合可以直接发展成为长篇作品，这其中的过渡阶段就像大家熟知的《十日谈》《一千零一夜》等这样将短篇小说汇合成的作品集。作品集中起来的各个故事可以独立存在，只是通过一个理由将其汇集成册，比如像阿拉伯民间故事集《一千零一夜》中讲述的是在古印度和中国之间的一个萨桑国，国王非常残暴，王后因行为不当被杀后，国王还不解气，为了报复王后，以后每天娶一名少女，第二天就将其杀掉。为了解救那些无辜的女孩，该国宰相的女儿主动嫁给国王，为了避免被杀，她用讲故事的方式吸引国王，故事的精彩处往往在天刚亮的时候出现，被故事吸引的国王只好允许她第二天接着讲，就这样她讲了一千零一夜的时候国王被感动了，二人白首偕老。这部作品中组织各个故事的原由是宰相的女儿为了自己及更多的女孩不被杀害而为国王讲故事。

托马舍夫斯基将上述组织故事的缘由称为框架（обрамление），它的使命在于将一系列独立的短篇故事连接为一个作品集，它还不是真正意义上的长篇小说，其内部结构较松散，各个故事依然是可以独立存在的，即使在框架内，但它们之间并没有联系。“当故事之间结合得较紧密的时候，它就变成了统一的文学作品——长篇小说。”① 托马舍夫斯基将莱蒙托夫的《当代英雄》看作这种介于故

① Томашевский Б. В. *Теория литературы поэтика.* М.：Аспект Пресс，1977. 248.

事集与长篇小说之间的过渡性作品，整个作品是由一个主人公毕巧林贯穿始终，讲述了毕巧林在不同时间和地点的各种经历，尽管故事都跟主人公有关，但彼此之间是相对独立的，托马舍夫斯基认为这样的情况，还不能算作真正的长篇小说，故事之间结合得不紧密，只有在那些紧密相连，每个故事都作为作品的不可或缺的有机组成部分的情况下，长篇小说才真正诞生。虽然托马舍夫斯基否定《当代英雄》作为长篇小说的身份难以被学界认同，但在论证的过程中他对构成长篇小说的各部分的紧密关系的强调是十分必要的。

托马舍夫斯基对由多个故事构成的长篇小说提出了几点要求，一是人物方面，不论是主要人物还是次要人物，对于各个故事而言都应有共同的任务；二是每个小故事的结尾不应是故事真正的结束，而应是下一个故事的开始，或者说每个小故事不应该有结尾。当然，尤其在19世纪之前的长篇作品中有“故事镶嵌”（вставная новелла）的情况，就是在完整的故事中穿插进一些相对独立的小故事，“故事镶嵌在当代长篇小说中也有，陀思妥耶夫斯基的作品《白痴》的组成即是如此，冈察洛夫笔下的奥勃洛摩夫的梦境也是故事镶嵌”。[①] 也就是说，长篇小说中偶尔出现的相对独立的故事托马舍夫斯基是可以接受的，他认为这样不影响总体上的和谐。我们依然以上述《奥勃洛摩夫》中奥勃洛摩夫的梦境为例，它和前面《一千零一夜》《十日谈》等作品中的独立故事有着质的区别，它与前后文的情节看似没有直接的关系，但实质上其内在依然紧密结合。甚至可以说对奥勃洛摩夫梦境的描写是作品《奥勃洛摩夫》中较重要的一部分，“《奥勃洛摩夫的梦》构思写作较早，在《奥勃洛摩夫》出版前，冈察洛夫就已完成了《奥勃洛摩夫的梦》的写作，于1849年在《现代人》杂志发表”。[②] 在奥勃洛摩夫

① Томашевский Б. В. *Теория литературы поэтика.* М.：Аспект Пресс，1977. 249.

② 郝丽娜：《俄国农奴制的挽歌——〈奥勃洛摩夫的梦〉的解析》，《云南民族大学学报》（哲学社会科学版）2013年第2期。

的梦里，呈现给读者的是他的家族生活的与世隔绝的奥勃洛摩夫卡，介绍了这里的地理与人文环境，将其刻画为俄国农奴制的缩影，是沙皇专制统治下农奴制社会的典型代表。梦境的出现对于奥勃洛摩夫人物性格和行动的塑造具有重要作用，它向读者证明，作为“多余人”的奥勃洛摩夫的出现不是偶然，是那个时代的必然产物，同时也解释了其灭亡的必然性，所以，在该作品中对奥勃洛摩夫梦境的描写不仅不是多余，而且是深化作品思想的浓墨重彩之笔。

与此同时，长篇小说“作为一种大型的叙事形式通常也是由多个故事连接而成”，但“每个故事的结尾情境都是下一个故事的开始情境，因此，处于中间的故事中不存在开端和完整的结尾”。[①] 由于长篇小说是由小故事构成的一个大故事，容量较大，所以不同叙事要素的组合方式较多样，托马舍夫斯基总结了长篇小说的三种结构类型阶梯（ступенчатое）结构、环形（цепное）结构和平行（параллельное）结构。

阶梯结构和环形结构的作品具有一定相似性，“为了让作品有所发展，每一个故事和上一个故事相比在材料上都必须有所拓展，例如，在每个新的事件中，主人公周围都应不断聚集新的角色群，或者让主人公的每次境遇都比上一次更加复杂和困难”。[②] 但二者也有自己独特的呈现方式。

阶梯结构除了具备上述的共同特点外，还具有一些常见的叙事策略，一是有“虚假”的结尾，在构成长篇小说的各个故事中，会出现一个或几个类似于结局的内容，如某人死了、主人公得救或困难得到解决等，但是到作品后面的发展中读者发现，某人没死，主人公没有得救，谜团也没解开，或者陷入了更大的危机中，原来所谓的结尾竟是假象，是作家为了增强读者阅读的体

① Томашевский Б. В. *Теория литературы поэтика.* М.：Аспект Пресс，1977. 249.
② Томашевский Б. В. *Теория литературы поэтика.* М.：Аспект Пресс，1977. 249.

验而放的烟幕弹。二是谜团的设置，在一些故事发展的过程中，会出现让读者感到迷惑，甚至主人公也不搞清楚真相的情节，之后随着故事的发展，谜团逐渐被解开，真相大白。三是像《死魂灵》一样通过旅行、谈话等事件将各个故事串联起来，但不同于长篇小说出现之前的短篇小说集如《十日谈》，这里被串联起来的事件之间彼此相关，内容具有承继性。环形结构则是以一个故事为主体，但在叙事的过程中不断穿插一些其他故事，但总体上不影响对主体故事的叙事。它不同于阶梯结构的第三种情况，阶梯结构中穿插进的故事为主体，将其串联起来的事件是附属性的，环形结构则相反。

平行结构换种说法也是双线或多线结构，作品内容一般较庞杂，由多个人物、多个事件构成，作家往往同时对其进行叙述，将其放置于两条或多条线索中，各条线索同时进行，时有交叉，或相互影响，它们有时有主次、明暗之分，有时平分秋色、并驾齐驱。采取这种结构的中外作品很多，不仅有外国的《安娜·卡列尼娜》《战争与和平》，还有鲁迅的《药》、叶绍钧的《夜》，等等。

托马舍夫斯基不仅对长篇小说的结构进行了分类，同时还深入探究了结尾问题，他认为长篇小说的结尾应该比短篇小说的结尾更重要，并将其分为几种类型：第一种结尾是较传统的场面，主人公的生活与命运出现了某种阶段性的转变，如结婚、死亡、自由等，当然也有通过次要人物的相关行为结束作品的情况。大部分叙事作品都较倾向于这类结尾，如童话中的灰姑娘与白马王子从此幸福地生活在一起，悲剧中英雄人物的死亡，或主人公重获新生，等等。第二种是阶段性事件的结尾，尤其一些由多个事件构成的作品，其结尾不是将各个事件串联起来的故事的结束，而是发生在最后的事件的结束。"如儒勒·凡尔纳的《环游世界八十天》中的结尾就不是福克最后完成了环球旅行，而是它赢得了赌注（其中打赌的经过和时间的计算是该框架性小说的主题）。”[①] 第三种是阶梯结构中需要引入一个新的故事作为结尾，整个作品的故事在结尾处并没有按原有的思路继续发展，而是发生了实质性的转变。同样是儒勒·凡尔纳的作品，《海底两万里》就是这样结尾，作品的主人公在海上经历了一系列冒险的经历，但作品的结束不是继续冒险，而是这种生活的结束，当然，也是新生活的开始。第四种结尾是与前面的内容拉开一定距离，在时间与节奏上明显加快，尤其对那些发展相对较缓慢的情节更为实用，在结尾笔锋一转，呈现给读者其他时空中发生的事，常见的模式如“在我们这里讲的故事过去十年以后……”[②]

托马舍夫斯基不仅对文学作品的体裁、对小说结构进行分类，同时对长篇小说也做了分类，但他认为分类标准并不是固定的，而且是由多种历史因素共同影响的结果。所以，侧重于不同角度对长篇小说分类的结果必然不同。如果从叙事系统的基本特征，或者说讲述方法的角度分类，可以将长篇小说分为以下几类：抽象的讲述、日记体小说、发现的手稿形式的小说、讲述主人公故事的小说、书信体小说。

如果从讲述的故事内容的不同将长篇小说分类，可分为以讲述主人公惊心动魄的冒险经历为主的冒险小说，以讲述历史故事为主体的历史小说，如以狄更斯、巴尔扎克、司汤达等作家为代表，多涉及私情、出轨等内容，还有关注人物心理活动的心理小说，有通过对故事情节的加工而取得幽默与讽刺效果的小说，有大量借助想象力描写超越现实的幻想小说，有涉及现实的政论体小说，甚至还有无情节小说，这类作品中的叙事要素结合得不够“紧密”，相对有情节的小说而言较“松散”，“其特征是本事的特征较弱（或者有的时候是缺席的），各部分之间的转换没有明显

① Томашевский Б. В. *Теория литературы поэтика.* М.：Аспект Пресс，1977. 251.

② Томашевский Б. В. *Теория литературы поэтика.* М.：Аспект Пресс，1977. 252.

的情节的变化等”。[①] 就像什克洛夫斯基的作品《动物园，或并非情书的信》，记录了作家某一段生活经历，但每个事件之间的联系并不紧密，甚至可以说比较松散，有的时候一个事件没有讲完就开始了另一个事件的讲述。上述几种长篇小说类型的划分只是相对的，或者说只有在一定的特殊时期内这种划分才有效，而且不同类型的作品中间有时有交叉的情况，如一部讲述历史故事的小说也可以是冒险小说，幻想小说和冒险小说的内容也十分相似，同一部作品可以属于不同的类型。

除了上述对纯小说的划分，托马舍夫斯基认为还有介于小说与诗歌之间的过渡形式——叙事诗。它又可以分为有本事的史诗、无本事的描写叙事诗和警世诗（дидактические）。第一种史诗中有本事，有连贯的故事，情节的存在特征较明显，一些大规模的叙事诗设置有多条叙事脉络平行发展，但也有交叉，可以利用一些歌曲式的过渡，也可借助一些细节进行转换。史诗也表现为闹剧，如用庸俗的词语表达具有崇高性质的情节，或者相反的情况。第二种无本事的描写叙事诗一般没有较连贯的情节，故事是断裂的，作品以描写和议论为主，对自然风景的描写和议论内容大量穿插于叙事之中，并将其打断。第三种警世诗与描写叙事诗较接近，其中的说教性内容较多，同样可以导致叙事的中断。

其次，艾亨鲍姆在对小说的分类上也有较详细的论述，他认为长篇小说、短篇小说的区别主要在两方面，一是表面上篇幅的长短。这不仅是作品给读者最直观的感受，同时篇幅的长短也直接决定着情节的模式和复杂程度，由于短篇小说的篇幅较短小，所以难以驾驭较复杂的情节结构，故而其叙事一般较简单，甚至出现了大量无情节作品。但这并不是二者的本质区别。二是作品内在容量的差异，并从根本上规定作品的属性。短篇小说和长篇

① Томашевский Б. В. *Теория литературы поэтика.* М.：Аспект Пресс，1977. 257.

小说在内部甚至是“敌对”的关系，各自的内部结构与规律存在鲜明的差异，甚至是对立的，所以绝对不存在长篇小说包含短篇的情况，二者不相容，作家的每一次创作要么选择前者，要么选择后者。

艾亨鲍姆关注的短篇小说主要是有情节的类型，对于那些集中描写的作品则不在考虑的范围。短篇小说是由一些故事或趣事发展而来，它“建构在某种相反的、不一致的、错误的、对立的等因素基础上，但这些因素很少。作为趣事的短篇小说自身本质上是在积蓄能量至结尾”。[①] 艾亨鲍姆打个比方，就像在飞机中向下抛物，物体会急速下降，快到达地面时是其速度最快、最具冲击力的时刻。故事发展的过程中就像在积蓄能量，虽有冲突，但并没有出现最紧张的时刻，只有到了结尾作家才会将其推向高潮，故事也戛然而止。

长篇小说则是综合的形式，无论是短篇小说集还是描写风土人情的素材等，都平等地存在其中。而且长篇小说情节的发展并不是瀑布般一泻千里，由于篇幅较长，讲述内容较多，所以在作品展开的过程中，作家为了更多地阻滞读者、最大限度地将其带入作品中而设计了大量的阻滞方法，使用较多技巧。因而在故事展开的过程中，往往会形成不同的叙事中心或高潮，甚至不同的叙事链条可以平行推进。由于长篇小说展开的过程高潮迭起，所以作家在结尾处往往会将节奏放松。而且其“对于长篇小说，结尾的类型——应该是虚假的，能为读者创造未来或将主人公的‘此后的历史’转述给读者（请比较：罗亭，战争与和平）。因此，意外的结尾，在长篇小说中是很稀有的情况。（如果遇到了，就能较快地证明短篇小说的影响。）大的长篇小说和片段的多样性阻碍了那些系列的建构，同时，就像短篇小说恰恰适于最大限

① Эйхенбаум Б. М. *Литература*: *Теория. Критика. Полемика.* Chicago 80, Illinois, 1969. 171.

度的突然的结尾，这种结局将之前的一切都集中起来”。[①] 艾亨鲍姆借用托尔斯泰的《安娜·卡列尼娜》的结尾证明该论述，作品并没有结束于作品的高潮——安娜卧轨自杀的那一刻，而是继续展开叙述，对沃伦斯基和列文做了进一步论述，整个作品可以说在缓慢的叙事节奏中结束。作家较注重叙事过程中技巧的使用，短篇小说的结构很少涉及一些对抗、矛盾和冲突的因素，而这恰恰是长篇小说叙事结构的特点，它可以包容诸多相对抗性因素，用独创的叙事手法将其整合。

总而言之，在艾亨鲍姆这里，长篇小说与短篇小说的区别，不仅仅是形式上的区别，更是内在的情节结构设计上的不同，短篇小说不断累积能量，结尾是最紧张的地方，而长篇小说在中间行文的过程中不断制造矛盾，设置障碍，结尾则变得轻松。就像登山，短篇小说由于篇幅的限制往往只攀登一座山，到达山顶的那一刻作品便宣告结束。而读长篇小说就像攀登多座连绵起伏的高山，在攀登完最后一座后走到山脚下的时候才结束。

既然短篇小说与长篇小说存在上述重要区别，所以艾亨鲍姆对待二者的态度也不相同，总体上较倾向于长篇小说，因为短篇小说的情节简单，甚至往往表现为弱化情节或无情节的情况，无情节是没有连贯的情节，弱化情节介于有、无情节之间，他认为果戈理的短篇小说就是这种弱化情节或无情节的典型代表。因而，短篇小说为长篇小说的出现做了铺垫和积累，虽然前者自身价值不容忽视，但他认为后者才是读者真正追求的理想的小说形态。艾亨鲍姆对长篇小说与短篇小说的认识局限较明显，虽然高度评价了长篇小说的特点与价值，但对短篇小说的评价过低，没有真正发现其独特价值。当然，艾亨鲍姆的思想体系中也有一些自相矛盾之处，有些地方的论述与上述观点不完全一致。如他在

---

① Эйхенбаум Б. М. *Литература*: *Теория. Критика. Полемика.* Chicago 80, Illinois, 1969. 171.

分析果戈理的《外套》时，对作品高潮的叙事技巧做了十分细致的分析，并予以高度评价和认可。

之所以出现这样的评价很大程度上是受到形式学派重情节建构理念的影响，情节对于叙事类文本固然重要，但短篇小说由于篇幅短小，虽叙事相对“简单”，但其审美价值仍然别具一格。客观地讲，在文学发展史上，无论短篇、中篇还是长篇小说都是其不可替代的有机组成部分，各有自己独特的审美价值。艾亨鲍姆主要从情节结构的设计角度做比较，不仅对短篇小说的关注不够全面，同时也忽视了其他方面的价值。古今中外也涌现出了许多著名的短篇小说家，较著名的如世界三大短篇小说家契诃夫、莫泊桑和欧·亨利，中国也有如迟子建、陈忠实、贾平凹等作家创作了许多经典短篇小说。

总之，文学体裁在各层次的类型中都在不断发展与演变，蒂尼亚诺夫认为只要大的形式发生了自动化，那么小的形式就开始被人们重视。相反，大的形式即会出现。“复杂的艺术作品一般是早已存在的、较简单的、篇幅较小的作品的组合及相互作用的结果。长篇小说就是由一些片段，即短篇小说组成。”① 不仅短篇小说有向长篇小说转化的重要发展阶段，同时也伴随着其各自的演变与发展，不断突破传统的写作技巧，以给读者全新的体验为己任。什克洛夫斯基的回忆录《动物园，或并非情书的信》就是为摆脱长篇小说一般框架的一次尝试，采用信件的形式，每个信件是相对独立的个体，彼此之间又有一定联系，但相对于一般的长篇小说框架又较松散。

虽然形式学派的成员们较热衷于探讨文学史的问题，但他们也清醒地认识到，“揭示文学史（或语言学）的内在规律，可以确定文学（或语言学）体系的每次具体更迭的特点，但不能解释

① Шкловский В. Б. *Zoo или Письма не о любви.* С.：Азбука-классика，2009. 70.

演变的速度，也无法解释在面临几种理论上可能存在的演变路径时，具体选择哪个方向。因为文学（或语言学）演变的内在规律只能呈现给我们一个不定的方程式，它可能是多解，数量虽然有限，但不一定是唯一的”。[①] 对文学演变规律的探求目的不仅仅在于对过去经验的总结，更在于依照该规律去推断、把握未来文学的发展。但这种探求并不能获得明确、具体的答案，文学史的规律呈现给读者的也只是某种规律和趋势，想获得某种具体的答案只能是徒劳。当然，文学的发展并不是按某种既定的路线前进，它的发展与演变存在各种变数，具体未来在何方，任何一位作家或研究者都无法精准预测。

当然，形式学派在批评传统文学史以及表达自己的文学史观的过程中，虽提出了令人耳目一新且颇具价值的理论主张，但也呈现出了一定不足，如对形式的极致追求，忽视文学作品中的思想功能基础之上的文学史观必定是残缺的。但他们所表现出的挑战陈旧传统的勇气，以及提出的新文学史观令人耳目一新，启发了后人的思考，同时对于传统文学史过于注重思想价值的纠偏具有一定实际意义。

① Тынянов Ю. Н. *Поэтика · история литературы · кино*. М.：Наука，1977. 283.

结　语

俄国形式主义者在自身独特的学术理念影响下，建构了一套具有前瞻性的叙事理论体系，主要包括情节论、方法论、人物论、时空观和文学史观等几方面的内容，各部分之间关系十分紧密，相互影响。俄国形式主义向传统发出了猛烈的攻击和挑战，并坚定地建构自己的理论体系，其叙事理论提出了很多开辟历史新篇章的创见，开启了一个新的时代。佛克马、易布思在《二十世纪文学理论》中表示："欧洲各种新流派的文艺理论中，几乎每一流派都从这一'形式主义'传统中汲取启示，都在强调俄国形式主义传统重的不同的趋向，并竭力把自己对它的解释，说成唯一正确的看法。"①

总体而言，学派的影响一方面体现在本国诗学理论、叙事理论方面，学派对国内的影响较有代表的如普罗普、巴赫金、洛特曼等人，如"巴赫金吸收了形式主义重视艺术形式的有益成分，在维谢洛夫斯基和形式主义的影响下，他极力主张'诗学恰恰应从体裁出发'……他从作家小说的体裁特点出发，指出小说情节结构和语言都不是的单一的，而是多声部的，小说中的人物具有

① ［荷兰］佛克马、易布思：《二十世纪文学理论》，林书武、陈圣生、施燕、王筱芸译，生活·读书·新知三联书店 1988 年版，第 13—14 页。

多种独立的思想而不受作者控制”。[①] 当然，对巴赫金的影响不止于此，他受到形式学派的启发后又超越了他们，进一步在复调、作品结构与文化诗学、历史诗学结合等研究方向深挖，并对学界做了较突出的贡献。另一方面对20世纪西方诗学、结构主义、叙事理论的发展也产生了重要影响和启示。

由于其思想是在强大的传统文论背景中，并在与对手的论战中提出，所以，思想体系建构的过程中难免犯了一些错误，一些理论的阐释与建构存在着“未完成性”或不成熟之处，如艾亨鲍姆在具有总结性质的《“形式方法”的理论》中就坦言，形式学派自身思想中具有相互矛盾之处。假如学派不那么早解体，可能还会有更成熟、更令人惊艳的理论贡献给学界。不过什克洛夫斯基认为，文学不同于数学等自然科学，所以文艺学术语任何时候都不能得到像数学定义一样的准确性。作为人文学科的文艺学研究也较难呈现出“精准”“严密”的理论，俄国形式主义叙事理论给我们带来了新的理论生长点，引领了新的研究方向，并给研究者提供了发挥、阐释的巨大空间。

但不可否认的是，一个思想的提出，其价值和意义有的时候并不是看其是否正确，而是评估其对此前理论的发展与更新，对此后理论的启示与影响。可以说，虽有“瑕疵”，在这两个问题上，形式学派都做出了巨大贡献。但我们不能苛求一个学派一定要完美，其在情节等理论的建构中表现出来的闪光点足以使其成为叙事理论中一颗耀眼的明星，照亮了后代学者前进的路。

① 程正民：《俄罗斯文学批评史研究》，中国社会科学出版社2017年版，第73页。

参考文献

一 中文类

（一）著作

白春仁：《文学修辞学》，吉林教育出版社 1993 年版。
程正民：《俄罗斯文学批评史研究》，中国社会科学出版社 2017 年版。
方珊：《形式主义文论》，山东教育出版社 1999 年版。
何桂彦：《形式主义批评的终结》，文化艺术出版社 2009 年版。
黄玫：《韵律与意义：20 世纪俄罗斯诗学理论研究》，人民出版社 2005 年版。
李建军：《小说修辞研究》，中国人民大学出版社 2003 年版。
李明滨：《俄罗斯二十世纪非主流文学》，北岳文艺出版社 1998 年版。
李新梅：《俄罗斯后现代主义文学中的文化思潮》，中国社会科学出版社 2012 年版。
刘万勇：《西方形式主义溯源》，昆仑出版社 2006 年版。
刘象愚、杨恒达、曾艳兵主编：《从现代主义到后现代主义》，高等教育出版社 2002 年版。
龙迪勇：《空间叙事学》，生活·读书·新知三联书店 2015 年版。
莫言：《蛙》，作家出版社 2012 年版。

申丹：《叙述学与小说文体学研究》，北京大学出版社 2004 年版。
申丹、韩加明、王丽亚：《英美小说叙事理论研究》，北京大学出版社 2018 年版。
谭君强：《叙事学导论——从经典叙事学到后经典叙事学》，高等教育出版社 2014 年版。
谭君强：《叙事学研究：多重视角》，中国社会科学出版社 2018 年版。
陶东风：《文体演变及其文化意味》，云南人民出版社 1994 年版。
王加兴：《俄罗斯文学修辞特色研究》，北京大学出版社 2004 年版。
王一川：《语言乌托邦》，云南人民出版社 1994 年版。
王岳川：《艺术本体论》，上海三联书店 1994 年版。
吴家荣等：《中西叙事精神之比较》，安徽大学出版社 2011 年版。
杨建刚：《马克思主义与形式主义关系史》，人民出版社 2017 年版。
杨向荣：《诗学话语中的陌生化》，湘潭大学出版社 2009 年版。
曾思艺：《俄国白银时代现代主义诗歌研究》，湖南人民出版社 2004 年版。
翟厚隆等编选：《十月革命前后苏联文学流派》（上编），上海译文出版社 1998 年版。
张冰：《白银时代俄国文学思潮与流派》，人民文学出版社 2006 年版。
张冰：《俄罗斯形式主义诗学》，中国社会科学出版社 2019 年版。
张冰：《陌生化诗学——俄国形式主义研究》，北京师范大学出版社 2000 年版。
张杰等：《20 世纪俄苏文学批评理论史》，北京大学出版社 2017 年版。
赵宪章：《西方形式美学》，上海人民出版社 1998 年版。
赵晓彬等：《雅克布逊的诗学研究》，人民文学出版社 2014 年版。
赵晓彬等：《什克洛夫斯基形式主义小说创作研究》，中国社会科学出版社 2021 年版。
赵一凡等主编：《西方文论关键词》（第一卷），外语教学与研究出版社 2017 年版。
赵毅衡：《符号学》，南京大学出版社 2012 年版。
赵毅衡：《苦恼的叙述者》，四川文艺出版社 2013 年版。
赵毅衡：《重访新批评》，四川文艺出版社 2013 年版。
赵毅衡编选：《符号学文学论文集》，百花文艺出版社 2004 年版。
郑体武：《俄国现代主义诗歌》，上海外语教育出版社 2001 年版。
郑永旺：《点亮洞穴的微光：俄罗斯反乌托邦文学研究》，社会科学文献出版社 2020 年版。
周启超：《现代斯拉夫文论导引》，河南大学出版社 2011 年版。
朱涛：《结构·功能·符号——扬·穆卡若夫斯基文学与美学理论研究》，中国社会科学出版社 2018 年版。

（二）期刊论文

陈慧娟：《小说的动态叙事与静态叙事》，《江淮论坛》1994 年第 1 期。
董晓：《超越形式主义的“文学性”——试析巴赫金对俄国形式主义的批判》，《国外文学》2000 年第 2 期。
郝丽娜：《俄国农奴制的挽歌——〈奥勃洛摩夫的梦〉的解析》，《云南民族大学学报》（哲学社会科学版）2013 年第 2 期。
黄玫：《巴赫金与俄国形式主义的诗学对话》，《俄罗斯文艺》2001 年第 2 期。
黄玫：《文学作品中的作者与作者形象：试比较维诺格拉多夫和巴赫金的作者观》，《俄罗斯文艺》2008 年第 1 期。
梁建冰、孟霞：《维诺格拉多夫“作者形象”与布斯“隐含作者”在文本分析中的功能试探》，《跨语言文化研究》2016 年第 2 期。
钱佼汝：《“文学性”和“陌生化”——俄罗斯形式主义早期的两大理论支柱》，《外国文学评论》1989 年第 1 期。

孙晔：《尤里·蒂尼亚诺夫的“言语取向”理论——〈作为演讲体裁的颂诗〉评述》，《俄罗斯文艺》2019 年第 1 期。

谭君强：《论小说的空间叙事》，《云南民族大学学报》（哲学社会科学版）2010 年第 5 期。

田星：《雅可布逊的“诗性功能”理论与中国古典诗歌》，《俄罗斯文艺》2009 年第 3 期。

王加兴：《论维诺格拉多夫的作者形象说》，《中国俄语教学》1995 年第 3 期。

薛亘华：《巴赫金时空体理论的内涵》，《俄罗斯文艺》2018 年第 2 期。

张冰：《蒂尼亚诺夫的动态语言结构文学观——〈文学事实〉评述》，《国外文学》2008 年第 3 期。

张冰：《维谢洛夫斯基与奥波亚兹》，《俄罗斯文艺》2004 年第 3 期。

张会森：《维诺戈拉多与修辞学——纪念维氏诞生 100 周年》，《修辞学习》1995 年第 4 期。

赵晓彬：《西方文学中面具理论的产生及发展管窥》，《外国文学研究》2019 年第 1 期。

赵晓彬、韩巍：《雅可布逊的美学符号学思想初探》，《外语与外语教学》2011 年第 3 期。

（三）译著

［德］阿道夫·希尔德勃兰特：《形式问题》，潘耀昌等译，河北美术出版社 1997 年版。

［英］爱·摩·福斯特：《小说面面观》，苏炳文译，花城出版社 1984 年版。

［波兰］博杜恩·德·库尔德内：《普通语言学论文选集》（上），杨衍春译，广西师范大学出版社 2012 年版。

［比］布洛克曼：《结构主义：莫斯科—布拉格—巴黎》，李幼蒸译，中国人民大学出版社 2010 年版。

［法］茨维坦·托多罗夫编选：《俄苏形式主义文论选》，蔡鸿滨译，中国社会科学出版社 1989 年版。

［美］戴维·赫尔曼、詹姆斯·费伦等：《叙事理论：核心概念与批评性辨析》，谭君强等译，北京师范大学出版社 2016 年版。

［法］费尔迪南·德·索绪尔：《普通语言学教程》，高明凯译，商务印书馆 1986 年版。

［荷兰］佛克马、易布思：《二十世纪文学理论》，林书武、陈圣生、施燕、王筱芸译，生活·读书·新知三联书店 1988 年版。

［俄］弗·雅·普罗普：《故事形态学》，贾放译，中华书局 2006 年版。

［美］弗雷德里克·詹姆逊：《语言的牢笼——马克思主义与形式》，钱佼汝、李自修译，百花洲文艺出版社 1995 年版。

［法］福楼拜：《包法利夫人》，罗国林译，中国友谊出版公司 2014 年版。

［俄罗斯］果戈理：《果戈理中短篇小说集》，刘淑梅译，北方文艺出版社 2012 年版。

［俄罗斯］果戈理：《钦差大臣》，耿济之译，北方联合出版传媒（集团）股份有限公司，春风文艺出版社 2017 年版。

［俄］海登·怀特：《叙事的虚构性：有关历史、文学和理论的论文（1957—2007）》，马丽莉、马云、孙晶姝译，南京大学出版社 2019 年版。

［美］亨利·詹姆斯：《小说的艺术》，朱雯、乔佖、朱乃长等译，上海译文出版社 2000 年版。

［美］华莱士·马丁：《当代叙事学》，伍晓明译，北京大学出版社 2005 年版。

［美］杰拉德·普林斯：《故事的语法》，徐强译，中国人民大学出版社 2014 年版。

［美］杰拉德·普林斯：《叙事学：叙事的形式与功能》，徐强译，

中国人民大学出版社 2013 年版。

[德] 莱辛：《拉奥孔》，朱光潜译，人民文学出版社 1982 年版。

[匈] 卢卡奇：《小说理论》，燕宏远、李怀涛译，商务印书馆 2013 年版。

[比] 吕克·赫尔曼、巴特·维瓦克：《叙事分析手册》，徐强主译，徐月、王妙迪参译，中国人民大学出版社 2020 年版。

[美] 罗伯特·斯科尔斯、詹姆斯·费伦、罗伯特·凯洛格：《叙事的本质》，于雷译，南京大学出版社 2015 年版。

[俄罗斯] 罗曼·雅各布森：《诗学科学的探索》，蔡鸿滨译，《外国文学评论》1987 年第 2 期。

[美] 罗曼·雅柯布森：《雅柯布森文集》，钱军选编、译注，商务印书馆 2012 年版。

[苏] 米·米·巴赫金：《巴赫金全集》（第三卷），白春仁、晓河译，钱中文主编，河北教育出版社 1998 年版。

[苏] 米·米·巴赫金：《文艺学中的形式主义方法》，李辉凡、张捷译，漓江出版社 1989 年版。

[荷] 米克·巴尔：叙述学：《叙事理论导论》，谭君强译，中国社会科学出版社 2005 年版。

[俄] 契诃夫：《契诃夫短篇小说精选》，王建夫、路工译，漓江出版社 2003 年版。

[美] 乔纳森·卡勒：《结构主义诗学》，盛宁译，中国社会科学出版社 1991 年版。

[美] 乔纳森·卡勒：《索绪尔》，张景智译，中国社会科学出版社 1989 年版。

[美] 乔纳森·卡勒：《文学性》，史忠义、田庆生译，百花文艺出版社 2000 年版。

[俄] 什克洛夫斯基：《动物园·第三工厂》，赵晓彬、郑艳红译，四川人民出版社 2016 年版。

［俄］什克洛夫斯基：《散文理论》，刘宗次译，百花洲文艺出版社 2010 年版。

［俄］什克洛夫斯基等：《俄国形式主义文论选》，方珊等译，生活·读书·新知三联书店 1989 年版。

［英］特雷·伊格尔顿：《二十世纪西方文学理论》，伍晓明译，陕西师范大学出版社 1986 年版。

［发］托多罗夫：《巴赫金、对话理论及其他》，蒋子华、张萍译，百花文艺出版社 2001 年版。

［苏联］托洛茨基：《文学与革命》，刘文飞、王景生、季耶译，外国文学出版社 1992 年版。

［英］托尼·本尼特：《形式主义与马克思主义》，曾军等译，河南大学出版社 2011 年版。

［德］威廉·豪夫：《豪夫童话全集》，赵辰杰等编译，清华大学出版社 2014 年版。

［美］韦恩·布斯：《小说修辞学》，华明、胡苏晓、周宪译，北京大学出版社 1987 年版。

［美］韦勒克、沃伦：《文学理论》，刘象愚等译，生活·读书·新知三联书店 1984 年版。

［美］维克多·厄利希：《俄国形式主义：历史与学说》，张冰译，商务印书馆 2017 年版。

［俄］维谢洛夫斯基：《历史诗学》，刘宁译，百花文艺出版社 2003 年版。

［美］西摩·查特曼：《故事与话语：小说和电影的叙事结构》，徐强译，中国人民大学出版社 2013 年版。

［古希腊］亚理斯多德：《诗学》，罗念生译，人民文学出版社 2002 年版。

［美］伊恩·P. 瓦特：《小说的兴起》，高原、董红钧译，生活·读书·新知三联书店 1992 年版。

[美] 约瑟夫·弗兰克等：《现代小说中的空间形式》，秦林芳编译，北京大学出版社 1991 年版。

[爱沙尼亚] 扎娜·明茨、伊·切尔诺夫：《俄国形式主义文论选》，王薇生译，郑州大学出版社 2005 年版。

二 外语类

Виноградов В. В. *О языке художественной прозе.* М.：Наука，1980.

Веселовский А. Н. *Историческая поэтика.* М.：ЛКИ，2010.

Жирмунский В. М. *Теориялитературы. Поэтика. Стилистика.* Л.：Наука，1977.

Жирмунский В. М. *Поэтика русской поэзии.* С.：Азбука-классика，2001.

Тынянов Ю. Н. *Проблема стихотворного языка статья.* М.：Советскийписатель，1965.

Тынянов Ю. Н. *Проблема стихотворного языка стиьи.* М.：Советскийписатель，1965.

Тынянов Ю. Н. *Поэтика · история литературы · кино.* М.：Наука，1977.

Томашевский Б. В. *Теория литературы поэтика.* М.：Аспект Пресс，1977.

Тынянов Ю. Н. *История литературы · критика.* С.：Азбука-классика，2001.

Шкловский В. Б. *Сентиментальное путешествие.* М./Б.：Геликон，1923.

Шкловский В. Б. *За и против.* М.：Советский писатель，1957.

Шкловский В. Б. *Художественная проза：размышления и разборы.* М.：Советский писатель，1959.

Шкловский В. Б. *Проблема стихотворного языка*. М. : Советский писатель, 1965.

Шкловский В. Б. *Собрание сочинений в трёх томах: Повести рас сказы. Том* 1. М. : Художественная литература, 1974.

Шкловский В. Б. *Собрание сочинений: в трёх томах. Том* 2. М. : Художественная литература, 1974.

Шкловский В. Б. *Собрание сочинений в трёх томах. Том* 3. М. : Художественная литература, 1974.

Шкловский В. Б. *Энергия заблуждения*. М. : Советский Писатель, 1981.

Шкловский В. Б. *О теории прозы*. М. : Советский писатель, 1983.

Шкловский В. Б. *Избранное в двух томах. Том первый*. М. : Худо жественная литература, 1983.

Шкловский В. Б. *Избранное в двух томах. Том второй*. М. : Худо жественная литература, 1983.

Шкловский В. Б. *Гамбургский счёт*. М. : Советский писатель, 1990.

Шкловский В. Б. *Zoo или Письма не о любви*. С. : Азбука-класс ика, 2009.

Эйхенбаум Б. М. Лев Толстой: 60-е годы. Л. -М. : Государстве нное издательство художествен-ной литературы, 1931.

Эйхенбаум Б. М. *Литература: Теория. Критика. Полемика*. Chicago 80, Illinois, 1969.

Эйхенбаум Б. М. *О прозе О поэзии: Сборник статеи*. Л. : "Худо жественная литература" Лелиградское отделение, 1986.

Эйхенбаум Б. М. *О литературе: Работы разных лет*. М. : Сове тс кийписатель, 1987.

Эйхенбаум Б. М. *Лев Толстой: Исследования Статьи*. С. : Факул ьтет филологии и искусств Санкт Петербургскогогос ударст венного университета, 2009.

Эйхенбаум Б. М. Лев Толстой: 70 – е годы. Л. : Худож. лит, 1974.

Эйхенбаум Б. М. Мой временник: Художественная проза и избранные статьи 20 – 30 – х годов. С. : Инапресс, 2001.

Якобсон Р. О. *Работа по поэтике: Переводы. Сост. общ. ред. М. Л. Гаспарова.* М. : Прогресс, 1987.

Якобсон Р. О. *Тексты, документы, исследования.* М. : Российск. гос. гуманит. ун-т, 1999.

Якобсон Р. О. *Формальная школа и современное русское литературоведение.* М. : Языки славяских культур, 2011.

后　记

经过几年的努力，《俄国形式主义的叙事理论研究》一书终于完成并付梓。该书是我的 2016 年国家社会科学基金青年项目的结题成果，对在 20 世纪有广泛影响的俄国形式主义的叙事理论进行了系统梳理和阐释。该内容对 20 世纪西方经典叙事学和后经典叙事学理论都具有非常重要的意义，难以想象，没有俄国形式主义叙事理论的积淀，20 世纪西方叙事理论史的面貌将会怎样？但由于俄国形式主义学派成员众多，有数位享誉世界的理论家。他们不仅著述丰富，人生轨迹与经历也较复杂。因此，对学派思想进行系统梳理工作必然会面临许多困难。同时，我国目前对学派著述的翻译成果较少，严重影响了该选题的研究进度。本书不仅系统地梳理了学派成员自身的叙事理论建构，更将其放在 20 世纪西方叙事理论发展的大背景中讨论，作为一种尝试，为学界日后的进一步研究与阐释起到了抛砖引玉的作用。当然，由于项目在执行的过程中，整理、翻译俄文文献用了较多的时间，所以留给研究、思考的时间比较少，书中有些地方论述稍显粗略，留下了诸多遗憾，待以后不断学习再继续思考、丰富，这既是我日后学习的巨大压力，更是强劲的动力。

我之所以对俄国形式主义文论感兴趣，是因为博士论文做的就是学派的奠基性人物什克洛夫斯基的诗学理论，在国内首次系统地阐释了什克洛夫斯基诗学理论建构，在调研、书写博士论文期间，翻看了大量俄国形式主义流派其他成员的文献，对学派的叙事理论建构有了初步印象。能够在博士学习期间转向俄国文论的研究，要非常感谢我的恩师于茀教授，恩师根据我有俄语基础且能翻译俄文资料的实际情况，高瞻远瞩地让我尝试做一做苏俄文论，随着学习的深入，对苏俄文论越来越感兴趣，最终将未来的研究方向也明确在这里了。

同时，2016 年国家社科基金项目（俄国形式主义的叙事理论研究）之所以能定这个题目，还要特别感谢哈尔滨师范大学斯拉夫语学院赵晓彬教授的提携与帮助。此前没有对学派叙事理论的系统研究，所以项目很幸运地审批下来后，面对杂乱而多元的文献的确比较惶恐，幸好在项目执行过程中有赵老师耐心的指导，提出了很多好的建议，使我少走不少弯路，并有信心朝着自己的目标坚定地走下去。我是幸运的，在我前行的道路上，还有很多对我关心、帮助的老师、朋友、家人，你们的鼓励是我前进的重要动力。

苏俄文论理论体系十分庞大，有大批具有世界影响力的理论家和流派，且成果丰硕。当前国内的研究虽取得了不错的成绩，但依然有许多有待进一步研究与深挖的内容，尤其与我国文论的发展也有着重要而复杂的关系，所以对苏俄文论的深入研究也有利于透视我国文论的发展。目前有一批知名学者、青年学者在这里深耕细作，给我树立了榜样，同时，有了这十余年的学习与积累，让我更有信心和勇气进一步沿着这条路继续前行。

非常庆幸，本书能在我国比较权威的中国社会科学出版社出版，对我日后的学习和工作也是一种激励。同时，非常感谢编辑部郭晓鸿主任的大力支持与帮助，在书稿编审、校对的过程中，郭主任耐心指导，深切地感受到了其专业精神与敬业态度，令人敬佩。

杨　燕

2022 年 8 月 1 日于哈尔滨寓所